btb

Aus Freude am Lesen

Jahrelang hat Babette in der Lotterie gespielt, bis ihr eines Tages das Glück hold ist. Mit dem Gewinn richtet die Meisterköchin in dem abgelegenen norwegischen Dorf ein Festmahl aus, dessen lukullische Verführungskunst die Gäste für ein paar Stunden in den Himmel erhebt. Mit der anrührenden Erzählung »Babettes Fest« ist Tania Blixen ein literarisches Glanzstück gelungen, das ihren Ruf als große Schriftstellerin des 20. Jahrhundert mitbegründet. In diesem Band sind alle fünf »Schicksalsanekdoten« der Autorin versammelt.

Tania Blixen (1885 -1962), in Rungstedlund bei Kopenhagen geboren, wanderte nach dem Studium der Malerei in Kopenhagen, Paris und Rom mit ihrem Ehemann, dem schwedischen Baron Blixen-Finecke, 1913 nach Kenia aus, wo sie eine Kaffee-Plantage betrieben. Nach ihrer Scheidung führte sie die Farm allein weiter, bis sie 1931 gezwungen war, in ihr Heimatland zurückzukehren. Tania Blixens Schilderungen dieser Zeit fanden unter dem Titel »Afrika – dunkel lockende Welt« (»Jenseits von Afrika«) Eingang in die Weltliteratur. Blixen zählt heute zu den populärsten Schriftstellerinnen des 20. Jahrhunderts.

Tania Blixen

Babettes Fest

und andere Erzählungen

Aus dem Englischen übertragen
von W. E. Süskind

btb

Die Originalausgabe erschien 1958 sowohl in englischer Sprache unter dem Titel »Anecdotes of Destiny« (Pseudonym der Verfasserin: Isak Dinesen) bei Michael Joseph Ltd., London, als auch in dänischer Sprache unter dem Titel »Skæbne-Anekdoter« bei Gyldendal, Kopenhagen.

MIX
Papier aus verantwortungsvollen Quellen
FSC® C083411
FSC
www.fsc.org

Verlagsgruppe Random House FSC® N001967
Das für dieses Buch verwendete FSC®-zertifizierte Papier *Lux Cream* liefert Stora Enso, Finnland.

1. Auflage
Genehmigte Taschenbuchausgabe September 2013,
btb Verlag in der Verlagsgruppe Random House GmbH, München

Umschlaggestaltung: semper smile, München
Umschlagfoto: Getty Images/Fredrik Skold
Druck und Einband: CPI – Clausen & Bosse, Leck
MK · Herstellung: sc
Printed in Germany
ISBN 978-3-442-74618-7

www.btb-verlag.de
www.facebook.com/btbverlag
Besuchen Sie auch unseren LiteraturBlog www.transatlantik.de

Der Taucher

Mira Jama hat diese Geschichte erzählt.

In Schiras lebte ein junger Theologiestudent namens Saufe, hochbegabt und reinen Herzens. Indem er unablässig und stets von neuem den Koran las, versenkte er sich dermaßen in Gestalt und Wesen der Engel, daß seine Seele mehr mit ihnen Umgang hatte als mit seiner Mutter und seinen Brüdern, mehr auch als mit seinen Lehrern und Studiengenossen oder irgend jemandem sonst in Schiras.

Er wiederholte bei sich die Worte des heiligen Buches: »... von den Engeln, so die Menschenseele mit Gewalt hervorreißen, und von jenen, so es mit Sanftmut tun; von den Engeln, so mit Gottes Befehlen durch die Luft gleiten, als schwämmen sie; von jenen, so dem Rechtschaffenen vorangehen, wenn sie ihn ins Paradies geleiten, und von jenen, so an untergeordneter Stelle stehen und die Geschäfte dieser Welt regieren ...«

Gottes Thron, dachte er, muß notwendigerweise so himmelhoch gelegen sein, daß das Menschenauge ihn nicht erreichen kann und daß der Menschengeist taumelt. Die strahlenden Engel indessen schweben hin und her zwischen Gottes azurenen Hallen und unseren lichtlosen Häusern und Schulstuben. Es müßte möglich sein, daß wir sie sehen und mit ihnen Umgang haben.

Die Vögel, überlegte er weiter, sind wohl von allen Geschöpfen am meisten wie die Engel. Sagt nicht die Schrift: »Was da immer sowohl im Himmel wie auf Erden wandelt, das lobpreist Gott; so auch die Engel« – und unbestreitbar tun die Vögel das: am Himmel und auf Erden wandeln. Und sagt sie nicht weiter, von den Engeln: »Sie sind nicht erhaben wie vor Stolz, also daß sie mit Hoffart ihren Dienst tun, sondern sie singen und verrichten, was ihnen geheißen« – und unbestreitbar tun dies auch die Vögel. Streben wir also in alledem mit Fleiß den Vögeln nach, so werden wir den Engeln ähnlicher sein, als wir es jetzt sind.

Überdies kommt hinzu, daß die Vögel Flügel haben, ganz wie die Engel. Es wäre gut, wenn sich die Menschen auch Flügel schaffen könnten, um in hohe Regionen aufzusteigen, wo ein helles und ewiges Licht herrscht. Ein Vogel, der die Kräfte seiner Schwingen aufs äußerste anstrengt, mag wohl bei der einen oder anderen seiner wilden Ätherfahrten einen Engel treffen, ihm über den Weg fliegen. Vielleicht hat der Flügel der Schwalbe einen Engel am Fuß gestreift, oder der Adler hat einem Gottesboten in die stillen Augen geblickt, gerade als seine Kraft erlahmen wollte.

Ich will, beschloß er, meine Zeit und meine Gelehrsamkeit dazu verwenden, daß ich solche Flügel baue für meine Mitmenschen.

So ging er denn mit sich zu Rate und fand, daß er Schiras verlassen sollte, um die Lebensweise der geflügelten Geschöpfe zu studieren.

Bisher hatte er, indem er Söhne aus reichen Häusern unterrichtete und alte Handschriften kopierte, seine

Mutter und seine kleinen Brüder ernährt, und sie klagten, ohne seine Unterstützung würden sie Not leiden. Er wandte ein, früher oder später werde sein Werk sie vielfältig für die gegenwärtigen Entbehrungen entschädigen. Seine Lehrer, die sich eine schöne Laufbahn für ihn versprochen hatten, stellten sich bei ihm ein und redeten ihm ins Gewissen, die Welt sei so lang ohne einen näheren Umgang mit den Engeln ausgekommen, daß es wohl so vorbestimmt sei und auch in Zukunft so bleiben könne.

Aber der junge Gottesgelehrte widersprach ihnen in aller Ehrerbietung. »Bis zu diesem Tage«, sagte er, »hat noch niemand gesehen, daß die Zugvögel ihren Weg nehmen nach wärmeren Gegenden, die es gar nicht gibt, oder daß sich die Flüsse ihren Lauf durch Felsen und Ebenen brechen und einem Meer entgegenströmen, welches nirgends vorhanden ist. Gott hat gewiß keine Sehnsucht oder Hoffnung erschaffen, ohne auch die Wirklichkeit zur Hand zu haben, die als Erfüllung dazugehört. Aber unsere Sehnsucht ist unser Pfand, und selig sind, die da Heimweh haben, denn sie sollen nach Hause kommen. Wieviel besser doch«, rief er aus, denn sein eigener Gedankengang riß ihn hin, »stünde es um unsere Erdenwelt, wenn der Mensch bei den Engeln Rat einholen und sich von ihnen sagen lassen könnte, wie das Muster der Schöpfung zu verstehen ist – sie können es ja mit Leichtigkeit lesen, denn sie schauen's von oben.«

So stark war sein Glauben an seinen Vorsatz, daß die Lehrer ihm schließlich nicht länger widersprachen; sie überlegten, daß der Ruhm ihres Schülers sie dereinst, in künftiger Zeit, mit ihm zugleich berühmt machen könnte.

Der junge Softa nahm nun, ein ganzes Jahr hindurch, seinen Aufenthalt bei den Vögeln. Er machte sich sein Lager im hohen Gras der Felder, wo die Wachtel ruft; er kletterte auf die alten Bäume, wo die Ringeltaube und die Drossel nisten, suchte sich einen Sitz im Laub und verharrte dort so still, daß sie nicht von ihm gestört wurden. Er stieg in die hohen Berge und hielt sich, dicht unterhalb der Schneegrenze, in der Nähe eines Adlerpärchens auf, beobachtete, wie sie ausflogen und wiederkehrten.

Reich an Erkenntnis und Wissen kehrte er alsdann nach Schiras zurück und nahm die Arbeit an den Flügeln auf.

Im Koran las er: »Lob sei Gott, der die Engel erschafft, ausgerüstet mit zwei, mit drei, mit vier Schwingenpaaren«, und er beschloß, daß er für sich drei Paar Flügel anfertigen wollte, eins für die Schultern, eins für den Gürtel und eins für die Füße. Während seiner Wanderungen hatte er viele hundert Schwungfedern von Adlern, Schwänen und Bussarden gesammelt; mit denen schloß er sich nun ein und arbeitete mit solchem Eifer, daß er lange Zeit keinen Menschen sah oder sprach. Doch sang er bei der Arbeit, und die Vorübergehenden blieben stehen, lauschten und sprachen: »Dieser junge Softa preist Gott und führt aus, was befohlen ist.«

Als er aber sein erstes Paar Flügel fertig hatte, sie ausprobiert und ihre Tragkraft verspürt hatte, konnte er seine Freude nicht für sich behalten, sondern vertraute sie den Freunden an.

Anfangs lächelten die Großen in Schiras, die Gottesgelehrten und hohen Beamten, bei dem Gerücht von seiner Tat. Als sich das Gerücht aber ausbreitete und von vielen jungen Leuten bestätigt wurde, fühlten sie sich beunruhigt.

»Wenn dieser fliegende Junge da«, sagten sie untereinander, »tatsächlich Engeln begegnet und mit ihnen Verbindung aufnimmt, dann wird es den Leuten von Schiras wieder so ergehen wie immer, wenn etwas Ungewöhnliches sich ereignet: Sie werden vor lauter Staunen und Freude den Verstand verlieren. Und wer weiß, was ihm die Engel nicht für neues und umstürzlerisches Zeug erzählen mögen. Denn schließlich«, fügten sie hinzu, »ist die Möglichkeit ja nicht in Abrede zu stellen, daß es Engel im Himmel gibt.«

Sie beratschlagten die Sache, und der älteste unter ihnen, ein königlicher Minister namens Mirzah Aghai, sagte: »Dieser junge Mann ist gefährlich, weil er große Dinge träumt. Gleichzeitig aber ist er harmlos, und es wird leicht mit ihm fertigzuwerden sein, weil er das Studium unserer wirklichen Welt verabsäumt hat, in welcher Träume auf den Prüfstand müssen. Wir werden ihm, und dazu braucht's nur einer einzigen Lektion, die Existenz der Engel zugleich beweisen und widerlegen. Es gibt doch wohl noch junge Frauen in Schiras?«

Den folgenden Tag schickte er nach einer von des Königs Tänzerinnen; ihr Name war Thusmu. Er setzte ihr den Fall so weit auseinander, wie er dachte, sie müsse darüber Bescheid wissen, und versprach ihr eine Belohnung, wenn sie ihm gehorchte. Ließe sie ihn aber im Stich, so würde ein anderes junges Tanzmädchen, eine Freundin von ihr, in der königlichen Tanzgruppe an ihre Stelle vorrücken, wenn das Fest der Rosenernte und des Rosenöls gefeiert würde.

So kam es, daß der junge Softa, als er eines Nachts auf das Dach seines Hauses gestiegen war, um nach den Sternen zu schauen und sich auszurechnen, wie schnell er vom einen zum andern würde reisen können, hinter sich leise seinen Namen rufen hörte und, als er sich umwandte, eine schmale, strahlende Gestalt gewahrte, in einem Gewand aus Gold und Silber, die hochaufgerichtet, die Füße eng beisammen, am äußersten Rand des Daches stand.

Der junge Mann war ganz erfüllt von der Vorstellung der Engel, er zweifelte keinen Augenblick an der Wesensechtheit seines Besuches und empfand nicht einmal besonderes Erstaunen, nur eine überwältigende Freude. Er sah einen Moment zum Himmel empor, ob der Engelsflug dort nicht eine schimmernde Spur hinterlassen habe, und unterdessen zogen die Leute unten die Leiter weg, auf der die Tänzerin das Dach erstiegen hatte. Im nächsten Augenblick fiel er vor ihr auf die Knie.

Sie neigte ihm freundlich den Kopf zu und blickte ihn an mit dunklen, dichtbewimperten Augen. »Du hast mich lange in deinem Herzen getragen, Saufe, mein Knecht«, flüsterte sie, »nun bin ich gekommen und will mir diese meine kleine Heimstatt beschauen. Wie lange ich bei dir in deinem Hause bleibe, das hängt von deiner Demut ab und davon, ob du bereit bist, meinen Willen zu tun.«

Sie ließ sich mit gekreuzten Beinen auf dem Dach nieder, während er weiter vor ihr kniete, und sie sprachen miteinander.

»Wir Engel«, sagte sie, »brauchen in Wahrheit gar keine Flügel, um uns zwischen Himmel und Erde zu bewegen; unsere Glieder genügen dazu. Wenn du und ich wirklich Freunde werden, wird es sich mit dir ebenso begeben, und du kannst die Flügel vernichten, an denen du arbeitest.«

Zitternd vor Inbrunst fragte er sie, wie denn ein solches Fliegen wider alle Gesetze der Naturwissenschaft möglich sei. Da lachte sie ihn aus; ihr Lachen klang wie eine helle kleine Glocke.

»Ihr Männer«, sagte sie, »seid immer so versessen auf Gesetze und Meinungsstreit und habt einen ungeheuren Glauben an die Worte, die ihr aus euren Bärten herauslaßt. Ich aber will dich davon überzeugen, daß wir einen Mund für süßeres Gespräch haben, und einen süßeren Mund für das Gespräch. Ich will dich lehren, wie Engel und Menschen ohne Meinungsstreit zu voller Verständigung gelangen, auf die himmlische Art.« Dies also tat sie.

Einen Monat lang war des Softas Glück so groß, daß sein Herz es nicht zu fassen vermochte. Er hatte keinen Gedanken mehr für seine Arbeit, indes er sich ein übers andere Mal der himmlischen Verständigung überließ. Er sagte zu Thusmu: »Ich sehe jetzt, wie recht der Engel Eblis hatte, als er zu Gott sprach: ›Ich bin besser geschaffen als Adam. Ihn hast du nur aus Erde gemacht, mich aber aus Feuer.‹« Und auch dies zitierte er ihr aus der Heiligen Schrift, und seufzte dazu: »›Wer aber den Engeln feind ist, der ist Gott selber feind.‹«

Er behielt den Engel bei sich im Hause, denn sie hatte ihm gesagt, der Anblick ihrer Lieblichkeit würde die Uneingeweihten, die Leute von Schiras, erblinden machen. Nur bei Nacht stieg sie mit ihm aufs Hausdach, und sie schauten zusammen in den jungen Mond.

Nun begab es sich aber, daß die Tänzerin den Theologen sehr lieb gewann; denn er war hübsch anzusehen, und seine unverbrauchte Kraft machte ihn zu einem großen Liebhaber. Ihm ist alles zuzutrauen, sagte sie sich allmählich. Aus ihrer Unterhaltung mit dem alten Minister hatte sie schon den Eindruck gewonnen, daß er den jungen Mann und seine Flügel als eine Gefahr empfand, als verderblich für sich selbst, seine Standesgenossen und den Staat, und nun festigte sich in ihr der Gedanke, daß sie recht gern den alten Minister, seine Amtsgenossen und den Staat wollte zugrundegehen sehen. Ihre Liebe zu ihrem jungen Freund ließ ihr Herz beinahe ebenso weich werden, wie das seine war.

Als der Mond voll wurde und die ganze Stadt in sein Licht tauchte, saßen die beiden zusammen auf dem Dach. Der junge Mann ließ seine Hände über sie hinwandern und sprach: »Seit ich dich getroffen habe, sind meine Hände auf eine eigene Weise lebendig geworden. Ich merke jetzt, als Gott den Menschen Hände gab, da hat er ihnen ein ebenso großes Liebeszeichen erwiesen, als hätte er ihnen Flügel geschenkt.« Bei diesen Worten hob er seine Hände in die Höhe und schaute sie an.

»Lästere du nicht«, sagte sie und seufzte leise. »Nicht ich, sondern du bist ein Engel, und du hast in der Tat in deinen Händen wunderbare Kraft und Lebendigkeit. Laß es mich noch einmal spüren, und dann, morgen, zeig mir die großen Dinge, die du mit deinen Händen angefertigt hast.«

Um ihr eine Freude zu machen, brachte er sie am nächsten Tag, tief verschleiert, in seine Werkstatt. Da sah er, daß die Ratten seine Adlerschwungfedern zernagt hatten und daß das Fluggestell zerbrochen und durcheinandergeworfen auf der Erde lag. Er schaute die Trümmer an und gedachte der Zeit, da er daran gearbeitet hatte. Die Tänzerin aber weinte.

»Daß er das tun wollte, hab ich nicht gewußt«, rief sie. »Ist er nicht ein böser Mann, dieser Mirzah Aghai!«

Erstaunt fragte sie der Softa, was das heißen sollte, und in ihrer Not und Empörung sagte sie ihm alles.

»Und außerdem, Liebster«, sagte sie, »ich kann gar nicht fliegen, wenn man auch behauptet, ich hätte beim Tanzen eine besondere Leichtigkeit. Sei mir nicht bös – du mußt dir überlegen, der Mirzah Aghai und seine Freunde sind große Leute, gegen die ein armes Mädchen nichts ausrichten kann. Sie sind reich und haben herrlichen Besitz. Von einer kleinen Tänzerin kannst du nicht erwarten, daß sie ein Engel ist.«

Bei diesen Worten fiel er auf sein Angesicht und blieb stumm. Thusmu setzte sich neben ihn, ihre Tränen tropften auf sein Haar, das sie sich um die Finger wand.

»Du bist so wunderbar, du«, sagte sie. »Bei dir ist alles groß und süß und wirklich himmlisch, und ich hab dich lieb. Also sei nicht traurig, Liebster.«

Er hob den Kopf, blickte sie an und sprach: »Gott hat nur Engel, niemand sonst, dazu bestimmt, daß sie über dem Höllenfeuer wachen.«

»Niemand«, sagte sie, »niemand kann so schön aus der Heiligen Schrift vortragen wie du.«

Wieder schaute er sie an. »Und so hast du vielleicht doch gesehen«, sagte er, »wie die Engel es machen, wenn sie den Ungläubigen den Tod geben. Sie schlagen sie ins Gesicht und sprechen zu ihnen: ›Da schmeck, wie Feuer brennt; dieses sollst du erdulden zur Strafe für das, was deine Hand getan hat.‹«

Nach einer Weile sagte sie: »Vielleicht kannst du die Flügel wieder ausbessern, vielleicht werden sie wieder wie neu.«

»Ich kann sie nicht ausbessern«, sagte er, »und wo du jetzt dein Werk vollbracht hast, mußt du gehen; es ist gefährlich für dich, wenn du bei mir bleibst. Denn Mirzah Aghai und seine Freunde sind große Leute. Und du sollst ja tanzen auf dem Fest der Rosenernte und des Rosenöls.«

»Vergißt du Thusmu?« fragte sie.

»Nein«, sagte er.

»Kommst du, wenn ich tanze?«

»Ja, wenn ich kann«, erwiderte er.

Sie erhob sich und sagte ernst: »Ich werde immer hoffen, daß du kommst. Denn ohne Hoffnung kann man nicht tanzen.«

Damit ging sie traurig fort.

Saufe hielt es nicht länger in seinem Haus; er ließ die Tür seiner Werkstatt offenstehen und wanderte durch die Stadt. Aber auch da hielt es ihn nicht; er lief weiter, hinaus in Wald und Feld. Doch er konnte es nicht ertragen, Vögel zu sehen, sie singen zu hören, und er kehrte bald um, zurück ins Straßengewühl. Ab und zu hielt er inne, blieb vor dem Laden eines Vogelhändlers stehen und schaute lange den Vögeln in ihren Käfigen zu.

Freunde, die ihn ansprachen, erkannte er nicht. Aber wenn Straßenbuben ihn auslachten und schrien: »Da seht den Softa, der geglaubt hat, die Thusmu ist ein Engel!« blieb er stehen, blickte sie an und sagte: »Das glaube ich noch. Nicht meinen Glauben an die Tänzerin habe ich verloren, sondern meinen Glauben an die Engel. Ich kann mich nicht mehr daran erinnern, wie ich mir, als ich jung war, die Engel vorgestellt habe. Ich glaube, sie sind entsetzlich anzuschauen. Wer den Engeln feind ist, der ist auch Gott feind, und wer Gott feind ist, der hat keine Hoffnung mehr. Ich habe keine Hoffnung, und ohne Hoffnung kann man nicht fliegen. Das ist's, was mich ruhelos macht.«

Auf solche Weise wanderte der unglückliche Softa ein Jahr lang umher. Ich selber bin ihm als kleiner Junge in den Straßen begegnet, er war eingehüllt in seinen schäbigen schwarzen Umhang und einen noch schwärzeren aus unendlicher Einsamkeit.

Als das Jahr vorüber war, verschwand er und ward in Schiras nicht mehr gesehen.

»Und dies«, sprach Mira Jama, »ist der erste Teil meiner Geschichte.«

Nun traf es sich aber viele Jahre später – als ich mich als junger Mensch darauf verlegt hatte, Geschichten zu erzählen zum Vergnügen der Welt und um sie ein wenig weiser zu machen –, daß ich an die sandige Meeresküste reiste, zu den Dörfern der Perlenfischer, um mir von diesen Leuten ihre Abenteuer erzählen zu lassen und in mich aufzunehmen.

Denn es ist ja vielerlei, was so einem Menschen zustößt, der auf den Meeresgrund taucht. Perlen, von allem andern abgesehen, sind geheimnisvolle, abenteuerliche Gebilde – du brauchst nur den Werdegang einer einzigen von ihnen zu verfolgen, und du hast Stoff für hundert

Geschichten. Perlen sind wie Dichtermärchen: Krankheit wird zur Köstlichkeit, durchscheinend und doch undurchsichtig; Geheimnisse der Tiefe kommen ans Licht zum Schmuck für junge Frauen, und sie erkennen darin die tieferen Geheimnisse ihrer eigenen Brust.

Im späteren Leben habe ich vor Königen nacherzählt, und viel Erfolg damit gehabt, was diese sanften, einfältigen Fischersleute mir zuerst berichtet hatten.

Nun kehrte in ihren Erzählungen immer ein bestimmter Name wieder, so daß ich neugierig wurde und sie bat, mir mehr von der betreffenden Person zu erzählen. Da erfuhr ich denn, es handle sich um einen Mann, der unter ihnen berühmt geworden war wegen seiner Kühnheit und seines ganz außergewöhnlichen und unerklärlichen Glücks. In der Tat bedeutete auch der Name, den sie ihm gegeben hatten, Elnazred, in ihrer Mundart soviel wie »der Erfolgreiche« oder »der Glückliche und Zufriedene«. Er pflege tiefer hinabzutauchen und länger zu verweilen als irgendein anderer Fischer, und unfehlbar bringe er Muscheln nach oben, die die schönsten Perlen enthielten. In den Dörfern der Perlenfischer heiße es, er müsse in der Tiefe der See einen Freund besitzen – eine schöne Meerjungfer vielleicht oder auch einen Dämonen –, der ihm den rechten Weg weise. Während die anderen Fischer von den Handelskompanien ausgebeutet wurden und ihr Leben lang arme Leute blieben, hatte sich dieser Glückliche ein nettes Vermögen beiseitegelegt, im Binnenland Haus und Garten gekauft, seiner Mutter dort Obdach geboten und seine Brüder gut verheiratet. Doch wohnte er selbst noch in einer kleinen Hütte am Strand. Trotz seines Rufs als Dämonenbeschwörer, schien er auf trockenem Boden und im täglichen Leben ein ganz friedfertiger Mensch zu sein.

Ich bin Dichter, und etwas in diesen Berichten rief mir langvergessene Geschichten ins Gedächtnis zurück. Ich beschloß, den Erfolgreichen aufzusuchen und mir seine Geschichte erzählen zu lassen. Zuerst versuchte ich es vergebens in seinem schönen, gartenumgebenen Haus. Dann, eines Abends, ging ich hinaus zum Strand, nach seiner Hütte.

Der Mond stand voll am Himmel, die langen grauen Wellen fluteten unablässig heran, alles ringsum schien ein Geheimnis zu bewahren. Ich schaute alles an und fühlte, daß ich eine schöne Geschichte hören und nacherzählen sollte.

Der Mann, nach dem ich suchte, war nicht in seiner Hütte; er saß im Sand, starrte aufs Meer hinaus und warf ab und zu einen Kieselstein hinein. Der Mond beschien ihn, und ich sah, er war ein hübscher, wohlgenährter Mann, dessen ruhiges Antlitz tatsächlich Glück und Harmonie ausdrückte.

Ich grüßte ihn mit Ehrerbietung, nannte ihm meinen Namen und erklärte ihm, ich hätte mich in der hellen, warmen Nacht auf einen Spaziergang begeben. Er erwiderte höflich meinen Gruß, zeigte sich überhaupt sehr aufgeschlossen und bemerkte, ich sei ihm dem Vernehmen nach bereits bekannt als ein Jüngling, der sich in der Kunst des Geschichtenerzählens zu vervollkommnen strebe. Er lud mich ein, mich im Sand neben ihm niederzulassen, und plauderte eine Zeitlang über den Mond und das Meer. Nach einer Gesprächspause sagte er, es sei lange her, seit er eine Geschichte habe erzählen hören –

ob ich ihm nicht, da wir so nett in der hellen, warmen Nacht beisammensäßen, eine erzählen wollte.

Ich war begierig darauf, meine Kunst zu zeigen; außerdem überlegte ich mir, daß ich mir bei ihm für später einen Stein im Brett verschaffen würde, und so suchte ich in meinem Gedächtnis nach einer guten Geschichte. Irgendwie, ich weiß nicht warum, war mir die Geschichte vom Softa Saufe in den Sinn gekommen. So fing ich also, recht leise und mit einer sanften Stimme, wie es zum Mond und zu den Wellen paßte, zu erzählen an: »In Schiras lebte ein junger Theologiestudent …«

Der glückliche Mann lauschte still und aufmerksam. Als ich aber zu der Stelle kam, wo die Liebenden auf dem Hausdach sitzen, und den Namen der Tänzerin Thusmu nannte, hob der Mann seine Hand und schaute sie an. Ich hatte mir viel Mühe mit der Erfindung dieser hübschen Mondschein-Szene gegeben, und sie war meinem Dichterherzen teuer; so erkannte ich denn sofort die Gebärde und rief voller Überraschung und Bestürzung: »Du bist der Softa Saufe aus Schiras!«

»Ja«, sagte der glückliche Mann.

Für einen Dichter ist es eine unheimliche Sache, wenn er entdeckt, daß seine Geschichte wahr ist. Ich war noch sehr jung und ein Anfänger in meiner Kunst – die Haare sträubten sich mir, und ich wäre am liebsten aufgesprungen und davongelaufen. Aber etwas in der Stimme des Glücklichen hielt mich fest.

»Früher einmal«, sagte er, »hat mir das Wohlergehen des Softa Saufe, von dem du mir eben erzählt hast, sehr am Herzen gelegen. Inzwischen aber hatte ich ihn schon beinahe vergessen. Es freut mich aber zu erfahren, daß er in eine Geschichte eingegangen ist, denn das war wahrscheinlich seine Bestimmung, und ich will ihn in Zukunft von Herzen gern drinlassen. Fahr fort mit deiner Erzählung, Mira Jama, Geschichtenerzähler, und laß mich das Ende hören.«

Ich zitterte bei diesem Ansinnen, aber wieder faszinierte mich seine Art, und erlaubte mir, den Faden meiner Geschichte wieder aufzunehmen. Als erstes empfand ich, daß er mir Ehre antat, und bald, indem ich fortfuhr, daß ich ihm Ehre erwies. Das Siegesgefühl des Geschichtenerzählers erfüllte mein Herz. Ich erzählte sehr bewegend, und als ich am Ende war, auf dem dürren Meeressand, nur er und ich unterm Vollmond, da war mein Gesicht in Tränen gebadet.

Der Glückliche sprach mir Trost zu und ermahnte mich, ich sollte mir so eine Geschichte nicht allzusehr zu Herzen nehmen. Als ich wieder Herr meiner Stimme war, ersuchte ich ihn nun meinerseits, er möge mir berichten, was ihm alles zugestoßen sei, seitdem er Schiras verlassen hatte. Seine Erlebnisse in der Meerestiefe, sagte ich, und das Glück, das ihm Reichtum und Ruhm unter den Menschen eingebracht, würden sicher eine ebenso köstliche Geschichte ergeben wie die von mir erzählte, und eine vergnüglichere. Fürsten, große Damen und Tänzerinnen, erklärte ich ihm, mögen traurige Geschichten, ebenso auch die Bettler an der Stadtmauer. Ich aber hätte vor, ein Geschichtenerzähler für die ganze Welt zu werden, und die Geschäftsleute, sagte ich, und ihre Gattinnen verlangten Geschichten, die gut ausgehen.

Der Glückliche schwieg eine Weile.

»Was mir begegnet ist, nachdem ich Schiras verließ«, sagte er, »gibt überhaupt keine Geschichte ab.«

»Ich bin berühmt unter den Menschen«, fuhr er fort, »weil ich die Fähigkeit habe, länger auf dem Meeresboden zu bleiben als sie. Diese Fähigkeit, wenn du so willst, ist ein kleines Erbteil von dem Softa, von dem du mir erzählt hast. Aber das ergibt keine Geschichte. Die Fische sind immer gut zu mir gewesen; die verraten niemand. Das gibt auch keine Geschichte.«

»Dennoch«, sagte er schließlich nach einer längeren Pause, »zum Entgelt für deine Geschichte und weil ich einen jungen Dichter nicht entmutigen möchte, will ich dir, obwohl es keine Geschichte abgibt, erzählen, was mir begegnet ist, nachdem ich Schiras verließ.« Darauf begann er seinen Bericht, und ich hörte ihm zu.

»Ich werde nicht erst näher erklären, wie ich aus Schiras fortging und hierher kam, sondern meinen Bericht gleich da beginnen lassen, wo er bei den Geschäftsleuten und ihren Gattinnen Gefallen findet.

Als ich nämlich das erste Mal auf den Meeresgrund niederstieg, um eine bestimmte seltene Perle zu suchen, die mir damals viel im Kopf herumging, nahm sich ein alter Korallenfisch mit einer Hornbrille meiner an. Als er noch sehr klein war, hatten ihn zwei alte Fischer in ihrem Netz eingefangen, und er hatte da eine ganze Nacht zugebracht, im Bilgewasser ihres Bootes, und den Reden der beiden Alten zugehört, die offenbar fromme und nachdenkliche Leute waren. Am Morgen aber, als das Netz an Land gezogen wurde, ging er ihnen durch die Maschen und schwamm davon. Seitdem lacht er nur noch darüber, daß die anderen Fische so mißtrauisch gegen die

Menschen sind. Wahr ist, pflegt er zu sagen, wenn ein Fisch weiß, wie er sich zu benehmen hat, kommt er mit den Menschen bequem zurecht. Er hat sogar angefangen, sich ernsthaft mit der Natur und den Gewohnheiten des Menschen zu beschäftigen, und hält öfters vor einem Fisch-Auditorium Vorträge zu diesem Thema. Auch mit mir unterhält er sich gern darüber.

Ich habe diesem Korallenfisch viel zu verdanken, denn er erfreut sich eines bedeutenden Ansehens im Meere, und ich bin als sein Schützling überall gut aufgenommen worden. Ich verdanke ihm auch viel von dem Wohlstand und Ruhm, der mich, wie man dir gesagt hat, zu einem glücklichen Menschen hat werden lassen. Aber noch viel mehr verdanke ich ihm, denn bei den langen Unterhaltungen, die wir gehabt haben, vermittelte er mir die Lebensweisheit, die mir Ruhe geschenkt hat.

Folgendes ist seine Auffassung. Der Fisch, sagt er, ist von allen Geschöpfen am sorgfältigsten und genauesten nach Gottes Ebenbild geschaffen. Alles wirkt zu seinem Besten zusammen, und daraus können wir den Schluß ziehen, daß der Fisch völlig nach Gottes Absicht ins Leben gerufen ist.

Der Mensch vermag sich nur in einer Ebene zu bewegen und ist an die Erde gefesselt. Und die Erde stützt ihn nur durch den schmalen Raum unter seinen beiden Fußsohlen, und er muß sein Gewicht mit sich herumschleppen unter bitterem Seufzen. Er muß, wie ich den Reden meiner alten Fischersleute entnommen habe, mühselig die Berge erklimmen; dabei kann es ihm passieren, daß er herunterfällt, und dann empfängt ihn die Erde äußerst unsanft. Sogar den Vögeln geht es so, sie haben zwar

Schwingen, aber wenn sie ihre Flügel nicht anstrengen, verrät sie die Luft, in die sie doch hineingeboren sind, und läßt sie fallen.

Wir Fische hingegen werden von allen Seiten gestützt und getragen. Wir lehnen uns vertrauensvoll und in Eintracht gegen unser Element. Wir bewegen uns in jeder Richtung, und welchen Kurs wir auch nehmen, das gewaltige Wasser hat so viel Ehrfurcht vor unserer Wohlbeschaffenheit, daß es gehorsam seine Gestalt verändert.

Wir haben keine Hände, können also niemals etwas bauen und basteln und lassen uns nicht von eitlem Ehrgeiz verleiten, daß wir auch nur im geringsten etwas verändern wollten an der Schöpfung des Herrn. Wir säen nicht und werkeln nicht, daher schlägt auch keine unserer Erwartungen fehl, und nichts schätzen wir verkehrt ein. Die größten unter uns haben unten in der Tiefe die völlige Dunkelheit erreicht. Und das Muster der Schöpfung können wir mit Leichtigkeit lesen, wir schauen's ja von unten.

Indem wir so durchs Gewässer kreuzen, tragen wir einen Schöpfungsbericht mit uns, der uns unsere bevorzugte Stellung aufs nachdrücklichste beweist und unser Kameradschaftsgefühl festigt. Dem Menschen ist dieser Bericht ebenfalls bekannt, er nimmt sogar in seiner Geschichte einen bedeutenden Platz ein, aber entsprechend seiner allgemeinen unterentwickelten Vorstellung von den Dingen bleibt sein Verständnis in diesem Punkt verworren. Ich will dir alles auseinandersetzen.

Als Gott Himmel und Erde geschaffen hatte, verursachte ihm die Erde bittere Enttäuschung. Der Mensch, zum Fallen geneigt, fiel denn auch beinahe auf der Stelle, und mit ihm fiel, was auf dem Trockenen war. Da gereute es den Herrn, daß er den Menschen geschaffen hatte und die Tiere auf der Erde und die Vögel in der Luft.

Nur die Fische sind nicht gefallen und werden nie fallen, denn wieso und wohin sollten wir fallen? Darum blickte der Herr gütig auf uns, seine Fische, und war getröstet bei ihrem Anblick, da unter aller Schöpfung sie allein ihn nicht enttäuscht hatten.

Er beschloß daher, die Fische nach Verdienst zu belohnen. Da wurden alle Quellen der Tiefe aufgebrochen und die Fenster des Himmels aufgetan, und die Wasser der großen Flut kamen über die Erde. Und die Wasser schwollen über und nahmen zu, und alle hohen Berge, so wie sie unterm Himmel waren, wurden bedeckt. Und die Wasser schwollen über alle Grenzen, und alles Fleisch, das auf Erden wandelte, mußte sterben, die Vögel und das Vieh, die wilden Tiere und der Mensch. Alles, was auf dem Trockenen wohnte, mußte sterben.

Ich will in meinem Bericht nicht lange bei der Annehmlichkeit dieser Zeit und dieses Zustandes verweilen. Ich habe Mitgefühl mit dem Menschen, ich besitze Takt. Auch du, bevor du den Weg zu uns fandest, hattest vielleicht Rinder in dein Herz geschlossen oder Kamele und Pferde, oder du hast Tauben gehalten oder Pfauen. Du bist noch jung und hast dich vielleicht unlängst erst hingezogen gefühlt zu so einem Geschöpf, einem von deiner eigenen Art und doch ein wenig einem Vogel ähnlich, junge Frau sagt ihr wohl zu ihnen. Obgleich, nebenbei gesagt, günstiger wäre für dich, es wäre nicht an dem, denn ich erinnere mich an die Worte meiner Fischer, daß eine junge Frau ihren Liebsten die Qual des Verbrennens erleben läßt, und da könnte dir wohl in den Sinn kommen, dich nach einer meiner eigenen Nichten umzusehen, das sind ganz ungeheuer salzige junge Dinger, bei denen ein Liebhaber nie fürchten muß, daß er brennen könnte. Was ich sagen will, ist nur dies: daß wir hundertundfünfzig Tage des Überflusses hatten und daß das Glück sich aus dem Füllhorn über uns ergoß.

Ferner werde ich, und diesmal meinetwegen, nach der klugen, erprobten Weise der Fische flüchtig über die Tatsache hinweggehen, daß der Mensch, obwohl gefallen und verderbt, durch List und Tücke noch einmal vermocht hat, nach oben zu kommen. Doch bleibt es zweifelhaft, ob er bei all seinem scheinbaren Triumph wirkliches Wohlergehen erlangt hat. Wie soll ein Geschöpf wahre Sicherheit erlangen, das von Zweifeln zerfressen wird, ob es in diese oder in jene Richtung gehen soll, und das der Frage des Steigens oder Fallens eine ungeheure Bedeutung beimißt? Wie soll es Gleichgewicht erlangen, wenn es sich nicht entschließen kann, den Gedanken der Hoffnung und des Wagnisses aufzugeben?

Wir Fische ruhen gelassen, von allen Seiten gestützt, in einem Element, das sich unablässig aufs genaueste und unfehlbarste ausgleicht, einem Element, von dem man sagen kann, daß es unsere persönliche Existenz in sich aufgenommen hat, indem nämlich, unabhängig von unserer individuellen Gestalt und gleichgültig, ob wir Flachfische oder symmetrische Fische sind, unser Gewicht und unsere Körperform danach berechnet sind, wieviel wir von unserer Umgebung verdrängen.

Unsere Erfahrung hat uns bewiesen, was auch die deine dir eines Tages beweisen wird, daß man nämlich sehr wohl ohne Hoffnung dahinschwimmen kann, ja, daß dies ohne Hoffnung sogar besser gelingt. Darum steht auch in unserem Glaubensbekenntnis geschrieben, daß wir alle Hoffnung hinter uns gelassen haben.

Wir riskieren nichts. Denn unser Ortswechsel, solange wir leben, schafft oder hinterläßt nie, was die Menschen eine Spur, einen Weg nennen, auf welche Erscheinung – es ist in Wirklichkeit keine Erscheinung, sondern eine Einbildung – sie unbegreiflicherweise leidenschaftliche Überlegung verschwenden.

Der Mensch, dies als letztes, wird beunruhigt vom Gedanken der Zeit und aus dem Gleichgewicht gebracht von einem unablässigen Schweifen zwischen Vergangenheit und Zukunft. Die Bewohner der flüssigen Welt haben Vergangenheit und Zukunft zusammengebracht in einem einzigen Sinnspruch: »Après nous le déluge.«

Babettes Fest

1. Zwei Damen in Berlevaag

In Norwegen gibt es einen Fjord – einen langen, schmalen Meeresarm zwischen hohen Bergen – mit Namen Berlevaag-Fjord. Am Fuß der Berge liegt die kleine Stadt Berlevaag, die wie ein Puppenstädtchen aus dem Kinderbaukasten aussieht: lauter hölzerne Häuserchen in Grau, Gelb, Rosa und vielen anderen Farben.

Fünfundsechzig Jahre ist es her, da lebten in einem der gelben Häuser zwei ältere Damen. Die Damenwelt trug zu jener Zeit die Tournüre, und die beiden Schwestern hätten sich mit allem Anstand so kleiden können, denn sie waren rank und schlank gewachsen. Doch sie hatten nie auch nur den geringsten Modeartikel besessen, sich vielmehr zeitlebens in züchtiges Grau und Schwarz gehüllt. Ihre Taufnamen waren Martine und Philippa, nach Martin Luther und seinem Freund Philipp Melanchthon. Ihr Vater war Propst gewesen und ein Prophet, Gründer einer pietistischen Partei oder Sekte, die in ganz Norwegen bekannt und hoch angesehen war. Die Mitglieder versagten sich die Freuden dieser Welt; denn die Erde mit ihren sämtlichen Gaben galt ihnen als eine Art Sinnentrug, und die einzige Wirklichkeit war das Neue Jerusalem, nach dem sie strebten. Sie enthielten sich jeglichen übeln Worts, ihre Rede war ja ja und nein nein, und sie nannten einander Brüder und Schwestern.

Der Propst hatte spät geheiratet und war nun schon lange tot. Seine Jünger wurden Jahr für Jahr geringer an der Zahl, weißhaariger, kahlköpfiger und schwerhöriger, und allmählich bildete sich unter ihnen auch ein gewisses streitsüchtiges Querulantentum heraus, so daß in der Gemeinde betrüblicherweise zuweilen Spaltungen entstanden. Doch kamen sie immer noch zusammen und lasen und deuteten das Wort des Herrn. Sie hatten alle die Propsttöchter noch als kleine Mädchen gekannt, und in ihren Augen waren die beiden immer noch zwei recht junge Dinger, an denen man um ihres seligen Vaters willen mit besonderer Liebe hing. In dem gelben Haus hatten die Gemeindemitglieder das Gefühl, daß der Geist ihres Meisters bei ihnen war; hier fühlten sie sich zu Hause und geborgen.

Die beiden Damen hatten ein französisches Dienstmädchen mit Namen Babette.

Das war eine ungewöhnliche Sache für zwei pietistische Weibsleute in einem norwegischen Städtchen; so ungewöhnlich, daß es nach einer Erklärung verlangte. Die Leute von Berlevaag fanden diese Erklärung in der Frömmigkeit und Herzensgüte der beiden Schwestern. Die Propsttöchter gaben ihre Zeit und ihr bißchen Geld für Werke der Nächstenliebe hin; kein Mühseliger und Beladener klopfte umsonst an ihre Tür. Und auch Babette war vor zwölf Jahren als ein Flüchtling an diese Tür gekommen, halb irre vor Kummer und Sorge.

Die wahre Ursache freilich für Babettes Anwesenheit im Hause der Schwestern lag weit zurück in vergangener

Zeit und ruhte tief verborgen in den Kammern des Menschenherzens.

2. Martines Liebhaber

Als junge Mädchen waren Martine und Philippa außerordentlich hübsch gewesen, von der beinahe übernatürlichen Schönheit eines blühenden Obstbaums oder des ewigen Schnees. Auf Bällen und Gesellschaften waren sie nie zu sehen, aber die Leute drehten sich um, wenn sie ihnen auf der Straße begegneten, und die jungen Männer von Berlevaag gingen in die Kirche, um sie hereinkommen zu sehen. Die jüngere von den Schwestern hatte zudem eine reizende Stimme, die am Sonntag die Kirche mit Wohllaut erfüllte. Für die Brüderschaft des Propstes bedeutete die irdische Liebe, und so auch die Ehe, nichts Besonderes, im Grunde eigentlich nicht mehr als Sinnentrug; dennoch ist es möglich, daß mehr als einem unter den älteren Gemeindebrüdern die beiden Mädchen köstlicher schienen als Edelsteine und daß sie dieses dem Gemeindevorstand auch nicht vorenthielten. Der Propst aber hatte erklärt, für ihn in seinem Amt seien die beiden Töchter gleichsam die rechte und die linke Hand – wer könne da wünschen, ihn ihrer zu berauben? Die beiden schönen Mädchen wären zu einer Idealvorstellung von himmlischer Liebe erzogen, sie wußten von nichts anderem und ließen sich nicht berühren von weltlichen Flammen.

Und doch hatten sie den Herzensfrieden von zwei Herren aus der großen Welt außerhalb Berlevaags gestört.

Es gab da einen jungen Offizier namens Lorens Löwenhjelm, der in seiner Garnisonstadt ein flottes Leben geführt und sich verschuldet hatte. Im Jahre 1854, als Martine achtzehn und Philippa siebzehn waren, schickte ihn sein empörter Vater für einen Monat auf Besuch zu seiner Tante auf das alte Landhaus Fossum nicht weit von Berlevaag, wo er Zeit haben würde, nachzudenken und sich zu bessern. Eines Tages ritt er ins Städtchen und traf Martine auf dem Marktplatz. Er schaute hinunter auf das hübsche Mädchen; sie schaute auf zu dem schönen Reitersmann. Als sie vorüber war und seinen Augen entschwand, wußte er nicht, ob er seinen eigenen Augen trauen konnte.

In der Familie Löwenhjelm gab es eine Überlieferung, wonach vor langen Jahren ein Angehöriger des Hauses eine Huldre gefreit habe, einen weiblichen Berggeist aus Norwegen, der von solcher Schönheit war, daß die Luft um ihn herum glänzte und zitterte. Seit damals hatten immer wieder Mitglieder der Familie das zweite Gesicht besessen. Der junge Lorens war sich bisher nie einer besonderen spiritistischen Veranlagung bewußt gewesen. In diesem Augenblick aber stieg vor ihm plötzlich und machtvoll die Vision eines höheren und reineren Lebens auf, ohne Gläubiger, Zwangsvollstreckungen und elterliche Moralpauken, ohne unsympathische heimliche Gewissensnöte, und statt dessen mit einem sanften, goldhaarigen Schutzengel, der einen leiten und belohnen würde.

Durch seine fromme Tante erhielt er Zutritt zum Hause des Propstes und sah, daß Martine ohne Hütchen noch viel hübscher war. Er folgte ihrer schlanken

Gestalt mit anbetenden Blicken; um so nichtswürdiger und verächtlicher schien ihm die Figur, die er selber in ihrer Nähe machte. Mit Verwunderung und Schrekken stellte er fest, daß er nichts zu sagen wußte und daß ihm auch aus dem vor ihm stehenden Glas Wasser keine Eingebung zustieg. »Gnade und Wahrheit, liebe Brüder, sind einander begegnet«, sprach der Propst, »Rechttun und Seligwerden verschmelzen wie in einem Kuß.« Ach, den jungen Mann beschäftigte in seinen Gedanken einzig der Augenblick, da Lorens und Martine in einem Kuß verschmelzen würden. Er wiederholte seinen Besuch ein übers andere Mal, und jedesmal kam er sich dabei kleiner, unbedeutender und verächtlicher vor.

Abends, wenn er ins Haus der Tante zurückgekehrt war, schleuderte er die blankgewichsten Reitstiefel in die Zimmerecke; ja, es kam vor, daß er den Kopf auf den Tisch legte und zu weinen begann.

Am letzten Tag seines Aufenthalts machte er einen letzten Versuch, Martine seine Empfindungen mitzuteilen. Bisher war es ihm immer leichtgefallen, einem hübschen Mädchen zu sagen: Ich liebe dich – aber die zärtlichen Worte stockten ihm im Halse, als er dem Mädchen ins Gesicht sah. Als er sich bei der Gesellschaft verabschiedet hatte, begleitete ihn Martine mit einem Kerzenleuchter an die Haustür. Das Licht fiel voll auf ihren Mund und warf den Schatten ihrer längen Wimpern der Stirn entgegen. Schon im Begriff, in stummer Verzweiflung von dannen zu gehen, faßte er auf der Schwelle jählings ihre Hand und preßte sie an seine Lippen.

»Ich gehe für immer fort!« rief er. »Ich werde Sie nie, niemals wiedersehen! Das hab ich gelernt hier: daß das

Schicksal hart ist; daß es Dinge gibt auf dieser Welt, die unmöglich sind!«

Als er wieder zu Hause in seiner Garnisonstadt war und sich sein Abenteuer überlegte, mußte er entdecken, daß ihm der Gedanke daran nicht angenehm war. Während die anderen jungen Offiziere von ihren Liebesgeschichten redeten, begrub er die seine in sich. Denn von der Offiziersmesse aus gesehen und sozusagen mit deren Augen war es ein ziemlich klägliches Abenteuer. Wie hatte es nur geschehen können, daß sich ein Husarenleutnant von einem Haufen dürrwangiger Sektierer, in den teppichlosen Zimmern eines Pfaffenhauses, aus dem Feld und in die Flucht hatte schlagen lassen?

Bei diesem Gedanken erschrak er tief und Panik überkam ihn. War es das alte Familienübel, das ihn wie einen Wahnsinnigen immer noch das traumhafte Bild eines Mädchens mit sich herumtragen ließ, das so schön war, daß es die Luft ringsum vor Reinheit und Heiligkeit glänzen machte? Er wollte kein Träumer sein; er wollte sein wie seine Offizierskameraden.

So riß er sich denn zusammen und beschloß mit einer Gewaltanstrengung, wie er sie in seinem jungen Leben noch nie aufgebracht hatte, daß er alles vergessen wollte, was ihm in Berlevaag geschehen war. Von nun an, beschloß er, würde er vorwärts blicken, nicht rückwärts. Er würde sich auf seine Karriere konzentrieren, und der Tag würde kommen, da er in einer glänzenden Umgebung eine glänzende Figur machen würde.

Seine Mutter war zufrieden mit dem Ergebnis seines Besuchs in Fossum und drückte in ihren Briefen der Tante ihre Dankbarkeit aus. Sie wußte nicht, auf welchen seltsamen, gewundenen Wegen ihr Sohn seinen erfreulichen moralischen Standpunkt erreicht hatte.

Der ehrgeizige junge Offizier lenkte bald die Aufmerksamkeit seiner Vorgesetzten auf sich und wurde ungewöhnlich rasch befördert. Man schickte ihn nach Frankreich und Rußland, und bei seiner Rückkehr verheiratete er sich mit einer Hofdame der Königin Sophia. In diesen hohen Gesellschaftskreisen bewegte er sich mit Anmut und Selbstverständlichkeit, zufrieden mit seiner Umwelt und mit sich selber. Im Laufe der Zeit zog er sogar Nutzen aus gewissen Redewendungen und Gedankenverbindungen, die sich ihm damals im Hause des Propstes eingeprägt hatten, denn Frömmigkeit war zur Zeit bei Hofe in Mode.

Im gelben Haus in Berlevaag lenkte Philippa zuweilen das Gespräch auf den hübschen, schweigsamen jungen Mann, der so plötzlich aufgetaucht und so plötzlich wieder verschwunden war. Ihre ältere Schwester wußte darauf immer freundlich zu antworten – mit einem ruhigen und hellen Gesicht – und ließ die Unterhaltung auf andere Gegenstände übergehen.

3. Philippas Liebhaber

Ein Jahr darauf kam eine noch bedeutendere Persönlichkeit als Leutnant Löwenhjelm nach Berlevaag.

Der große Sänger Achille Papin aus Paris hatte eine Woche lang an der Königlichen Oper in Stockholm gastiert und dort wie überall das Publikum hingerissen. Eines Abends hatte ihm eine Dame des Hofes, die von einem Roman mit dem Künstler träumte, die wilde, großartige Landschaft Norwegens geschildert. Seine eigene romantische Natur wurde durch die Erzählung angesprochen, und er nahm seinen Weg zurück nach Frankreich entlang der norwegischen Küste. Doch in der majestätischen Umgebung fühlte er sich klein; er hatte niemanden, mit dem er sprechen konnte, und versank in Melancholie, in der er sich als alten Mann empfand, am Ende seiner Karriere – bis er an einem Sonntag, da ihm nichts Besseres einfiel, in die Kirche ging und Philippa singen hörte. Da wußte und verstand er alles in einem einzigen Augenblick. Denn hier waren die schneeigen Gipfel, die wilden Blumen und die weißen nordischen Nächte in die ihm geläufige Sprache der Musik transponiert und dargebracht in der Stimme einer jungen Frau. Wie Lorens Löwenhjelm hatte er eine Vision.

Allmächtiger Gott, dachte er, deine Macht ist ohne Ende und deine Barmherzigkeit reicht bis in Wolkenhöhen. Das ist ja eine Opernprimadonna, die Paris zu ihren Füßen sehen wird.

Achille Papin war zu jener Zeit ein schöner Mann von vierzig Jahren mit schwarzem Lockenhaar und einem roten Mund. Die Vergötterung landaus landein hatte ihn nicht verdorben; er war ein gutherziger Mensch und ehrlich gegen sich selbst.

Er ging geradewegs zu dem gelben Haus, nannte seinen Namen – der dem Propst nichts sagte – und erklärte, er halte sich aus Gesundheitsgründen in Berlevaag auf und werde sich in dieser Zeit glücklich schätzen, die junge Dame als Schülerin zu unterrichten.

Die Pariser Oper erwähnte er nicht, sondern verbreitete sich darüber, wie herrlich Fräulein Philippa in der Kirche werde singen können, zur Ehre Gottes.

Einen Augenblick vergaß er sich. Als der Propst nämlich fragte, ob er römisch-katholisch sei, antwortete er wahrheitsgemäß, und der alte Pfarrherr, der nie einen leibhaftigen Katholiken gesehen hatte, verfärbte sich ein bißchen. Indessen vergnügte es den Propst, daß er französisch sprechen konnte; es erinnerte ihn an seine Jugendzeit, als er die Schriften des großen französischen Lutheraners Lefèvre d'Étaples studiert hatte. Und da niemand Achille Papin lang widerstehen konnte, wenn er sein Herz wirklich an eine Sache gehängt hatte, gab der Alte schließlich seine Zustimmung und bemerkte seiner Tochter gegenüber: »Gottes Wege laufen übers Meer und durchs Schneegebirg, wo ein Menschenauge keine Spur gewahrt.«

So fanden sich also der große französische Sänger und die junge Anfängerin aus Norwegen zur Arbeit zusammen. Achilles Erwartung steigerte sich zur Gewißheit, die Gewißheit zur Begeisterung. Er dachte: Das war ein Irrtum, als ich glaubte, ich würde alt. Meine größten Triumphe liegen noch vor mir. Die Welt wird noch einmal an Wunder glauben, wenn wir zwei zusammen singen.

Nach einiger Zeit konnte er sein Wunschbild nicht länger für sich behalten. Er erzählte Philippa davon.

Wie ein Stern würde sie aufgehen, sagte er ihr, und höher steigen als je eine Diva der Vergangenheit und Gegenwart. Kaiser und Kaiserin, die kaiserliche Prinzessin, die großen Damen und Schöngeister von Paris würden sie hören und Tränen dabei vergießen. Auch das einfache Volk würde sie anbeten, und den Entrechteten und Unterdrückten würde sie Trost und Kraft bringen. Wenn sie am Arm ihres Lehrers die Große Oper verließe, würde ihr die Menge die Pferde ausspannen und sie ins Café Anglais ziehen, wo ein prächtiges Souper ihrer harrte.

Philippa erzählte dem Vater und der Schwester nichts von diesen Zukunftsaussichten. Es war das erste Mal in ihrem Leben, daß sie etwas vor den beiden geheimhielt.

Nun kam es zu dem, daß der Lehrer seiner Schülerin die Rolle der Zerline in Mozarts Don Giovanni zu studieren aufgab. Er selber, wie oft genug vorher, sang den Don Giovanni.

Nie im Leben hatte er so gesungen. In dem Duett im zweiten Akt – dem sogenannten Verführungsduett – brachte ihn die Himmelsmusik und der Zusammenklang der beiden Himmelsstimmen völlig aus der Fassung. Als die letzte Note dahinschmolz, faßte er Philippas Hand, zog die junge Frau an sich und küßte sie feierlich, wie ein Verlobter seine Braut am Altar küssen mochte. Dann ließ er sie gehen. Der Augenblick war zu erhaben für jedes weitere Wort, jede weitere Bewegung; Mozart selbst blickte auf sie beide herab.

Philippa ging nach Hause, sagte ihrem Vater, sie wünsche keine Gesangsstunden mehr zu nehmen, und bat ihn, er möchte das Monsieur Papin brieflich mitteilen.

»Und auch über Wasserflüsse läuft Gottes Weg, mein Kind«, bemerkte der Propst.

Als Achille den Brief des Alten erhielt, saß er eine Stunde wie gelähmt. Er dachte: Ich habe mich geirrt. Mein Tag ist zu Ende. Nie wieder werde ich der göttliche Papin. Und die Welt, die elende Unkrautsteppe, hat ihre Nachtigall verloren.

Später dachte er: Was hat sie denn nur, die kleine Range? Ich hab sie wohl gar geküßt?

Und zum Schluß: Da hab ich mein Leben für einen Kuß verloren und kann mich nicht einmal erinnern an den Kuß. Don Giovanni küßte Zerline, und Achille Papin muß dafür bezahlen. Das ist Künstlerlos!

Im Propsthaus bemerkte Martine, daß die Sache tiefer ging, und forschte im Gesicht der Schwester. Einen Augenblick, und der Gedanke machte sie zittern, hatte sie das Gefühl, der fremde Herr, der römisch-katholische, könnte versucht haben, Philippa zu küssen. Sie konnte sich nicht vorstellen, daß ihre Schwester über etwas in ihrer eigenen Natur überrascht und erschrokken sein könnte.

Achille Papin verließ Berlevaag mit dem nächsten Boot.

Von diesem Gast aus der großen Welt sprachen die Schwestern nur wenig. Es fehlte ihnen an den richtigen Worten dazu.

4. Ein Brief aus Paris

Fünfzehn Jahre später, in einer regnerischen Juninacht des Jahres 1871, wurde dreimal heftig am Klingelzug des gelben Hauses gerissen. Die beiden Hausherrinnen öffneten und fanden eine üppig gebaute, schwarzhaarige, totenblasse Frau mit einem Bündel am Arm vor der Tür stehen, die sie anstarrte, einen Schritt vortrat und plötzlich wie tot auf der Schwelle niedersank. Als die erschrockenen Damen sie ins Leben zurückgerufen hatten, setzte sie sich auf, schaute sie abermals lang aus ihren tiefliegenden Augen an, wühlte – ohne bei alledem ein Wort zu sprechen – in ihrer durchnäßten Kleidung und brachte einen Brief zum Vorschein, den sie den beiden überreichte.

Er war richtig an sie adressiert, jedoch in französischer Sprache. Die Schwestern steckten die Köpfe zusammen und lasen. Der Brief lautete:

Meine Damen!
Erinnern Sie sich noch an mich? Mir, wenn ich an Sie denke, wird immer das Herz weit, und alles duftet nach Maiglöckchen. Ob wohl die Erinnerung an einen Franzosen und seine Ergebenheit Sie dazu vermag, einer Französin das Leben zu retten?

Die Überbringerin dieses Briefes, Madame Babette Hersant, hat ebenso wie meine göttliche Kaiserin aus Paris fliehen müssen. Der Bürgerkrieg hat in unseren Straßen getobt. Franzosen haben französisches Blut vergossen. Die edelgesinnten Kommunarden, die die Menschenrechte verteidigen wollten, hat man zermalmt und vernichtet. Madame Hersants Gatte und Sohn, beide hervorragende Damenfriseure, wurden füsiliert. Sie selbst hat man als Petroleuse festgenommen (das Wort bezeichnet hierorts Frauen, die Häuser mit Petroleum in Brand stecken), und sie ist mit knapper Not den blutbefleckten Händen des Generals Galliffet entronnen. Sie hat all ihre Habe verloren und kann nicht länger in Frankreich bleiben.

Ein Neffe von ihr ist Koch auf der *Anna Colbjörnsson*, die nach Kristiania fährt (meines Wissens die Hauptstadt von Norwegen); er hat seiner Tante die Überfahrt verschafft. Ihr letzter trauriger Ausweg!

Da sie weiß, daß ich ehemals Ihr herrliches Land besucht habe, wendet sie sich an mich mit der Frage, ob in Norwegen gute Menschen wohnen, und mit der Bitte, ihr in diesem Fall einen Empfehlungsbrief mitzugeben. Die beiden Worte »gute Menschen« rufen mir alsbald Ihr Bild ins Gedächtnis, Ihr mir so teures Bild. Ich schicke sie zu Ihnen. Wie sie von Kristiania nach Berlevaag kommen soll, weiß ich nicht, da mir die Landkarte von Norwegen nicht gegenwärtig ist. Es handelt sich aber um eine Französin, und Sie werden finden, daß ihr auch jetzt noch im Unglück erfinderischer Sinn, Menschlichkeit und wahre Seelengröße eigen sind.

Bei allem ihrem Kummer beneide ich sie: sie wird Ihnen ins Antlitz blicken. Indem Sie sie gnädig aufnehmen, schikken Sie, bitte, auch ein gnädiges Gedenken nach Frankreich.

Fünfzehn Jahre lang, Fräulein Philippa, habe ich mich gegrämt, daß Ihre Stimme nicht die Pariser Große Oper mit Wohlklang hat erfüllen dürfen. Wenn ich zu dieser nächtlichen Stunde Ihrer gedenke – zweifellos umgeben von einer zärtlichen, lebensfrohen Familie – und wenn ich mich selber ansehe: grau und einsam, und vergessen von denen, die mir einst Beifall und Verehrung darbrachten –, dann will mir scheinen, Sie haben den besseren Teil im Leben erwählt. Was ist schon Ruhm? Was ist schon öffentliches Ansehen? – Das Grab wartet auf uns alle.

Und doch, meine verlorene Zerline, und doch, Sie schneegeborener Sopran! – während ich dies schreibe, sagt mir ein Gefühl, daß das Grab nicht das Ende ist. Im Paradies werde ich Ihre Stimme wieder hören. Dort werden Sie singen, furchtlos und ungehemmt, so wie Gott es Ihnen bestimmt hat. Dort werden Sie die große Künstlerin sein, als die Gott Sie schuf. Und ein Entzücken, ein Entzücken für die Engel.

Babette kann kochen.

Geruhen Sie, meine Damen, die tiefergebene Huldigung entgegenzunehmen eines Freundes aus uralter Zeit – Achille Papin.

Unten auf dem Briefblatt waren als ein Postskriptum säuberlich die beiden ersten Takte des Duetts zwischen Don Giovanni und Zerline abgemalt, so:

Die zwei Schwestern hatten bisher nur ein kleines fünfzehnjähriges Dienstmädchen zur Hilfe im Haus gehabt und mußten sich sagen, daß sie sich unmöglich eine ältere, erfahrene Wirtschafterin leisten könnten. Babette aber erklärte ihnen, bei den von Monsieur Papin empfohlenen guten Menschen diene sie umsonst; sie werde auch bei niemand anderem in Dienst treten. Wenn sie sie wegschickten, müsse sie sterben.

So blieb also Babette im Haus der Propsttöchter, zwölf Jahre lang, bis zur Zeit dieser Geschichte.

5. Ruhiges Leben

Als Babette ankam, war sie abgehärmt und verschreckt wie ein gejagtes Wild; in der neuen, freundlichen Umgebung aber gewann sie bald das Aussehen einer bewährten, vertrauenswürdigen Bedienerin. Als Bettlerin schien sie einzuziehen; bald erwies sie sich als sieghafte Natur. Ihr stilles Antlitz, ihr unbeirrbarer, tiefer Blick hatten magnetische Gewalt: Unter ihren Augen bewegten sich die Dinge, lautlos, an ihre Plätze.

Ihre Herrinnen hatten zuerst, so wie damals der Propst, ein wenig bei dem Gedanken gezittert, eine Papistin unter ihrem Dach aufzunehmen. Indessen wollten sie einem hartgeprüften Mitmenschen nicht gern mit Bibelunterricht beschwerlich fallen; abgesehen davon, daß sie ihres Französischen nicht so ganz sicher waren. Sie einigten sich stillschweigend darauf, das Vorbild eines gut lutherischen Lebens werde zur Bekehrung der Dienerin das beste Mittel sein. Babettes Gegenwart im Haus wurde auf diese Weise sozusagen zu einem moralischen Ansporn für die Bewohnerinnen.

Auf Monsieur Papins Behauptung, daß Babette kochen könne, hatten sie kein Zutrauen gesetzt. In Frankreich, das wußten sie, aßen die Leute Frösche. Sie zeigten Babette, wie man Stockfisch und Brotsuppe mit Bier zubereitet: Während der Vorführung wurde das Gesicht der Französin völlig ausdruckslos. Binnen einer Woche aber kochte Babette ihren Stockfisch und ihre Brotsuppe mit Bier so tadellos, als wäre sie in Berlevaag geboren und großgeworden.

Der Gedanke an überzüchtetes französisches Wohlleben war der nächste Punkt, der die Propsttöchter beunruhigte und schreckte. Am ersten Tag nach Babettes Dienstantritt nahmen sie sie beiseite und setzten ihr auseinander, sie seien arme Leute und ein üppiger Küchenzettel wäre in ihrem Fall sündhaft. Was für sie gekocht würde, müsse von äußerster Einfachheit sein; nur auf die Suppennäpfe und Eßkörbe für ihre Armen sei allenfalls Sorgfalt zu verwenden. Babette nickte mit dem Kopf: Als junges Mädchen, teilte sie den Damen mit, sei sie Köchin bei einem alten Geistlichen gewesen, einem Heiligen durch und durch. Die Schwestern beschlossen daraufhin, den französischen Gottesmann an Askese zu übertreffen. Und sie stellten fest, daß von dem Tage an, da Babette die Wirtschaftsführung übernahm, sich die Ausgaben auf wunderbare Weise verringerten und die Suppennäpfe und Eßkörbe eine neue, geheimnisvolle Kraft der Anregung und Stärkung für die Armen und Kranken erlangten.

Auch die Welt außerhalb des gelben Hauses mußte Babettes vorzügliche Eigenschaften zur Kenntnis nehmen. Die Ausländerin lernte zwar nie die Sprache ihrer neuen Heimat sprechen; doch drückte sie in ihrem gebrochenen Norwegisch noch den halsabschneiderischsten Handelsleuten von Berlevaag die Preise. Am Fischereihafen und auf dem Markt verbreitete sie Furcht und Schrecken.

Die alten Brüder und Schwestern, die anfangs mißtrauisch auf die ausländische Weibsperson in ihrer Mitte geblickt hatten, nahmen eine glückliche Veränderung im Leben ihrer kleinen Schwestern wahr, freuten sich dessen und hatten ihren Nutzen davon. Sie bemerkten, daß Mühen und Sorgen aus deren Dasein fortgezaubert waren und daß sie nun Geld fortgeben konnten und Zeit hatten für die Heimlichkeiten und Klagen ihrer alten Freunde und Frieden für besinnliche Beschäftigung mit himmelsnahen Dingen. Im Laufe der Zeit schloß so manches Mitglied der Gemeinde Babettes Namen in sein Gebet ein und dankte Gott für die stumme Fremde, diese dunkle Martha im Haus ihrer beiden blonden Marien. Der Stein, den die Baumeister beinahe verworfen hätten, war zu einem wichtigen Eckstein geworden.

Die Damen vom gelben Haus waren die einzigen, die wußten, daß ihr Eckstein geheimnisvolle und beunruhigende Wesenszüge trug, als wäre er entfernt verwandt mit dem Schwarzen Stein von Mekka, der Kaaba selbst.

Babette sprach kaum jemals von ihrem früheren Leben. Wenn die Schwestern ihr in der Anfangszeit wegen ihrer Verluste freundlich Trost zusprechen wollten, war sie ihnen mit jener Menschlichkeit und wahren Seelengröße entgegengetreten, von der Monsieur Papin geschrieben hatte. »Was wollen Sie, meine Damen?« hatte sie geantwortet und mit den Achseln gezuckt, »es ist Schicksal.«

Eines Tages aber vertraute sie ihnen unvermutet an, daß sie schon seit Jahr und Tag in einer französischen Lotterie eine bestimmte Nummer spiele und daß ein treuer Freund in Paris jedes Jahr den Einsatz für sie erneuere. Da könne sie einmal den Grand Prix, zehntausend Francs, gewinnen. Von da an hatten die Schwestern das Gefühl, daß die Reisetasche ihrer Köchin aus einem Stück Zauberteppich angefertigt sei; zu einem bestimmten Zeitpunkt mochte sie sich, wie in einen fliegenden Koffer, hineinsetzen und entschweben, zurück nach Paris.

Es konnte auch vorkommen, wenn Martine oder Philippa mit Babette sprachen, daß sie keine Antwort erhielten und sich fragen mußten, ob die Französin ihre Worte überhaupt gehört hatte. Oder sie fanden sie in der Küche, die Ellbogen auf dem Tisch, die Schläfen in die Hände gestützt, tief in die Lektüre eines schweren schwarzgebundenen Buchs versunken, von dem die Schwestern insgeheim argwöhnten, es müsse ein papistisches Gebetbuch sein. Zuweilen saß sie auch regungslos auf dem dreibeinigen Küchenstuhl, hatte die starken Hände in den Schoß gelegt und starrte aus weitoffenen dunklen Augen vor sich hin, rätselvoll und unheilschwanger wie eine Pythia auf dem Dreifuß. In solchen Augenblicken merkten sie, daß Babette ein tiefes Wasser war und daß im Unauslotbaren ihres Wesens Leidenschaften, Erinnerungen und Wünsche verborgen lagen, von denen sie nicht das geringste ahnen konnten.

Ein kalter kleiner Schauder überrieselte sie, und in ihrem Herzen mußten sie denken: Ob sie nicht vielleicht doch eine Petroleuse gewesen ist?

6. Babettes Glückstreffer

Der fünfzehnte Dezember war der hundertste Geburtstag des verstorbenen alten Propstes.

Die beiden Töchter hatten sich lange auf den Tag gefreut und wünschten, ihn festlich zu begehen, als weilte der liebe Vater noch unter seinen Jüngern. Aus diesem Grunde war es für sie ein trauriges und unbegreifliches Erlebnis gewesen, daß im letzten Jahr Zwietracht und Zank in seiner Herde ihr Haupt erhoben hatten. Die Schwestern hatten sich bemüht Frieden zu stiften, aber sie wußten, es war ihnen mißlungen. Es war, als wäre die feine und liebenswerte Ausstrahlung von ihres Vaters Persönlichkeit im Verdunsten begriffen, so wie Hoffmannstropfen verdunsten, wenn man sie unverkorkt in der Flasche auf einem Regal stehenläßt. Sein Hingang hatte eine Tür offenstehen lassen zu Dingen, die den zwei Schwestern – viel jünger als seine geistigen Kinder – bislang unbekannt waren. Aus einer ein halbes Jahrhundert zurückliegenden Vergangenheit, als die von keinem Hirten geleiteten Schafe noch im Gebirge irregelaufen waren, drängten sich ungebetene widrige Gäste hinter den Gläubigen durch die offene Tür und schienen die engen Räume zu verfinstern und Kälte hereinzulassen. Die Sünden alter Brüder und Schwestern meldeten sich, mit spätem durchdringenden Reueschmerz wie Zahnweh, und auch die Verfehlungen anderer gegen sie kehrten als bitterer Stachel wieder, wie eine Blutvergiftung.

Da gab es in der Sektengemeinschaft zwei alte Frauen, die sich vor ihrer Bekehrung gegenseitig verleumdet und einander eine Ehe und eine Erbschaft ruiniert hatten. Jetzt konnten sie sich nicht mehr erinnern, was gestern oder vor einer Woche geschehen war; aber jenes vierzig Jahre alte Unrecht wußten sie noch und gingen die alte Rechnung durch, mit Gift und Galle aufeinander. Da war ein alter Bruder, dem plötzlich in den Sinn kam, ein anderer Bruder habe ihn vor fünfundvierzig Jahren geschäftlich übers Ohr gehauen; es wäre ihm vielleicht lieber gewesen, die Sache aus dem Sinn zu bekommen, aber sie saß da fest wie ein tiefeingedrungener eiternder Splitter. Ein grauhaariger, ehrbarer Schiffer in der Gemeinde und eine runzlige, gottesfürchtige Witwe hatten in ihren jungen Tagen, als sie mit einem anderen verheiratet war, ein Verhältnis miteinander gehabt. Neuerdings nun hatten sie angefangen, sich Skrupel zu machen; sie schoben die Last der Schuld einander zu und sorgten sich um die möglichen schrecklichen Folgen, die eine Ewigkeit lang andauern würden und von einem Menschen verursacht wären, der doch behauptet hatte, er habe einen lieb. Bei den Zusammenkünften im gelben Haus erbleichten sie voreinander und vermieden es, sich ins Auge zu sehen.

Als der Geburtstag näherkam, fühlten Martine und Philippa die Verantwortung immer schwerer werden. Ob der liebe, immer zuverlässige Vater auf die Töchter herabblicken und sie als unwerte Verwalterinnen anprangern würde? Untereinander besprachen sie sich ein übers andere Mal und wiederholten sich ihres Vaters Ausspruch, daß Gottes Wege auch übers salzige Meer und durchs Schneegebirg laufen, wo ein Menschenauge keine Spur gewahrt.

Eines Tages im Sommer brachte die Post einen Brief aus Frankreich für Madame Babette Hersant. Das war an sich schon eine Überraschung, denn während all der zwölf Jahre hatte Babette nie einen Brief erhalten. Was, fragten sich die Damen des Hauses, konnte darin stehen? Sie brachten ihn in die Küche, um dabei zu sein, wenn sie ihn öffnete und las. Babette öffnete ihn, las, hob die Augen von dem Briefblatt zu den Gesichtern der beiden und erzählte ihnen, daß ihre Nummer in der französischen Lotterie herausgekommen war. Sie hatte zehntausend Francs gewonnen.

Die Nachricht machte auf die zwei Schwestern einen solchen Eindruck, daß sie eine geschlagene Minute kein Wort hervorbrachten. Sie waren ihrerseits daran gewöhnt, ihre bescheidene Pension in kleinen Teilbeträgen zu erhalten, und es fiel ihnen schwer, sich die Summe von zehntausend Francs auf einem Haufen vorzustellen. Dann drückten sie Babette die Hand, wobei ihnen selbst die Hand ein bißchen zitterte. Sie hatten noch nie einer Person die Hand gedrückt, die einen Augenblick zuvor in den Besitz von zehntausend Francs gekommen war.

Nach einiger Zeit machten sie sich klar, daß die Geschehnisse für sie nicht weniger zu bedeuten hatten als für Babette. Das Land Frankreich, fühlten sie, erhob sich langsam überm Horizont ihrer Dienerin, und im selben Maße wankte ihre eigene Existenz unter ihren Füßen. Die zehntausend Francs, die Babette reich machten, wie arm wurde das Haus davon, in dem sie gedient hatte! Eine nach der anderen begannen alte, längst vergessene Sorgen und Beschwerlichkeiten sie aus den vier Ecken der Küche anzustarren. Die Glückwünsche erstarben ihnen auf den Lippen, und die zwei frommen Frauen schämten sich ihres Schweigens.

Während der folgenden Tage eröffneten sie ihren Freunden die Nachricht mit fröhlicher Miene, doch es tat ihnen gut, als sie sahen, wie die Gesichter ihrer Freunde beim Zuhören traurig wurden. Die Gemeinde empfand, daß niemand Babette einen Vorwurf machen konnte: Vögel streben ins Nest zurück und Menschenkinder in ihr Geburtsland. Doch vergegenwärtigte sich die gute und getreue Dienerin, daß sie mit ihrem Weggang aus Berlevaag viele alte und bedürftige Leute in einer Notlage zurücklassen würde? Die kleinen Schwestern würden nun keine Zeit mehr für die Kranken und Mühseligen haben. Wahrlich, wahrlich, Lotterien waren Teufelswerk.

Schließlich traf denn auch das Geld ein, durch Firmen in Kristiania und Berlevaag angewiesen. Die beiden Damen halfen Babette beim Zählen und gaben ihr ein Kästchen zur Aufbewahrung. So machten sie eigenhändige und recht intime Bekanntschaft mit den fatalen Papierfetzen.

Sie wagten nicht, Babette danach zu fragen, wann sie abreisen wollte. Vielleicht bestand doch Grund zu der Hoffnung, daß sie noch über den fünfzehnten Dezember bliebe.

Die Schwestern waren sich nie ganz klar darüber gewesen, wieviel die Köchin von ihren Privatgesprächen auffing oder gar verstand. Deshalb waren sie überrascht, als Babette an einem Septemberabend ins Wohnzimmer kam, bescheidener und zurückhaltender, als sie sie je gesehen hatten, und sich eine Vergünstigung erbat. Sie bitte darum, sagte sie, daß man sie am Geburtstag des Propstes ein Festessen kochen lasse.

Die Damen hatten nicht beabsichtigt, überhaupt ein Essen zu geben. Ein karger kalter Imbiß mit einer Tasse Kaffee war die aufwendigste Mahlzeit, zu der sie jemals einen Gast gebeten hatten. Aber Babettes dunkle Augen waren so eifrig und flehend wie die eines Hundes, und sie erklärten sich mit ihrem Wunsch einverstanden. Das Gesicht der Köchin leuchtete auf.

Doch hatte sie noch mehr vorzubringen. Sie wolle, sagte sie, dieses eine Mal ein französisches Diner kochen, ein echtes französisches Diner. Martine und Philippa blickten einander an. Der Gedanke war ihnen nicht geheuer; sie merkten, daß ihrer Fassungskraft entzogen war, was er in sich schließen mochte. Indessen fühlten sie sich gerade von der Seltsamkeit des Ansinnens entwaffnet. Sie hatten keine Einwände zur Hand gegen diesen Vorschlag, ein echtes französisches Diner zu kochen.

Babette seufzte glücklich, ging aber immer noch nicht. Sie hatte noch eine Bitte vorzutragen. Die Damen sollten ihr erlauben, bat sie, daß sie das französische Essen von ihrem eigenen Geld bezahle.

»Nein, Babette!« riefen die Damen aus. Daß sie sich so etwas einfallen lassen könnte! Sie werde doch nicht etwa glauben, daß sie sie ihr teures Geld für Essen und Trinken ausgeben ließen – und noch dazu für sie, nein, Babette, das komme nicht in Frage.

Babette trat einen Schritt nach vorn. Es war etwas Fürchterliches in der Bewegung, wie im Steigen einer Welle. War sie so nach vorn geschritten, 1871, und hatte eine rote Fahne auf die Barrikade gepflanzt? Sie begann eine längere Rede in ihrem krausen Norwegisch, mit klassischer französischer Beredsamkeit; ihre Stimme war wie Gesang.

Meine Damen! Hatte sie auch nur einmal, in all den zwölf Jahren, um einen Gefallen gebeten? Nein! Und warum nicht? Ach, meine Damen, Sie, die Sie tagtäglich Ihre Gebete sprechen, können Sie sich vorstellen, wie einem Menschenherzen zumute ist, das niemals etwas bitten darf? Worum hätte Babette denn auch schon bitten sollen? Um nichts! Heute abend hatte sie eine Bitte, so recht aus Herzensgrund. Fühlen Sie denn nicht, meine Damen, daß es Ihnen ansteht, Babette diese Bitte zu gewähren, ebenso freudig, wie der liebe Gott Ihnen Ihre Bitten gewährt hat?

Eine Weile sagten die Damen nichts. Babette hatte recht: Es war ihre erste Bitte in den zwölf Jahren; sehr wahrscheinlich würde es ihre letzte sein. Sie ließen sich die Sache durch den Kopf gehen. Recht besehen, sagten sie sich, war ihre Köchin inzwischen besser gestellt als sie selber, und ein Abendessen konnte einer Person nicht allzuviel ausmachen, die zehntausend Francs besaß.

Ihre schließlich gegebene Zusage veränderte Babette vollständig. Sie sahen, daß sie als junge Frau schön gewesen sein mußte. Und sie fragten sich, ob nicht vielleicht sie selber in diesem Augenblick erst, zum allerersten Mal, in Babettes Vorstellung die »guten Menschen« geworden waren, von denen Achille Papins Brief sprach.

7. Die Schildkröte

Im November begab sich Babette auf eine Reise.

Sie habe Vorbereitungen zu treffen, sagte sie den Herrinnen, und müsse acht bis zehn Tage Urlaub haben. Der Neffe, der sie seinerzeit nach Kristiania gebracht hatte, fuhr immer noch diese Route; ihn müsse sie treffen und einige Dinge mit ihm besprechen. Babette vertrug Seereisen nicht; sie bezeichnete die eine, die sie gemacht hatte, von Frankreich nach Norwegen, als ihr abscheulichstes Erlebnis. Nun aber war sie seltsam gefaßt und entschlossen; die Damen hatten das Gefühl, daß ihr Herz bereits in Frankreich war.

Nach zehn Tagen erschien sie wieder in Berlevaag.

Ob sie alle ihre Angelegenheiten nach Wunsch erledigt habe, erkundigten sich die Damen. Ja, war die Antwort; sie habe ihren Neffen gesprochen und ihm ein Verzeichnis der Waren übergeben, die er ihr aus Frankreich mitbringen sollte. Für Martine und Philippa war das ein dunkler Ausspruch, doch hatten sie wenig Neigung, sich mit Babette über ihre Abreise zu unterhalten, und stellten ihr daher keine weiteren Fragen.

Babette zeigte sich in den nächsten Wochen etwas unruhig; eines Dezembertags aber verkündete sie ihren Herrinnen triumphierend, daß die Waren in Kristiania angekommen, dort umgeladen worden und am heutigen Tag in Berlevaag angelangt seien. Sie habe, fügte sie hinzu, einen alten Mann mit einem Schubkarren gewonnen; der werde ihr alles vom Hafen ins Haus transportieren.

Aber was für Waren eigentlich, Babette? wollten die Damen wissen. Was für Waren? erwiderte Babette. Die Waren, Mesdames, die Zutaten zum Geburtstagsessen. Gott sei Lob und Dank, sie seien alle in gutem Zustand aus Paris eingetroffen.

Babette war in diesem Augenblick, wie der Flaschenteufel im Märchen, bereits zu solch gewaltigen Dimensionen herangewachsen, daß die beiden Damen sich winzig klein neben ihr vorkamen. Sie sahen nun das französische Diner auf sich zukommen als ein Ding von unberechenbarem Wesen und Ausmaß. Indessen hatten sie niemals im Leben ein Versprechen nicht eingehalten, und so gaben sie sich denn der Köchin in die Hand.

Gleichwohl, als Martine eine Karrenlast von Flaschen in der Küche anrollen sah, erstarrte sie. Sie berührte die Flaschen und hob eine hoch. »Was ist da drin, Babette?« fragte sie. »Doch nicht Wein?« – »Wein, Madame«, erwiderte Babette, »nein, ein Clos Vougeot von 1846!« Nach einer Weile fügte sie hinzu: »Von Philippe in der Rue Montorgueil!« Martine hatte nicht im entferntesten geahnt, daß ein Wein einen eigenen Namen haben könnte, und mußte verstummen.

Später am Abend öffnete sie auf ein Klingeln und sah sich abermals dem Schubkarren gegenüber, hinter dem diesmal ein rothaariger Schiffsjunge stand, als wäre der alte Mann inzwischen von Kräften gefallen. Der Junge grinste sie an, als er einen riesigen, unbestimmbaren Gegenstand von dem Schubkarren hob. Im Lampenschimmer sah er aus wie eine Art grünschwarzer Stein, aber als er auf dem Küchenboden abgesetzt war, ließ er plötzlich einen schlangenähnlichen Kopf nach außen schießen und gemächlich hin und her wackeln. Martine hatte Abbildungen von Schildkröten gesehen und als Kind sogar selber eine Zwergschildkröte als Spielzeug besessen, aber das Ding hier war von unförmiger Größe und schrecklich anzusehen. Sie drückte sich wortlos rückwärts zur Küche hinaus.

Sie wagte nicht, ihrer Schwester zu berichten, was sie gesehen hatte. Sie verbrachte eine nahezu schlaflose Nacht; sie dachte an ihren Vater und hatte das Gefühl, daß sie und ihre Schwester ausgerechnet an seinem Geburtstag sein Haus für einen Hexensabbat zur Verfügung stellten. Als sie endlich einschlief, hatte sie einen schrecklichen Traum: Babette, träumte sie, vergiftete die alten Brüder und Schwestern, Philippa und sie selbst.

Frühmorgens erhob sie sich, zog ihren grauen Mantel an und ging auf die dunkle Straße hinaus. Sie wanderte von Haus zu Haus, vertraute sich den Brüdern und Schwestern an und bekannte ihre Schuld. Sie und Philippa, sagte sie, hätten es nicht bös gemeint; sie hätten ihrer Dienerin eine Bitte erfüllt und nicht vorhergesehen, was daraus entstehen würde. Nun könne sie nicht sagen, was beim Geburtstag ihres Vaters den Gästen an Speis und Trank vorgesetzt würde. Die Schildkröte erwähnte sie nicht ausdrücklich; doch in ihrem Gesicht und Stimmklang war das Erlebnis gegenwärtig.

Die alten Leute, wie bereits berichtet, hatten allesamt Martine und Philippa als kleine Mädchen gekannt und miterlebt, wie sie über eine zerbrochene Puppe bittere Tränen vergossen hatten. Die Tränen jetzt in Martines Augen machten auch ihnen die Augen feucht. Am Nachmittag kamen sie zusammen und sprachen die Sache durch.

Bevor sie auseinandergingen, gelobten sie einander, daß sie den kleinen Schwestern zuliebe an dem großen Tage unter keinen Umständen über Speis und Trank ein Wort verlauten lassen wollten. Nichts, was man ihnen vorsetzen würde, und sollten es selbst Frösche oder Schnecken sein, würde ihren Lippen ein Sterbenswort entringen.

»Denn ob sie auch schweiget«, sagte ein weißbärtiger Bruder, »die Zunge ist doch allemal klein unter den Gliedern des Leibes und bewirket doch viel. Die Zunge kann kein Mensch bezähmen, sie ist zuchtlos und vom Übel und ist voller Gift. Am Tage unseres Meisters wollen wir unsere Zungen reinmachen von allem Geschmack und sie reinigen von aller Lust und allem Ekel der Sinne, um sie zu bewahren und zu behüten für das höhere Geschäft des Lob- und Dankgesanges.«

So spärlich waren die Begebenheiten im stillen Leben der Berlevaager Bruderschaft, daß sie sich in diesem Augenblick tief bewegt und erhoben fühlten. Sie bekräftigten ihr Gelübde mit einem Händedruck, und ihnen war zumute, als täten sie es im Angesicht ihres Meisters.

8. Der Choral

Am Sonntagmorgen begann es zu schneien. Die weißen Flocken fielen schnell und dicht; die schmalen Fensterscheiben des gelben Hauses waren bald zugewachsen.

Am frühen Vormittag brachte ein Reitknecht aus Fossum den zwei Schwestern ein Briefchen. Die alte Frau Löwenhjelm lebte immer noch in ihrem Landhaus. Sie war jetzt neunzig Jahre alt und stocktaub und hatte auch den Geruchs- und Geschmackssinn völlig verloren. Doch hatte sie zu den ersten Anhängerinnen des Propstes gezählt, und nun wollte sie sich weder von ihrer Gebrechlichkeit noch von den Strapazen einer Schlittenreise abhalten lassen, seinem Gedächtnis Reverenz zu erweisen. Inzwischen sei, so schrieb sie in ihrem Brief, ihr Neffe, General Lorens Löwenhjelm, unerwartet zu Besuch gekommen; er habe sich in tiefster Verehrung über den Propst geäußert, und sie bitte um die Erlaubnis, ihn mitbringen zu dürfen. Es werde ihm gut tun; der gute Junge scheine sich in etwas niedergeschlagener Stimmung zu befinden.

Martine und Philippa erinnerten sich sogleich des jungen Offiziers und seiner Besuche; es tat ihnen wohl in ihrer gegenwärtigen Beunruhigung, sich über vergangene glückliche Tage zu unterhalten. Sie schrieben zurück, General Löwenhjelm sei herzlich willkommen. Auch Babette wurde hereingerufen und unterrichtet, sie würden nun zwölf bei Tische sein; die Schwestern fügten hinzu, daß der neuangemeldete Gast mehrere Jahre in Paris gelebt habe. Babette schien über die Nachricht erfreut und versicherte den Damen, zu essen sei genug da.

Die beiden Hausherrinnen trafen ihre kleinen Vorbereitungen im Wohnzimmer. In die Küche wagten sie keinen Fuß zu setzen, denn Babette hatte sich auf rätselhafte Weise einen Kombüsenmaat von einem im Hafen liegenden Schiff gegriffen – den Jungen, den Martine damals die Schildkröte hatte bringen sehen –; er sollte ihr in der Küche helfen und das Essen auftragen, und nun hatten die beiden, die dunkelhaarige Frau und der rothaarige Junge, gleichsam als Hexe mit Hausgeist, diese Regionen in Besitz genommen. Den Damen blieb völlig unbekannt, was da seit Tagesanbruch an Feuern brannte und an Kesseln brodelte.

Tischwäsche und Geschirr waren wie von Zauberhand geplättet und geputzt, Gläser und Karaffen standen bereit; nur Babette wußte, woher sie kamen. Das Propsthaus verfügte über keine zwölf Eßzimmerstühle; man hatte das große roßhaargepolsterte Sofa aus dem Salon ins Eßzimmer geschoben, und der Empfangsraum, ohnehin schon spärlich möbliert, sah nun ohne das Möbelstück seltsam kahl und leer aus.

Martine und Philippa taten ihr Bestes, die ihnen verbliebenen Bereiche zu verschönern. Was ihren Gästen auch an Unbill bevorstehen mochte, sie sollten es wenigstens nicht kalt haben, und so fütterten die Schwestern den gewaltigen alten Kachelofen von früh bis spät mit Birkenprügeln. Sie schlangen eine Wacholdergirlande um das Porträt ihres Vaters an der Wand und stellten Kerzenleuchter auf das unter dem Bild stehende Nähtischchen ihrer Mutter; sie verbrannten Wacholderzweige, damit es gut duftete. Mitunter überlegten sie, ob der Schlitten aus Fossum bei diesem Wetter durchkommen würde. Zu guter Letzt legten sie ihre schon recht alten besten schwarzen Kleider an, mit den goldenen Kreuzchen von der Konfirmation. So setzten sie sich hin, falteten die Hände im Schoß und gaben sich in Gottes Hand.

Die alten Brüder und Schwestern langten grüppchenweise an und traten langsam und feierlich ins Zimmer.

Der niedrige Raum mit seinem kahlen Fußboden und dem dürftigen Mobiliar war den Jüngern des Propstes teuer. Draußen hinter seinen Fenstern lag die große Welt. Von hier innen gesehen, war diese große Welt jetzt in ihrem winterlichen Weiß sehr säuberlich rosa, blau und rot von den Hyazinthen auf den Fensterbrettern eingefaßt. Im Sommer aber, wenn die Fenster offenstanden, hatte die große Welt draußen einen etwas anderen, ebenso zarten Rahmen aus weißen Musselinvorhängen.

An diesem Abend empfing die Gäste gleich an der Türschwelle ein Hauch von Wärme und Wohlgeruch, und sie blickten ihrem geliebten Meister ins Gesicht – es war mit Grün umkränzt. Ihre Herzen und ihre blutleeren Finger begannen aufzutauen.

Nach einem kurzen Schweigen stimmte ein betagter Bruder mit zitterndem Falsett einen vom Meister selbst verfaßten Choral an:

»Jerusalem, du hohe Stadt,
Du Name, teuer mir …«

Eine nach der anderen fielen die Stimmen ein, dünne, brüchige Frauenstimmen, das tiefe Gebrumm ehemals seefahrender Brüder, und über allen Philippas heller Sopran, ein bißchen mitgenommen vom Alter, aber noch immer engelhaft. Unwillkürlich hatten die Sänger einander bei den Händen gefaßt. Sie sangen den Choral zu Ende, brachten es aber nicht übers Herz, es damit genug sein zu lassen, sondern begannen einen zweiten:

»Speis und Trank und schnöde Hülle
Kümmern Gottes Kinder nicht …«

Die Damen des Hauses fühlten sich von diesem Lied etwas aufgerichtet, und die Worte im dritten Vers:

»Gäbst du Steine wohl und Nattern
Deinem Kind als Speise hin? …«

trafen Martine mitten ins Herz und flößten ihr Hoffnung ein.

Der Choral war noch nicht beendet, da hörte man draußen Schlittenglöckchen. Die Gäste aus Fossum waren angekommen.

Martine und Philippa eilten ihnen entgegen und führten sie ins Empfangszimmer. Frau Löwenhjelm war vor Alter winzig klein geworden; ihr Gesicht fahl wie Pergament und sehr still. General Löwenhjelm an ihrer

Seite, groß, breit, mit frischem Gesicht, in leuchtender Uniform, die Brust mit Orden bedeckt, stolzierte und prunkte wie ein Wappenvogel, ein Goldfasan oder Pfau, in dieser anspruchslosen Gesellschaft von Krähen und Dohlen.

9. General Löwenhjelm

General Löwenhjelm war in einer seltsamen Stimmung von Fossum nach Berlevaag herübergefahren. Er war dreißig Jahre nicht mehr in dieser Gegend des Landes gewesen; er hatte sich zu dem Besuch entschlossen, weil er von dem betriebsamen Hofleben Ruhe suchte, aber er hatte diese Ruhe nicht gefunden. Das alte Gutshaus in Fossum war friedlich genug; es wirkte so rührend klein nach den Tuilerien und dem Winterpalast. Aber es beherbergte eine beunruhigende Gestalt: Der junge Leutnant Löwenhjelm wandelte durch die Räume.

General Löwenhjelm sah die hübsche, schlanke Gestalt nah an sich vorüberwandeln. Und im Vorübergehen warf der junge dem älteren einen kurzen Blick und ein Lächeln zu, das hochmütige, arrogante Lächeln, das die Jugend fürs Alter hat. Der General hätte zurücklächeln können, das freundliche, etwas traurige Lächeln, das man im Alter für die Jugend hat; aber Tatsache war leider, daß ihm nach Lächeln nicht zumute war. Er befand sich, wie seine Tante geschrieben hatte, in niedergeschlagener Stimmung.

General Löwenhjelm hatte alles erlangt, wonach er im Leben gestrebt hatte, und wurde von jedermann bewundert und beneidet. Nur er selbst wußte von einer seltsamen Tatsache, die an der Vorzüglichkeit seiner Existenz nagte: daß er nämlich nicht völlig glücklich war. Irgendwo stimmte etwas nicht, und er tastete sein geistiges Ich sorgfältig nach allen Seiten ab, so wie man an einem Finger herumdrückt, um festzustellen, wo ein unsichtbarer, tiefeingedrungener Dorn sitzt.

Er stand bei den regierenden Häusern hoch in Gunst, er hatte in seinem Beruf Erfolg gehabt, er besaß Freunde überall. Der Dorn saß in keinem dieser Bezirke.

Seine Frau war brillant in jeder Hinsicht und sah immer noch gut aus. Vielleicht vernachlässigte sie den Haushalt ein wenig zugunsten ihrer Reisen und Gesellschaften; sie wechselte alle drei Monate die Dienstboten, und der General bekam zu Hause sein Essen unpünktlich aufgetragen. Da er gutes Essen hienieden hoch schätzte, empfand der General in diesem Punkte eine leichte Bitterkeit gegenüber seiner Gattin und machte sie insgeheim für die Magenverstimmung verantwortlich, an der er gelegentlich litt. Aber auch hier saß der Dorn nicht.

Indessen war General Löwenhjelm in jüngster Zeit etwas Absurdes widerfahren: Er ertappte sich dabei, daß er sich um seine unsterbliche Seele sorgte. Hatte er denn irgend Grund dazu? Er war eine moralisch hochstehende Persönlichkeit, treu seinem König, seiner Frau, seinen Freunden; ein Vorbild für jedermann. Aber es gab Augenblicke, wo es ihm vorkam, daß die Welt nicht eine moralische, sondern eine mystische Angelegenheit sei. Er schaute in den Spiegel, prüfte die Orden auf seiner Brust und seufzte vor sich hin: »Eitel, eitel, es ist alles eitel!«

Die seltsame Begegnung in Fossum hatte ihn gezwungen, seine Lebensbilanz zu ziehen.

Der junge Lorens Löwenhjelm hatte Träume und Phantasien an sich gezogen, wie eine Blume Bienen und Schmetterlinge anzieht. Er hatte dagegen angekämpft, war geflohen und hatte sich verfolgt gesehen. Er hatte sich vor der Huldre der Familienlegende gefürchtet und ihre Lockung, ins Gebirge zu gehen, abgewiesen. Die Gabe des zweiten Gesichts hatte er fest und entschlossen abgelehnt.

Der altgewordene Lorens Löwenhjelm betraf sich bei dem Wunsch, es möchte doch ein kleiner Traum über seinen Weg laufen, und ein kleiner Nachtfalter möchte sich zu ihm verirren, bevor es dunkel würde. Er betraf sich bei der Sehnsucht, das zweite Gesicht zu besitzen, so wie sich ein Blinder nach der normalen Sehkraft sehnt.

Kann eine lange Reihe von Siegen, in vielen Jahren und vielen Ländern errungen, als Summe eine Niederlage ergeben? General Löwenhjelm hatte des Leutnants Löwenhjelm Wünsche erfüllt und seinen Ehrgeiz mehr als befriedigt. Man konnte geradezu sagen, daß er ihm die ganze Welt gewonnen hatte. Und doch war es dahin gekommen, daß sich der stattliche, weltkluge ältere Mann dem unerfahrenen jungen Menschen zuwandte und ihn fragte, in ernstem, ja bitterem Ton, worin der Nutzen von alledem eigentlich liege. Irgendwo war irgend etwas verlorengegangen.

Als Frau Löwenhjelm ihrem Neffen vom Jubiläum des Propstes erzählt und als er sich zu dem gemeinsamen Besuch in Berlevaag entschlossen hatte, da war dies mehr gewesen als nur eine beliebige Zusage zu einem Abendessen.

An diesem Abend würde er, so war sein Entschluß, seine Rechnung mit dem jungen Lorens Löwenhjelm bereinigen, der damals im Propsthaus so starke Gefühle der Schüchternheit und Minderwertigkeit erlebt und daraufhin den Staub dieser Umgebung von seinen Reitstiefeln abgeschüttelt hatte. Der Jüngling sollte ihm ein für allemal beweisen, daß er vor einunddreißig Jahren die richtige Wahl getroffen hatte. Die niedrigen Zimmerchen, der Dorsch, das Glas Wasser auf dem Tisch vor ihm, das alles sollte zu Zeugen aufgerufen werden, daß in solcher Umgebung das Dasein Lorens Löwenhjelms bald in schieres Elend ausgeartet wäre.

Er ließ seine Gedanken in die Ferne schweifen. In Paris hatte er einmal einen concours hippique gewonnen, und hohe französische Kavallerieoffiziere, Fürsten und Herzöge darunter, hatten ihn gefeiert. Im besten Restaurant der Stadt gab man ihm zu Ehren ein Essen. Bei Tisch saß ihm eine Dame von Adel gegenüber, eine berühmte Schönheit, um die er sich lang bemüht hatte. Mitten während des Diners hatte sie ihre dunklen Samtaugen über den Rand des Champagnerglases gehoben und ihm wortlos versprochen, ihn glücklich zu machen. Jetzt, im Schlitten sitzend, erinnerte er sich plötzlich, daß er damals einen Augenblick lang Martines Gesicht vor sich gesehen hatte; doch hatte er den Anblick von sich gewiesen.

Er hörte eine Weile auf das Klingeln der Schlittenglokken; dann überkam ihn ein Lächeln bei der Überlegung, wie er heute abend zweifellos die Unterhaltung beherrschen würde, an demselben Tisch, an dem der junge Lorens Löwenhjelm so stumm gesessen hatte.

Große Schneeflocken fielen in dichtem Gestöber; hinter dem Schlitten war die Spur im Nu zugeschneit. General Löwenhjelm saß regungslos neben seiner Tante, sein Gesicht vergraben im hohen Pelzkragen seines Mantels.

10. Babettes Diner

Als Babettes rothaariger Hausgeist die Tür zum Speisezimmer öffnete und die Gäste langsam die Schwelle überschritten, ließen sie die bisher verschlungenen Hände los und verstummten. Es war ein köstliches Verstummen, und im Geiste hielten sie sich noch immer bei den Händen und sangen.

Babette hatte entlang der Mitte des Tischs eine Reihe Kerzen aufgestellt. Die Flämmchen glänzten wider auf den schwarzen Bratenröcken und Kleidern und auf der einen scharlachroten Uniform und spiegelten sich in hellen, feuchten Augen.

General Löwenhjelm sah Martines Gesicht im Kerzenschimmer, nicht anders als damals bei ihrer Trennung, vor dreißig Jahren. Was hatten dreißig Jahre Berlevaag-Leben wohl für Spuren darauf hinterlassen? Das goldene Haar war jetzt mit Silber durchzogen; das blumenfrische Gesicht hatte sich langsam in Alabaster verwandelt. Aber wie klar war die Stirn, wie ruhevoll zuverlässig die Augen, wie rein und süß der Mund, als sei nie ein hartes Wort über die Lippen geglitten. Als alle saßen, sprach das älteste Mitglied der Gemeinde das vom Propst selbst verfaßte Tischgebet:

»Mög die Speise den Leib mir erhalten
Und der Leib mir die Seele hochhalten,
Daß die Seele in Taten und Worten
Preis kann singen dem Herrn allerorten.«

Bei dem Wort »Speise« besannen sich die Gäste, die alten Häupter über den gefalteten Händen, ihres Gelübdes, daß sie über diesen Gegenstand kein Wort äußern wollten, und verstärkten in ihren Herzen noch den Schwur: Auch keinen Gedanken wollten sie dem Thema zuwenden. Zwar saßen sie hier zu einem Mahl beisammen; aber das hatten die Leute bei der Hochzeit zu Kana auch getan. Und Gottes Gnade hatte es beliebt, sich alldaselbst zu offenbaren, im Wunder des Weins, nicht minder als an anderen Orten.

Babettes Gehilfe schenkte für jeden ein kleines Gläschen ein. Sie hoben es mit ernster Miene zum Munde, als Bestätigung ihres Entschlusses.

General Löwenhjelm, etwas mißtrauisch gegen den Wein, nahm ein Schlückchen, stutzte, hob sich halb vom Sitz, führte das Glas zuerst an die Nase und dann in Augenhöhe und ließ sich verwirrt wieder auf seinen Stuhl fallen. Das ist ja nicht zu glauben, dachte er. Amontillado! Und der feinste Amontillado, den ich je getrunken habe! Um die Zuverlässigkeit seiner Sinneswahrnehmungen zu prüfen, kostete er einen Löffel Suppe, kostete einen zweiten, und ließ dann den Löffel sinken. Das wird ja immer wunderlicher, sagte er sich; was ich hier esse, ist doch unzweifelhaft Schildkrötensuppe – und zwar was für eine! Er fühlte sich von einer seltsamen Art von Panik übermannt und leerte sein Glas.

Im allgemeinen redeten die Leute in Berlevaag nicht viel beim Essen. An diesem Abend aber schienen die Zungen gelöst. Einer von den alten Brüdern erzählte, wie er zum erstenmal mit dem Propst zusammengetroffen war. Ein anderer wiederholte fast wortwörtlich die Predigt, die vor sechzig Jahren seine Bekehrung bewirkt hatte. Eine alte Frau, dieselbe, der sich Martine in ihrer Not zuerst anvertraut hatte, erinnerte den Freundeskreis daran, wie in jeder Anfechtung alle Brüder und Schwestern bereit waren, die Lasten miteinander zu teilen.

General Löwenhjelm, eingedenk seines Vorsatzes, das Tischgespräch zu beherrschen, erzählte, daß die gesammelten Predigten des Propstes zu den Lieblingsbüchern der Königin gehörten. Doch brachte ihn das soeben neu aufgetragene Gericht alsbald zum Verstummen. Unglaublich! durchzuckte es ihn; das ist ja Blinis Demidoff! Er blickte sich nach seinen Tischgenossen um: still und gelassen speisten sie ihr Blinis Demidoff, ohne das geringste Zeichen der Überraschung oder Zustimmung, als hätten sie seit dreißig Jahren nie etwas anderes getan.

Eine Schwester ihm gegenüber brachte das Gespräch auf die seltsamen Geschehnisse, die sich begeben hätten, als der Propst noch unter den Seinen weilte, und die man sehr wohl als Mirakel bezeichnen könne. Erinnerten sie sich, wie er damals versprochen hatte, in dem Dorf drüben auf der anderen Seite des Fjords eine Weihnachtsandacht zu halten? Vierzehn Tage lang war das Wetter so schlecht, daß kein Bootsmann oder Fischer die Überfahrt wagen wollte. Die Dörfler gaben bereits die Hoffnung auf, aber der Propst erklärte ihnen, wenn kein Boot ihn übersetzte, werde er übers Wasser wandeln. Und siehe da! Drei Tage vor Weihnachten hörte der Sturm auf, scharfer Frost setzte ein, und der Fjord fror zu von Ufer zu Ufer – wie es seit Menschengedenken nicht geschehen war!

Der Junge füllte die Gläser neu. Dieses Mal wußten die Brüder und Schwestern, daß es sich bei dem Getränk nicht um Wein handeln konnte, denn es sprühte. Es muß eine Art Limonade sein, die aufs beste zu ihrem angeregten Geisteszustand paßte und sie gleichsam von der Erde emporhob in höhere, reinere Regionen.

General Löwenhjelm stellte das Glas wieder zurück, wandte sich an seinen Nachbarn zur Rechten und sagte: »Aber das ist doch ein Veuve Cliquot 1860?« Der Angesprochene blickte ihn freundlich an, lächelte ihm zu und machte eine Bemerkung über das Wetter.

Der Junge hatte seine Anweisungen: Er füllte den Mitgliedern der Brüdergemeinde die Gläser nur einmal, dem General aber füllte er nach, sowie er ausgetrunken hatte. Und das geschah in raschem Wechsel. Denn wie soll sich ein Mann von Sinn und Verstand verhalten, wenn er sich auf Sinn und Verstand nicht mehr verlassen kann? Besser, man ist betrunken als verrückt.

Häufig war es den Leuten von Berlevaag bisher geschehen, daß sie sich nach einem guten Essen mit der Zeit ein wenig träge fühlten. An diesem Abend war das anders. Die Tafelnden wurden leichter an Gewicht und leichter von innen her, je mehr sie aßen und tranken. Jetzt brauchten sie sich nicht mehr an ihr Gelübde zu erinnern. Es war ihnen klar geworden, wenn der Mensch jeden Gedanken an Speis und Trank nicht allein vergißt, sondern vollkommen aus seinem Bewußtsein verbannt, dann ißt und trinkt er im rechten Geist.

General Löwenhjelm hörte zu essen auf und blieb regungslos sitzen. Wieder wanderten seine Gedanken zurück zu jenem Festessen in Paris, an das er während der Schlittenfahrt gedacht hatte. Damals war ein ganz unglaublich ausgefallenes und wohlschmeckendes Gericht aufgetragen worden; er hatte sich bei seinem Nachbarn, dem Obersten Galliffet, nach dem Namen erkundigt, und der Oberst hatte ihm lächelnd geantwortet, es heiße »Cailles en Sarcophage«. Er hatte hinzugesetzt, das Gericht sei von dem Küchenchef des Cafés, in welchem sie speisten, persönlich erfunden. Diese Person gelte in ganz Paris als das größte kulinarische Genie der Gegenwart, und – kaum zu glauben – es handle sich um eine Frau. »Und wahrhaftig«, sagte Oberst Galliffet, »diese Frau verwandelt ein Diner im Café Anglais in eine Art Liebesaffäre – eine Liebesaffäre von der edlen, romantischen Sorte, wo man nicht mehr unterscheidet, was körperliche und was geistige Begierde und Sättigung ist. Sie können mir glauben, ich habe schon um manche schöne Frau ein Duell gehabt. Aber es gibt in ganz Paris keine Frau, junger Freund, für die ich lieber mein Blut vergießen würde.« General Löwenhjelm wandte sich an seinen Nachbarn zur Linken und sagte zu ihm: »Das sind doch zweifellos Cailles en Sarcophage!« Der Nachbar, der eben der Beschreibung eines Wunders gelauscht hatte, blickte ihn geistesabwesend an; dann nickte er zustimmend und erwiderte: »Ja, ja, gewiß doch. Was sollte es sonst sein?«

Von den Wundertaten des Meisters hatte sich das Tischgespräch den kleineren Wundern an Güte und Hilfsbereitschaft zugewandt, die seine beiden Töchter täglich vollbrachten. Der alte Bruder, der vorhin als erster den Choral angestimmt hatte, zitierte einen Ausspruch des Propstes: »Die einzigen Dinge, die wir aus unserem Leben hienieden mit uns nehmen können, sind die, die wir hingegeben haben.« Die Gäste lächelten gerührt – steinreich würden die bescheidenen armen Jungfern in die nächste Welt einziehen.

General Löwenhjelm wunderte sich über nichts mehr. Als ein paar Augenblicke später Trauben, Pfirsiche und frische Feigen vor ihn hingestellt wurden, sagt er lächelnd zu dem ihm gegenübersitzenden Gast: »Schöne Weintrauben!« Der aber antwortete: »Und sie kamen bis an den Bach Eskol und schnitten daselbst eine Rebe ab mit einer Weintraube und ließen sie zwei auf einem Stecken tragen.«

Da fühlte der General, daß die Zeit gekommen war, eine Rede zu halten. Er schob seinen Stuhl zurück und richtete sich kerzengerade auf.

Niemand sonst am Tisch war aufgestanden, um zu sprechen. Die alten Leutlein hoben in hoher, seliger Erwartung ihre Augen zu dem Gesicht da oben. Sie waren an den Anblick gewöhnt von Seeleuten und Landstreichern, die stockbesoffen waren von dem landesüblichen scharfen Schnaps. Doch erkannten sie mitnichten in dem Krieger und Hofmann die vom edelsten Wein der Welt hervorgebrachte Trunkenheit.

»Gnade und Wahrheit, meine Freunde, sind einander begegnet«, sagte der General. »Rechtschaffenheit und Himmelssegen sollen vereint sein in einem Kuß.«

Er sprach mit klarer Stimme, die geschult war auf Übungsplätzen und ein sanftes Echo gehabt hatte in Königspalästen; gleichzeitig aber sprach er auf eine für ihn selbst so neue und ihn seltsam bewegende Weise, daß er nach dem ersten Satz eine Pause machen mußte. Er war sonst gewohnt, seine Reden mit Sorgfalt vorzubereiten und dem jeweiligen Zweck anzupassen; hier aber, inmitten der einfältigen Brüdergemeinde des Propstes, war es plötzlich so, als wäre seine Gestalt – er, der General Löwenhjelm, mit ordenbedeckter Brust – nur das Sprachwerkzeug für eine Botschaft, die übermittelt werden sollte.

»Der Mensch, meine Freunde«, sagte General Löwenhjelm, »ist schwach und töricht. Uns allen ward kundgetan, daß wir Gnade finden sollen in der Schöpfung. Aber in unserer menschlichen Torheit und Kurzsichtigkeit bilden wir uns ein, die göttliche Gnade sei etwas Begrenztes, und das macht uns zittern...« Nie im Leben hatte der General verkündet, daß ihn etwas zittern mache; er war ehrlich erstaunt und sogar schockiert, als er sich mit eigener Stimme diese Feststellung treffen hörte. »Wir zittern, bevor wir unsere Wahl im Leben treffen, und wenn wir sie getroffen haben, zittern wir aufs neue, aus Furcht, daß wir falsch gewählt haben. Aber es kommt der Augenblick, da wir sehend werden und erkennen lernen, daß die Gnade unbegrenzt ist. Gottes Gnade, meine Freunde, will nichts weiter von uns, als daß wir vertrauensvoll ihrer harren und sie in Dankbarkeit hinnehmen. Die Gnade, ihr Brüder, stellt keine Bedingungen und sondert keinen von uns aus der Reihe heraus; die Gnade nimmt uns alle an die Brust und verkündet uns Generalamnestie. Sehet an, was wir uns erwählet haben, das wird uns geschenkt, aber auch, was wir von uns wiesen, wird uns gleichermaßen zuteil. Ja, eben das, was wir verworfen haben, ergießt sich über uns im Überfluß. Denn Erbarmen und Wahrheit sind einander begegnet; Rechtschaffenheit und Seligkeit sind zusammengekommen in einem Kuß!«

Die Brüder und Schwestern hatten die Rede des Generals nicht bis aufs letzte verstanden; aber sein gesammelter und erleuchteter Gesichtsausdruck und der Klang wohlbekannter und herzbewegender Worte waren allen tief ins Gemüt gedrungen. Solchermaßen gelang es dem General Löwenhjelm nach einunddreißig Jahren, wahrhaftig im Hause des Propstes das Tischgespräch zu beherrschen.

Was sich weiterhin an diesem Abend begab, läßt sich hier nicht mit Sicherheit berichten. Keiner von den Gästen hatte später noch eine klare Erinnerung daran. Sie wußten nur, die Zimmer waren erfüllt von einem Himmelslicht, als wären viele kleine Heiligenscheine zu einem mächtigen Strahlenschimmer verschmolzen. Stummgewordene alte Menschen wurden von neuem sprachbegabt; Ohren, seit Jahren beinahe taub, wurden aufgeschlossen für das Wort. Die Zeit sogar verschwamm und mischte sich mit Ewigkeit. Lang nach Mitternacht noch glänzten die Fenster des Hauses golden, und golden strömte Gesang hinaus in die Winterluft.

Die zwei alten Weiber, die sich mit Lästerreden verfolgt hatten, wanderten in Gedanken einen weiten Weg zurück, vorbei an der bösen Zeit, da sie ineinander verbissen waren, und trafen sich in den frühen Mädchentagen, als sie zusammen Konfirmationsunterricht hatten und Hand in Hand laut singend durch die Fluren von Berlevaag zogen. Ein Gemeindebruder stieß einen andern jählings in die Rippen, wie es Knaben in rauher Herzlichkeit tun, und rief ihm zu: »Du hast mich bemogelt mit dem Holz damals, alter Gauner!« und der Angeredete wollte schier umkommen vor homerischem Gelächter, doch mit Tränen in den Augen. »Bemogelt, das ist wahr, lieber Bruder«, rief er. »Bemogelt, und nicht zu knapp.«

Schiffer Halvorsen und Witwe Oppegaarden fanden sich in einer Ecke aneinandergeschmiegt und tauschten endlich den langen, langen Kuß, für den sie in der Heimlichkeit und Unrast ihrer jugendlichen Liebesaffäre nie Zeit gehabt hatten.

Die Anhänger des alten Propstes waren schlichte Gemüter. Wenn sie sich in späterer Zeit des Abends entsannen, kam keinem von ihnen je in den Sinn, daß ihnen die gemeinsame Stunde der Erhebung etwa aus eigenem Verdienst beschert worden sei. Ihnen war klar, die grenzenlose Gnade, von der General Löwenhjelm gesprochen hatte, war ihnen zuteil geworden, und sie wunderten sich nicht einmal über die Tatsache, denn sie war ja nur die Erfüllung einer stets gehegten Hoffnung. Die eitlen Truggebilde dieser Erde hatten sich vor ihren Augen wie Rauch aufgelöst, und sie hatten das Universum geschaut, wie es wirklich ist. Eine Stunde des Tausendjährigen Reichs war ihnen geschenkt worden.

Die alte Frau Löwenhjelm brach als erste auf. Ihr Neffe begleitete sie, und die Gastgeberinnen leuchteten ihnen bis vors Haus. Während Philippa der alten Dame in ihre zahlreichen Hüllen half, ergriff der General Martines Hand und hielt sie lang und wortlos in der seinen. Schließlich sagte er: »Jeden Tag meines Lebens bin ich bei dir gewesen. Das weißt du doch, nicht?«

»Ja«, sagte Martine. »Ich weiß, daß es so war.«

»Und«, fuhr er fort, »ich werde bei dir sein jeden Tag, den ich noch zu leben habe. Jeden Abend – wenn schon nicht im Fleisch, das hat ja nichts zu bedeuten, aber im Geist, und darauf kommt alles an – werde ich mich mit dir zu Tisch setzen, so wie heute abend. Denn heut abend, liebe Schwester, habe ich gelernt, daß in dieser Welt alles möglich ist.«

»Ja, so ist es, lieber Bruder«, sagte Martine. »In dieser Welt ist alles möglich.«

Damit trennten sie sich.

Als schließlich auch die übrige Gesellschaft aufbrach, hatte es zu schneien aufgehört. Dorf und Berge lagen in weißem, jenseitigem Schimmer, und der Himmel war hell von tausend Sternen. Auf der Straße lag der Schnee so tief, daß man kaum Schritt vor Schritt setzen konnte. Die Gäste aus dem gelben Haus waren unsicher auf ihren Füßen; sie schwankten, setzten sich unvermittelt hin oder fielen nach vorn auf alle viere und wurden über und über weiß von Schnee, als wären wirklich ihre Sünden weißgewaschen wie Wolle, und sie hüpften nun in diesem ihrem neugewonnenen Unschuldsstand übermütig wie die Lämmer. Es war köstlich für sie alle, wieder zu sein wie die Kinder; nebenbei war es auch ein Heidenspaß, die alten Mitbrüder und Mitschwestern, die sich immer so wichtig genommen hatten, in diesem Himmelszustand einer zweiten Kindheit zu beobachten. Sie stolperten und richteten sich wieder auf, sie schritten dahin und standen still, hatten sich dabei körperlich sowohl wie seelisch bei der Hand gefaßt und sahen mitunter aus, als tanzten sie in einer Francaise der Seligen die Figur mit der großen Kette.

»Segne dich, segne dich, segne dich«, hallte es wie Echo aus der Harmonie der Sphären nach allen Seiten.

Martine und Philippa standen noch lang auf der Steintreppe vor dem Haus. Sie spürten nichts von der Kälte.

»Die Sterne sind nähergekommen«, sagte Philippa.

»Das werden sie jetzt jede Nacht tun«, sagte Martine still. »Gut möglich, daß es überhaupt nicht mehr schneit.«

Darin irrte sie sich jedoch. Eine Stunde später begann es von neuem zu schneien, und zwar mit einer Heftigkeit, wie man es in Berlevaag noch nie erlebt hatte. Am andern Morgen brachten die Leute kaum ihre Türen auf, so schwere Schneewehen lasteten dagegen. Und die Fenster waren so dick eingeschneit – das wurde noch nach Jahren erzählt –, daß viele gute Bürger im Ort vom Tagesanbruch gar nichts bemerkten und bis tief in den Nachmittag hinein schliefen.

12. Die große Künstlerin

Als Martine und Philippa die Haustür zuschlossen, besannen sie sich plötzlich auf Babette. Eine kleine Woge der Zärtlichkeit und des Mitleids erfüllte sie. Babette als einzige hatte keinen Teil gehabt an den Segnungen, des Abends.

Sie gingen hinüber in die Küche, und Martine sagte zu Babette: »Das war wirklich ein nettes Essen, Babette.«

Ihre Herzen füllten sich unvermutet mit Dankbarkeit. Es wurde ihnen bewußt, daß keiner der Gäste auch nur ein Wort über die Bewirtung gesprochen hatte. Auch sie selber, und wenn sie sich die größte Mühe gaben, konnten sich an keines der Gerichte erinnern, die aufgetragen worden waren. Martine kam die Schildkröte in den Sinn. Die war ja gar nicht auf den Tisch gekommen, sie schien plötzlich weit entfernt und nur wie eine blasse Erinnerung – womöglich war sie überhaupt nur ein Nachtmahr gewesen.

Babette saß auf dem Hackklotz, umgeben von rußgeschwärzten und fettverschmierten Töpfen und Pfannen in einer Anzahl, wie ihre Herrinnen sie nie auf einem Haufen beisammen gesehen hatten. Sie war so weiß im Gesicht und so zu Tode erschöpft wie in jener Nacht, als sie in Berlevaag erschien und an der Tür der Propsttöchter zusammengebrochen war. Es verging eine lange Zeit, dann blickte sie zu den Schwestern auf und sagte: »Ich bin Köchin im Café Anglais gewesen.«

Martine wiederholte: »Das haben wirklich alle gefunden, ein nettes Essen!« Als Babette mit keinem Wort darauf einging, setzte sie hinzu: »Wir werden alle den Abend im Gedächtnis behalten, wenn du wieder in Paris bist, Babette.«

Babette erwiderte: »Ich gehe nicht nach Paris.«

»Du gehst nicht nach Paris zurück?« rief Martine erstaunt.

»Nein«, sagte Babette. »Was soll ich in Paris? Sie sind alle fort, ich habe alle verloren, Mesdames.«

Die Schwestern erinnerten sich, welches Schicksal Monsieur Hersant und sein Sohn erlitten hatten, und sagten: »Ach ja, Babette, du Arme!«

»Alle sind sie fort«, sagte Babette. »Der Herzog von Morny, der Herzog Decazes, der Fürst Naryschkin, der General Galliffet, Aurélien Scholl, Paul Daru, die Fürstin Pauline! Alle fort!«

Die fremden Namen und Titel von Menschen, deren Verlust Babette beklagte, versetzten die beiden Damen in eine gewisse Verwirrung; doch sprach aus der Aufzählung ein solches Übermaß von tragischen Verwicklungen und Perspektiven, daß sie in ihrem Mitgefühl Babettes Verlust als ihren eigenen empfanden und ihre Augen sich mit Tränen füllten.

Nach einem weiteren langen Schweigen lächelte Babette plötzlich ein wenig und sagte: »Außerdem, wie soll ich denn nach Paris zurückfahren, Mesdames? Ich habe kein Geld.«

»Kein Geld?« riefen die Schwestern wie aus einem Munde.

»Nein«, sagte Babette.

»Aber die zehntausend Francs?« fragten die Schwestern, vor Schrecken atemlos.

»Die zehntausend Francs sind ausgegeben, Mesdames«, sagte Babette.

Die Schwestern mußten sich setzen. Eine Minute lang verschlug es ihnen die Rede.

»Aber zehntausend Francs?« begann Martine schließlich mit einer Flüsterstimme.

»Was wollen Sie, Mesdames«, sagte Babette, und viel Würde sprach aus ihren Worten. »Ein Diner für zwölf Personen im Café Anglais, das hat immer seine zehntausend Francs gekostet.«

Den Damen fiel immer noch nichts zu sagen ein. Was ihnen da eröffnet worden war, entzog sich ihrem Verständnis. Aber schließlich waren viele Dinge am heutigen Abend auf die eine oder andere Weise über ihr Verständnis hinausgegangen.

Martine besann sich auf eine Geschichte, die ein Freund ihres Vaters aus seiner Missionarszeit in Afrika erzählt hatte. Er hatte der Lieblingsfrau eines alten Stammeshäuptlings das Leben gerettet, und zum Zeichen seiner Dankbarkeit hatte ihn der Häuptling mit einem üppigen Essen regaliert. Erst lange Zeit später erfuhr der Missionar von seinem schwarzen Diener, was er dort gespeist hatte, war ein gut durchwachsenes kleines Enkelkind des Häuptlings gewesen, zubereitet zu Ehren des großen christlichen Medizinmannes. Martine schauderte.

Philippa aber fühlte sich bis ins tiefste Herz gerührt. Sie hatte das Empfinden, daß hier ein unvergeßlicher Abend seine Krönung erfahren sollte in einem unvergeßlichen Beispiel menschlicher Treue und Selbstaufopferung.

»Liebe Babette«, sagte sie freundlich, »das hättest du aber nicht tun sollen: unsertwegen alles hergeben.«

Babette warf der Herrin einen tiefen Blick zu, einen seltsamen Blick – lag nicht Mitleid, vielleicht sogar Verachtung, auf seinem Grunde?

»Ihretwegen?« versetzte sie. »Nein. Meinetwegen.«

Sie erhob sich vom Hackklotz und stellte sich den Schwestern gegenüber.

»Ich bin eine große Künstlerin!« sagte sie.

Sie wartete einen Augenblick und wiederholte: »Ich bin eine große Künstlerin, Mesdames.«

Von neuem breitete sich für längere Zeit ein tiefes Schweigen in der Küche aus. Dann sagte Martine: »Also bleibst du nun arm fürs ganze Leben, Babette?«

»Arm?« sagte Babette. Sie lächelte wie zu sich selbst.

»Nein. Arm bin ich nie. Ich habe Ihnen gesagt, ich bin eine große Künstlerin. Eine große Künstlerin, Mesdames, ist niemals arm. Wir haben etwas, Mesdames, wovon andere Leute nichts wissen.«

Während die ältere Schwester darauf nichts mehr zu sagen wußte, begannen in Philippas Herz tiefe, vergessene Saiten zu vibrieren. Sie hatte schon einmal gehört, lang lang war's her, von diesem Café Anglais. Sie hatte schon einmal, vor langer Zeit, Babettes tragische Namensliste vernommen. Sie stand auf und trat einen Schritt auf die Dienerin zu.

»Aber alle diese Leute, die du da erwähnst«, sagte sie, »diese Fürsten und hohen Herrschaften aus Paris, Babette – gegen die hast du doch gekämpft! Du warst doch Kommunarde. Der General, von dem du sprichst, hat deinen Mann und deinen Sohn erschießen lassen. Wie kannst du diesen Leuten nachtrauern?«

Babette kehrte Philippa ihren dunklen Blick entgegen.

»Ja«, sagte sie, »ich war Kommunarde! Gott sei Dank war ich Kommunarde. Und die Leute, Mesdames, die ich genannt habe, waren bös und grausam. Sie haben das Volk von Paris hungern lassen, sie haben die Armen unterdrückt und gekränkt. Gott sei Dank habe ich auf der Barrikade gestanden und habe für das Mannsvolk die Gewehre geladen. Aber trotzdem, Mesdames, will ich nicht nach Paris zurück, wenn die Leute, von denen ich gesprochen habe, nicht mehr dort sind.«

Sie stand regungslos da, in Gedanken versunken.

»Sie müssen verstehen, Mesdames«, sagte sie schließlich, »diese Leute gehörten zu mir, es waren meine Leute. Sie waren dazu erzogen und geübt, mit größerem Aufwand, als Sie, meine lieben Damen, auch nur begreifen und glauben können, dazu erzogen, daß sie verstehen konnten, was ich für eine Künstlerin bin. Ich konnte sie glücklich machen. Wenn ich mein Allerbestes gab, konnte ich sie vollkommen glücklich machen.«

Sie schwieg einen Augenblick.

»So war es auch mit Monsieur Papin«, sagte sie.

»Mit Monsieur Papin?« fragte Philippa.

»Ja, mit Ihrem Monsieur Papin, Sie Arme!« sagte Babette. »Er hat es mir selbst gesagt. Für einen Künstler, hat er gesagt, ist es schrecklich und unerträglich, wenn er dazu ermutigt wird, nur sein Nächstbestes zu geben und dafür noch Beifall bekommt. Durch die ganze Welt, hat er gesagt, schallt unablässig der eine Schrei aus dem Herzen des Künstlers: Erlaubt mir doch, daß ich mein Äußerstes gebe!«

Philippa trat vollends auf Babette zu und umschlang sie mit ihren Armen. Der Leib der Köchin war anzufühlen wie ein steinernes Denkmal; aber sie selber zitterte und bebte vom Kopf bis zu den Füßen.

Eine Zeitlang fand sie keine Worte. Dann flüsterte sie: »Aber dies ist nicht das Ende. Ein Gefühl sagt mir, Babette, daß dies nicht das Ende ist. Im Paradies wirst du die große Künstlerin sein, als die Gott dich schuf. Und ein Entzücken«, fügte sie hinzu, und die Tränen liefen ihr über die Wangen, »ein Entzücken, Babette, für die Engel!«

Stürme

1. Die Vision des Sturmes

Es war einmal ein alter Schauspieler und Theaterprinzipal namens Sörensen. In seinen jungen Jahren hatte er auf den Kopenhagener Bühnen gespielt und war, als Glanzpunkt seiner Karriere, sogar am Königlichen Theater als Aristophanes in Adam Oehlenschlägers Tragödie »Sokrates« aufgetreten. Doch war er ein Mensch von großangelegtem, unabhängigem Charakter, darauf angewiesen, daß er als Schöpfer und Behüter der ihn umgebenden Welt erscheinen konnte. Als Kind hatte er eine Weile bei Verwandten seiner Mutter in Norwegen gelebt und sich von daher eine tiefe, unerschütterliche Neigung für das Fjell-Land bewahrt, das in seiner Erinnerung himmelhoch ragend und von Stürmen gepeitscht dastand, gleichsam als Hintergrund und Kulisse für »Haakon Jare« und das Schottland aus Macbeth und Ossian. Er las den norwegischen Dichter Wergeland und erfuhr, wie sehr sich das norwegische Volk nach großer Kunst sehnte, und eine Unrast befiel seine Seele. Visionen und Stimmen suchten ihn heim, er fühlte, eine Krone war ihm da angeboten, und es erging wie ein Auftrag an ihn, daß er sich aufmache nach dem Norden. Schon reif an Jahren riß er jäh seine Wurzeln aus dem weichen Kopenhagener Schlick, um sie dafür in steinigen Grund zu pflanzen, und zog um die Zeit, als der erste regelmäßige Dampferverkehr an der norwegischen Küste eingerichtet wurde – ungefähr vor hundert Jahren –, mit seiner eigenen kleinen Truppe die Fjorde entlang von Stadt zu Stadt.

Seine alten Kopenhagener Freunde erörterten untereinander den betrüblichen Abstieg, den es für einen Königlichen Schauspieler aus der Hauptstadt bedeuten mußte, mit einem nur halb ausgebildeten Ensemble auf Provinzbühnen vor einem halb barbarischen Publikum aufzutreten. Herr Sörensen selbst aber freute sich seiner Freiheit, und sein ganzes Wesen blühte auf beim Schwall von Wind und Wellen, in rohgezimmerten Brettergarderoben, in zugigen Räumen bei Talglicht. Während der Galaaufführungen war er der hochgeschätzte Botschafter der großen Mächte, angetan mit Ordensglanz und Königsgunst, und bei anderer Gelegenheit, wenn er in seiner engen Koje unter dem gnadenlosen Griff der Seekrankheit stöhnte, war er deren hartgeprüfter Prophet, der Jonas im Walfischbauch. Immer und überall aber war er der Auserwählte, der Wanderer aus Berufung.

Herr Sörensen hatte in seiner Natur eine Art Doppelbödigkeit, die seine Umgebung wohl verwirren und aus der Fassung bringen konnte und die vielleicht sogar dämonisch heißen durfte, mit der er selbst jedoch auf recht harmonische Weise auszukommen wußte. Er war auf der einen Seite ein hellwacher, pfiffiger und unermüdlicher Geschäftsmann, mit Augen im Hinterkopf, einer feinen Nase für Profit und einer völlig sachlichen und affektfreien Auffassung vom Publikum und von der Menschheit im allgemeinen. Zugleich aber war er auch der gehorsame Diener seiner Kunst, ein demütiger alter Priester im Tempel, die Worte »Domine, non sum dignus« tief in seiner Brust.

Er ließ sich in seinen Kontrakten auch nicht um einen Heller beschummeln. Während er vor einem fast blind gewordenen, auf Pappe aufgezogenen Spiegel seine Maske zurechtmachte, kam ihm oft unversehens eine Erleuchtung, mit deren Hilfe er andere übers Ohr hauen konnte. Er spielte in vielen plumpen Schwänken (die man damals Possen nannte), regalierte die Zuschauer nach Herzenslust mit Kapriolen, Gebrüll und abenteuerlichen Grimassen und dankte ihnen für den ohrenbetäubenden Beifall mit der Hand auf dem Herzen und einem honigsüßen Lächeln auf den Lippen – und hatte doch dabei die ganze Zeit nichts als die Abendkasse, bis zum kleinsten Pfennigbetrag, im Kopf.

Wenn er dann aber später zur Nacht sein frugales Mahl eingenommen hatte, mit einem Gläschen Schnaps dazwischen, und mit der Kerze in der Hand zu seiner Schlafkammer emporstieg auf einer Treppe, so steil und eng wie ein Hühnersteig, dann stieg er im Geiste so hoch wie ein alter Engel auf der Jakobsleiter. Oben angekommen, setzte er sich ein zweites Mal zu Tisch, mit Euripides, Lope de Vega und Molière, mit den Dichtern aus dem Goldenen Zeitalter seines eigenen Vaterlandes und mit dem Dichter schließlich, der am meisten von allen aussah wie ein Mensch, mit William Shakespeare persönlich. Die unsterblichen Geister waren seine Genossen und verstanden ihn, wie er sie. In ihrem Kreis konnte er sich gehenlassen, jubeln und frei sein, oder auch Tränen aus tiefstem Weltschmerz weinen.

Geschäftsfreunde hatten Herrn Sörensen mitunter schon als schamlosen Spekulanten charakterisiert. In seinen Beziehungen zu den Unsterblichen jedoch war er keusch wie eine Jungfrau.

Nur einige intime Freunde kannten seine Theorie, daß viel Unwürdiges im Menschenleben sich würde vermeiden lassen, wenn sich die Leute nur daran gewöhnten, in Versen miteinander zu sprechen. Es brauchen nicht gerade Reime zu sein, pflegte er zu sagen. Oder genau besehen, es sollten unter keinen Umständen Reime sein. Der gereimte Vers ist auf die Dauer ein unfairer Angriff auf das wahre Wesen der Poesie. Aber wir sollten unsere Gefühle und unseren Gedankenaustausch im Blankvers von uns geben – denn der Jambus bezwingt die Rauheit unserer Natur durch vornehme Worte und trennt eifrig Geschwätz und Unsinn vom Gold und Silber in der menschlichen Rede. In den großen Augenblicken seines Lebens verhielt sich Herr Sörensen so und dachte in Jamben.

Nur der General-Standesamtspräsident in Kopenhagen – und auch der hatte sich nur äußerst widerstrebend auf die Idee eingelassen – wußte von einem Kodizill in Herrn Sörensens Testament, demzufolge sein alter Schädel dereinst glattpoliert werden und von Generation zu Generation als Yoricks Schädel auf der Bühne Verwendung finden sollte.

Nun begab es sich in einem Jahr, daß Herr Sörensen bei der Generalabrechnung feststellte, daß die abgelaufene Spielzeit die profitreichste seiner Laufbahn war. Der alte Unternehmer sagte sich, daß die hohen Mächte freundlich auf ihn geblickt hatten und daß er ihnen zum Dank schuldig sei, etwas für sie zu tun. Er beschloß, einen uralten Traum seines Lebens zu verwirklichen. Er würde Shakespeares »Sturm« inszenieren und selbst die Rolle des Prospero spielen.

Kaum hatte er die Entscheidung getroffen, so sprang er aus dem Bett, zog sich an und unternahm einen langen Nachtspaziergang. Er schaute zu den Sternen auf und mußte sich sagen, daß er seltsame Wege gewandelt war. Die Kulissen, sprach er zu sich, nach denen ich mich mein Leben lang gesehnt habe, sind mir nun geschenkt – damit ich sie auch wirklich aufstelle. Dank sei denen, in deren Händen ich gewesen bin und weiterhin bleibe.

2. *Eine Rolle wird besetzt*

Er verbrachte so manche schlaflose Nacht und schob sein männliches und weibliches Personal in der Besetzung des Stückes da- und dorthin, als seien sie Figuren in einer erlesenen Schachpartie. Schließlich konnte er, bis auf eine einzige Gestalt, die ganze Rollenverteilung an den Fingern abzählen und war damit zufrieden. Nur einen Ariel hatte er noch nicht gefunden, und er raufte sich die Haare, daß es ihm nicht gelang. Schon hatte er im Geiste seine besten Künstler in der Rolle vor sich auftreten lassen und sie ihnen in verzweifeltem Grimm wieder abgenommen, als eines Tages sein Auge auf ein junges Mädchen fiel, das kürzlich der Truppe beigetreten war und in einer Reihe kleinerer Rollen bescheidenen Beifall gefunden hatte.

»Herr Gott und höchster Richter«, schrie es in diesem Augenblick in Herrn Sörensens Herzen. »Wo hab ich bloß meine Augen gehabt? Da habe ich auf den Knien gelegen und den Himmel angefleht, er möge mir einen brauchbaren Luftgeist schicken. Wahrhaftig, ich war schon im Begriff und hätte vor lauter Hoffnungslosigkeit die ganze Sache aufgegeben. Und dabei läuft die ganze Zeit der herrlichste Ariel, den die Welt je gesehen hat, vor meiner Nase auf und ab, und ich erkenne den Kerl nicht!« So aufgewühlt war er, daß er über das Geschlecht der Novizin völlig hinwegsah.

»Meine Tochter«, sprach er zu der jungen Schauspielerin, »du sollst mir den Ariel im ›Sturm‹ spielen!«

»Ich?« rief sie.

»Wahrhaftig«, sagte Herr Sörensen.

Das Mädchen, mit dem er sprach, war eine großgewachsene Person mit hellen, unerschrockenen Augen, dabei aber von eigentümlich zurückhaltender Würde in ihrem Auftreten. Herr Sörensen, der in puncto moralischer Anforderungen seinen jungen Schauspielerinnen gegenüber die hohen Traditionen des Königlichen Hoftheaters in Kopenhagen aufrechterhielt, hatte gelegentlich gerade deshalb von ihr Notiz genommen, weil sie sich jeder Annäherung so besonders spröde zu verschließen schien. Sie war ein hübsches Mädchen, und für einen ritterlichen Menschen wie Herrn Sörensen lag in ihrem Gesicht etwas Bewegendes oder gar Rührendes. Doch hätte kein Theatermensch, wenn er nicht über genialen Scharfblick verfügte, sie sich auch nur im entferntesten in der Rolle des Ariel vorstellen können.

Sie ist ein bißchen mager, dachte Herr Sörensen, hat halt immer nur Hungerrationen zu essen gehabt, das arme Kind. Aber es steht ihr; ihr Knochenbau ist ganz ungewöhnlich edel. Wenn es stimmt, was mein unvergeßlicher Kopenhagener Direktor immer zu mir sagte, und er legte großen Nachruck darauf, daß sich nämlich das Weib zum Manne verhält wie Poesie zur Prosa, dann sind die Weiberleute, denen wir so Tag für Tag begegnen, gewissermaßen vorgelesene Gedichte. Entweder sind sie geschmackvoll vorgetragen und erfreuen das Ohr – oder die Rezitation ist schlecht, dann empfindet man sie als Mißklang und Zumutung. Aber die Kleine mit ihren grauen Augen ist ein richtiges Lied!

»Also hör mal, meine Kleine«, sagte er und steckte eine von den dicken Zigarren an, die er sich als einzigen Luxus gönnte. »Nun wollen wir zwei uns an die Arbeit machen, und zwar ernsthaft. Es kommt darauf an, daß wir dem Will Shakespeare dienen, dem Schwan vom Avon. An uns selbst dürfen wir keinen Augenblick denken, wir selbst haben nicht das geringste zu bedeuten. Bist du darauf eingerichtet, daß du seinetwillen alles vergißt?«

Das Mädchen überlegte sich die Sache, wurde rot und sprach: »Wenn ich nur nicht zu groß bin.«

Herr Sörensen schaute sie von oben bis unten prüfend an, schritt sogar einmal um sie herum, um seiner Sache ganz sicher zu sein.

»Zum Teufel mit dem dummen Zeug, was einer wiegt oder nicht wiegt«, kollerte er los. »Mir wär's, au contraire, ehrlich gesagt lieber, es wäre ein bißchen mehr dran an dir. Du bist leicht in dir selber, so wie ein Luftballon; je mehr man hineinfüllt, um so höher steigt er. Und abgesehen davon, unser William ist sicher Manns genug, sich über solche Abgedroschenheiten wie die Lehre vom Schwergewicht hinwegzusetzen.

Schau zum Beispiel mich an«, fuhr er fort. »Ich bin klein für einen Mann, wenn ich so im Alltag meine Runden schiebe. Aber glaubst du, daß ich genauso aussehe, wenn ich erst einmal Prosperos Mantel anhabe? Du wirst sehen, die Sorge ist dann eher, daß die Bühne für meine Statur zu eng wird, und die anderen Mitspieler werden sich ein bißchen in die Ecke gedrückt fühlen. Oder wenn ich mir einen neuen Anzug machen lasse – was ich wahrhaftigen Gottes nötig hätte –, wird der Schneider, der mich vom Parkett aus gesehen hat, seinen Preis hinaufsetzen, weil er zu der Überzeugung kommt, daß er für mein Volumen extra viel Stoff braucht.

Ich weiß schon«, sagte er nach einer langen Pause und in tiefem Ernst, »es gibt auch unter uns Theaterdirektoren einige, die den traurigen Mut haben, und das Geld natürlich, daß sie den Ariel mit den Flügeln an einem Draht aufhängen und so von oben auf die Bühne schweben lassen. Das soll der Teufel holen! Ich finde so etwas einfach abscheulich. Die Worte des Dichters müssen es sein, die den Ariel fliegen lassen. Dürfen denn wir, die Diener des großen William, uns auf ein Stückchen Stahldraht verlassen statt auf seine Himmelsverse? Auf unserer Bühne jedenfalls soll das nur geschehen über Valdemar Sörensens Leiche!

Du bist eher ein bißchen langsam in deinen Bewegungen«, fuhr er fort. »Das ist gerade recht so. Schnell soll der Ariel nicht sein, und schon gar nicht geschäftig. Wenn er Prospero die Antwort gibt:

›Ich trink' im Flug die Luft und bin zurück,
Eh' zweimal Euer Puls schlägt‹,

muß ihm das Publikum das glauben. Es wird es ihm auch glauben. Und zwar nicht deshalb, weil die Leute denken: Na, zuzutrauen ist es ihm, bei seiner Fixigkeit. Nein, sondern sie dürfen auch nicht für den Bruchteil einer Sekunde im Zweifel sein; sie müssen im selben Augenblick ein seliges Zittern im Herzen verspüren und müssen rufen: Ah, das ist Zauberei!

Und jetzt will ich dir etwas erzählen, Mädel«, sprach Herr Sörensen weiter, mächtig hingerissen von der eigenen Phantasie: »Wenn du dir vorstellst – denn vorstellen kann man sich alles –, es würde irgendwo auf der Welt ausnahmsweise ein Geschöpf mit zwei Flügeln an den Schultern geboren, und dieses Mädchen käme zu mir und wollte eine Rolle haben, nun dann würde ich zu ihr sagen: In den Werken der Dichter sind Rollen für jedes Menschenkind, ergo auch eine für dich. Zum Beispiel findet sich in der Sorte Lustspiele, wie wir sie heutzutage aufzuführen genötigt sind, auf Schritt und Tritt eine weibliche Hauptrolle, der es gut täte, wenn sie etwas von ihrem Bleigewicht verlöre. Der Herr sei mit dir, geh hin und spiele eine von diesen Rollen. Den Ariel aber kannst du nicht spielen, denn du hast ja schon Flügel an den Schultern und kannst fliegen in aller niederträchtigen Wirklichkeit; du brauchst nicht erst die Poesie dazu!«

3. Das Kind der Liebe

Das Mädchen, das den Ariel spielen sollte, war schon eine ganze Weile davon durchdrungen gewesen, daß sie Schauspielerin werden würde.

Ihre Mutter fertigte in einem Fjordstädtchen Damenhüte an, und die Tochter saß dabei und hatte das schwindelnde Gefühl, daß das Wogen in ihrem Herzen ähnlich sei dem Wellenschlag des Meeres. Manchmal war ihr zumute, als müsse sie daran sterben. Doch verstand sie vom Ausloten des Herzens so wenig wie von dem der See. Mit blassem Antlitz griff sie nach Fingerhut und Schere.

Ihr Vater war ein schottischer Schiffskapitän gewesen, mit Namen Alexander Ross, dessen Schiff vor zwanzig Jahren auf der Fahrt nach Riga havariert hatte und den Sommer über im Hafen des Städtchens aufgelegt werden mußte. Während der Sommermonate hatte der großgewachsene schöne Mann, der die Welt umsegelt und an einer Expedition zum Südpol teilgenommen hatte, unter der Bevölkerung im Städtchen viel Unruhe und Wirbel erregt. Hastig und eigenwillig, wie er alles zu tun pflegte, hatte er sich in eines von den hübschesten Mädchen am Ort, die siebzehnjährige Tochter eines Zollbeamten, verliebt und sie vom Fleck weg geheiratet. Das junge Ding hatte sich gesträubt, ein wenig verwirrt und halb auch entzückt, war aber doch Madame Ross geworden, ehe sie überhaupt recht wußte wie. »Das Meer hat mich gebracht, Herzchen mein«, hatte er ihr in seinem wunderlichen und doch so anziehenden, gebrochenen Norwegisch zugeflüstert. »Halt du's Meer auf, halt du's Herz auf!«

Als der Sommer zu Ende ging, war das Schiff reiseklar; der Kapitän umarmte und küßte seine junge Frau, legte ein Häuflein Goldstücke auf ihren Nähtisch und versprach, vor Weihnachten wäre er wieder da und nähme sie mit sich nach Schottland. Sie stand am Kai in dem schönen Schal aus Ostindien, den er ihr geschenkt hatte, und sah ihn fortsegeln. Er war eins mit ihr gewesen; jetzt wurde er eins mit seinem Schiff. Von jenem Tag an ward nichts mehr von ihm gesehen noch gehört.

Im Frühjahr, nach der schrecklichen langen Wartezeit der Wintermonate, wurde sich die junge Frau darüber klar, daß sein Schiff untergegangen und daß sie eine Witwe war. Die Leute im Städtchen aber begannen zu reden: Kapitän Ross habe nie wirklich vorgehabt zurückzukommen. Später verlautete, er habe daheim in Schottland bereits eine Frau gehabt – seine Schiffsleute hätten so etwas gemunkelt.

In der Stadt gab es einige, die es tadelnswert fanden, daß sich ein unbescholtenes Mädchen so hemmungslos einem ausländischen Kapitän an den Hals geworfen hatte. Andere hatten Mitleid mit dem jungen, ins Unglück geratenen norwegischen Mädchen und hätten ihr gern Trost und Hilfe geboten. Ihr ging aber etwas an dieser Trost- und Hilfsbereitschaft gegen den Strich; sie wollte das alles nicht und konnte es schlecht ertragen. Noch ehe ihr Kind zur Welt kam, richtete sie sich mit dem Geld, das ihr Liebster ihr zum Abschied gegeben hatte, ihren kleinen Putzmacherladen ein. Nur einen einzigen Sovereign legte sie beiseite: Ihr Kind sollte von seinem Vater ein Erbstück aus reinem Gold bekommen. Von nun an hielt sie sich von ihrer Familie und ihren alten Bekannten in der Stadt zurück. Sie hatte nichts gegen sie; aber sie ließen ihr keine Zeit, an Alexander Ross zu denken. Als es rund um den Fjord neu zu grünen begann, gebar sie eine Tochter; sie sollte ihr, dachte sie, in späteren Jahren bei der Arbeit helfen.

Madame Ross ließ ihre Tochter auf den Namen Malli taufen; ihr Mann hatte nämlich ein Lied gesungen von einem Schottenmädchen Malli, einem Muster an Vollkommenheit. Den Kundinnen, die sich das Kind in seiner Wiege im Putzmacherladen anschauten, erklärte sie jedoch, es handle sich hier um einen Familiennamen aus der Verwandtschaft ihres Gatten: seine Mutter habe Malli geheißen. Schließlich glaubte sie es selbst.

Während der Monate, in denen sie in steigender Angst und schließlich gleichsam in tiefem Dunkel gewartet hatte, war ihr das ungeborene Kind ein sicherer Beweis gewesen, daß ihr Mann noch leben müsse. Es wuchs und stieß in ihrem Leib; es konnte nicht das Kind eines Toten sein. Später, seitdem die üblen Gerüchte über ihren Mann zu ihr gedrungen waren, wurde ihr das Kind allmählich zum ebenso sicheren Beweis, daß er tot war. Ein so gesundes, schönes und liebenswürdiges Kind konnte ihr unmöglich von einem Betrüger hinterlassen sein. Als Malli größer wurde, merkte sie bald, ohne daß ihre Mutter es ihr je in Worten ausgedrückt oder dies auch nur vermocht hätte, welche mächtige, geheimnisvolle, zugleich tragische und beseligende Bedeutung ihr Auf-der-Welt-Sein für diese ihre liebe, einsame Mutter besaß. Es war ein wunderbar stilles und abgeschlossenes und dabei glückliches Einvernehmen, in dem die beiden zusammen lebten.

Als das Mädchen älter wurde und ab und zu unter Leute kam, hörte sie auch von ihrem Vater sprechen. Sie war aufgeweckt und hatte ein Ohr für Stimmklang und plötzliches Verstummen, und so bekam sie bald spitz, was für einen Ruf der Kapitän Ross im Städtchen hatte. Niemand erfuhr indessen, was sie dabei empfand. Jedenfalls nahm sie mit wachsender Entschlossenheit die Partei ihrer Mutter wider alle Welt. Sie hielt Wache für Madame Ross wie ein bewaffneter Posten und nahm in allem, was sie tat, ein übertrieben vorsichtiges und sprödes Wesen an. Ohne es sich selbst richtig klarzumachen, entschloß sie sich insgeheim dazu, daß die Leute im Verhalten der Tochter nie auch nur den geringsten Anhaltspunkt dafür finden sollten, daß die Mutter am Ende von einem schlechten Kerl verführt worden sei.

Wenn sie aber allein war, gab sich Malli glücklich dem Gedanken an ihren großgewachsenen, schönen Vater hin. Für sie mochte er ruhig ein Abenteurer gewesen sein, ein Freibeuterhauptmann, von denen man in Kriegszeiten hörte – oder ihretwegen sogar ein Korsar oder Seeräuber. Unter ihrer äußerlich so ruhigen Art lag eine urwüchsige Fröhlichkeit und fordernde Lebenszuversicht verborgen; in ihre Verachtung für die Bürgersleute im Städtchen mischte sich Nachsicht mit ihrer Mutter. Sie und Alexander Ross wußten in solchen Dingen besser zu urteilen.

Madame Ross war stolz auf ihr folgsames, artiges Kind und ging nach Ansicht der Stadt in ihrer mütterlichen Eitelkeit mitunter bis zum Lächerlichen. Sie ließ Malli Englisch lernen, bei einer alten Jungfer, die in dem Fjordstädtchen hängengeblieben war, nachdem sie ein Menschenalter zuvor als Gouvernante von Baron Löwenskjolds Töchtern dort gewirkt hatte. In dem Zimmerchen über einem Krämerladen, das die eingetrocknete, hakennasige Engländerin bewohnte, lernte Malli die Sprache ihres Vaters. Und hier fand eine Begegnung statt, schicksalhaft für das Kind: Eines Tages bekam sie Shakespeare zu lesen. Mit zitternder Stimme und Tränen in den Augen rezitierte das alte Fräulein der Schülerin ihren Lieblingssänger, hob in der Verbannung ihre vornehme Herkunft und ihren Reichtum hervor und machte das Putzmacherkind mit majestätischer Würde mit einem Kreis von edlen und glanzvollen Landsleuten bekannt. Von da an sah Malli ihren Helden Alexander Ross als einen Shakespearischen Helden. Und sie rief in ihrem Herzen mit Philip Faulconbridge:

»So wünscht' ich keinen bessern Vater mir!
Es gibt auf Erden losgesprochne Sünden,
Und Eure ist's; ...«

Als Kind war Malli groß für ihr Alter gewesen, doch dauerte es lang, bis sie sich zur Frau entwickelte. Noch mit sechzehn, als sie konfirmiert wurde, sah sie aus wie ein langaufgeschossener Junge. Als sie aber dann erwachsen wurde, wurde sie schön. Kein Menschenkind ist reicher an Erfahrung als ein unansehnliches, zu lang und zu schmal geratenes junges Mädchen, das im Lauf von ein paar Monaten plötzlich zu einer schönen jungen Frau heranreift. Das ist eine wundersame Überraschung und zugleich die Erfüllung von etwas Erwartetem; es ist eine Schicksalsgunst und zugleich eine wohlverdiente Auszeichnung. Das Schiff hat in einer Kalme stillgelegen, und es ist in stürmischen Strömungen hin und her geworfen worden; nun aber füllen sich die weißen Segel, und es schwebt hinaus aufs offene Meer. Die Fahrt selbst gibt Sicherheit.

Malli segelte ihren hochgemuten Kurs, so verwegen und sicher, als stünde Kapitän Ross in eigener Person am Ruder. Die jungen Männer auf der Straße drehten sich nach ihr um, und es gab solche, die sich einbildeten, in ihrer außergewöhnlichen Lage würde sie eine leichte Beute sein. Das aber war ein Irrtum. Das Mädchen mochte sich wohl dazu bekennen, ein Korsarenkind zu sein; keinesfalls aber wollte sie Freiwild werden für einen Korsaren. Als Kind war sie weichherzig gewesen; als junges Mädchen kannte sie kein Mitleid. Nein, dachte sie bei sich, jetzt sollen sie meine Opfer sein. Trotzdem brachte das ungewöhnliche Erlebnis der Anbetung, dieses neue Spiel von Verteidigung und Angriff Unruhe in ihre ersten Jugendjahre. Und indem wir hier Mallis Geschichte aufschreiben und lesen, steht es uns frei, uns vorzustellen, daß bei einer längeren Dauer dieser Geschichte das aus ihr geworden wäre, was die Franzosen une lionne nennen, eine Löwin. In unserer Geschichte ist sie nur ein Löwenjunges, auch einem jungen Hunde ähnlich in ihren Bewegungen, und bis zum letzten Kapitel unsicher in ihrer Einschätzung der eigenen Kraft.

4. Madame Ross

Es traf sich, daß Malli eines Abends in dem kleinen Theater der Stadt Herrn Sörensens Truppe ein Stück aufführen sah. Alle Lebenskraft und Lebenssehnsucht in ihr, jahrelang mit Gewalt niedergehalten, wurden frei und erwachten zu vollkommener Klarheit und Inbrunst, als hätte ein göttlicher Pfeil sie mitten ins Herz getroffen.

Die Vorstellung hatte ihr Ende noch nicht erreicht, da war sie zu ihrem unumstößlichen Entschluß gelangt: Sie würde Schauspielerin werden.

Als sie vom Theater nach Hause ging, wogte und schwang die Straße unter ihren Füßen und ihr zur Seite. Daheim in ihrem Zimmerchen holte sie die Bücher vom Regal, und der Raum verwandelte sich und wurde sternhelle Nacht über Verona und der Gruft. Wurde grüne Wildnis und füllte sich mit dem süßen Singen und Musizieren des Ardennerwalds, oder ließ hohe blaue Mittelmeerwogen um die Insel Cypern fluten. Heimlich, mit zitterndem Herzen, als träte sie vor ihren Richter, machte sie sich bald danach auf den Weg zu dem kleinen Hotel, wo Herr Sörensen abgestiegen war, wurde vorgelassen und sagte ihm aus den Rollen auf, die sie zu Hause gelernt hatte.

Herr Sörensen hörte ihr zu, schaute sie an, schaute noch mal und sagte bei sich: Da ist was drin! So viel war da drin, daß er das Mädchen nicht wegschicken mochte, sondern für drei Monate gegen ein Taschengeld engagierte. Soll sie doch, dachte er, eine Weile unbemerkt im Theatermilieu ausreifen. Dann wollen wir weitersehen. Malli konnte nun auch ihre Mutter von ihrem Entschluß unterrichten, und auch die Nachbarn erfuhren bald davon.

Leben und Beruf einer Schauspielerin galten den Stadtleuten als etwas durch und durch Fremdartiges und in sich Fragwürdiges. Auch führte Mallis besondere Situation dazu, daß ihr Schritt rücksichtslos verurteilt oder lächerlich gemacht wurde. Aber so sicher war das Mädchen seiner Sache, daß sie jetzt, während sie bisher immer aufs genaueste darüber im Bilde gewesen war, was die Stadt dachte und mutmaßte, und sich danach gerichtet hatte, dies alles völlig übersah oder in den Wind schlug. Mit echter Überraschung stellte sie fest, mit welchem Entsetzen ihre Mutter reagierte, als sie ihr den Plan eines Tages eröffnete.

Madame Ross hatte es nie nötig gehabt, der Natur ihrer Tochter Zwang anzutun, und besaß daher auch nichts von der Autorität einer normalen Mutter. Bei dem gegenwärtigen Konflikt mit ihrem Kind geriet sie vor Schrecken und Kummer ganz außer sich, während Malli ihrerseits sich völlig unbeugsam zeigte. Es kam zu einer Reihe großer, wilder Auftritte zwischen den beiden, und es hätte damit enden können, daß die eine oder die andere ins Wasser des Fjords gegangen wäre.

In diesem Augenblick aber erhielt Malli Unterstützung von einer Seite, von der sie sie am wenigsten hätte erwarten können. Ihr verstorbener oder verschollener Vater wurde zu ihrem Verbündeten.

Madame Ross hatte ihren Mann geliebt und an ihn geglaubt, ohne ihn je verstanden zu haben. Nun war ihr, als sei es ihr bestimmt, zur Strafe oder zur Belohnung, hinfort in alle Ewigkeit zu lieben und zu glauben, was sie nicht verstand. Hätte Mallis Absicht in der Reichweite ihrer eigenen Vorstellungen gelegen, so hätte sie wohl Mittel gefunden, sich dagegen zu wehren. Aber dieser wilden, völlig ungehemmten Tollheit gegenüber verlor sie den Boden unter den Füßen und fühlte sich schwindlig werden vor dem Ansturm wunderlich-süßer Erinnerungen und Gedankenverknüpfungen. Während der Zeit, als sie gegen die Besessenheit ihrer Tochter anzukämpfen versuchte, erlebte sie rätselhafterweise ihr kurzes Eheleben noch einmal. Von Tag zu Tag waren es wieder dieselben Überraschungen und seelischen Schwankungen: Eine fremde, reiche und hinreißende Macht, die sie schon einmal überwältigt hatte, drang von allen Seiten auf sie ein. Mallis Verhalten hatte nun all das Einnehmende und Verführerische, das sie bei ihrem Geliebten vor zwanzig Jahren erlebt hatte. Madame Ross kam in den Sinn, wie damals Alexander, der starke, schöne Seefahrer, vor ihr auf den Knien lag und zu ihr emporflüsterte: »Hier mußt du mich liegen lassen. Das ist der passende Platz für mich.« Sie verliebte sich in ihre Tochter, so wie sie sich einst in den Vater verliebt hatte, und sie vergaß, daß Jahre vergangen waren und daß sie darüber graues Haar bekommen hatte. Sie wurde abwechselnd rot und blaß, wenn Malli bei ihr war, und zitterte bei dem Gedanken, daß das Mädchen von ihr ging. Ihr Wille schwand dahin vor Blick und Stimme ihres Kindes, und es war in diesem Schwachwerden eine traumhafte, wiedererstandene Seligkeit.

Als sie schließlich in einer stürmischen und tränenreichen Unterredung dem Mädchen ihren Segen gab, war ihr zumute, als würde sie neu vermählt. Von nun an waren auch alle Anwandlungen von Kummer und Angst, die man in der Stadt von ihr erwartete, vorüber. Als Malli mit Herrn Sörensens Truppe fortreiste, nahmen Mutter und Tochter in vollem, zärtlichem Einvernehmen Abschied voneinander.

So lernte Malli also nun die Rolle des Ariel, und Herr Sörensen ließ es sich angelegen sein, sie darin zu vervollkommnen. Er gönnte ihr Tag und Nacht keine Ruhe. Er schalt und fluchte, machte sich mit beinahe genialer Grausamkeit lustig über ihren Gesichtsausdruck und ihren Sprechklang, zwickte sie in die mageren Arme, daß sie schwarz und blau wurden, und haute ihr einmal sogar eine schallende Ohrfeige herunter.

Die anderen Mitglieder der Truppe, die mit Erstaunen von dem plötzlichen Avancement der nichtssagenden kleinen Person Kenntnis genommen hatten und daher leicht auf sie hätten eifersüchtig sein können, bedachten sie statt dessen mit ihrem Mitgefühl. Die erste weibliche Kraft, Mamsell Ihlen, eine Schönheit mit langem, schwarzem Haar, die die Miranda spielen sollte, wagte etliche Male zu Mallis Gunsten bei dem Direktor zu protestieren. Der Jeune Premier, ein blondhaariger Jüngling mit schönen Beinen, verlegte sich auf die mildere Tour; er wartete in der Kulisse und tröstete die Novizin, wenn sie nach einer Probe von der Bühne taumelte. Wenn sie sich gleichwohl, auf der Bühne wie in der Freizeit, nicht sonderlich um einen näheren Umgang mit Herrn Sörensens Schlachtopfer bemühten und auch untereinander nicht viel von ihr sprachen, so kam dies nicht aus einem Mangel an Sympathie. Es war ihnen nur eben unklar, was da vor ihren Augen vor sich ging – so unklar wie den Zuschauern, die unter dem Zauberspruch eines Fakirs einen jungen Baum vor sich emporwachsen sehen. Eine Beziehung solcher Art kann Bewunderung oder Unbehagen hervorrufen – der Aussprache und Verurteilung entzieht sie sich.

Aber Herr Sörensen wurde glücklicher von Unterrichtsstunde zu Unterrichtsstunde, und Malli erkannte, daß er nur zu ihrem Besten den wilden Mann spielte und daß alles in Wahrheit eitel Liebe war. Es begab sich auch, daß der alte Schauspieler bei einer ihrer Verszeilen unvermittelt sein Berserkertum einstellte und der Schülerin scharf und forschend ins Gesicht blickte. »Sag das noch mal«, bat er freundlich und fast demütig. Und als Malli wiederholte:

»... Ich macht' euch toll,
Und grad in solchem Mut ersäufen, hängen
sich Menschen selbst ...«

blieb Herr Sörensen einen Augenblick stocksteif stehen, wie jemand, dem es schwerfällt, seinen Augen und Ohren zu trauen, bis er schließlich tief Atem holte und Befreiung fand in einer von Prosperos Verszeilen:

»Gar trefflich hast du der Harpye Bildung
Vollführt, mein Ariel; ...«

Er nickte ihr zu und fuhr mit der Lektion fort.

Es kam auch vor, daß er ihr in einem Überschwang von Stolz und Freude ein paar väterliche Klapse auf den Allerwertesten gab und sodann, mehr an sich selbst als an sie gewandt, seine Theorien über weibliche Schönheit darlegte.

»Wie viele Weiber«, sagte er, »haben den Hintern überhaupt da, wo er sein sollte? Bei manchen, Gott sei's geklagt, hängt er herunter bis zu den Absätzen. Du aber,

Herzchen«, fuhr er vergnügt fort, die Zigarre im Mund, »bist langhacksig genug. Dich ziehen deine Klepperchen nicht nach unten; deine zwei Beine sind grad und sauber wie zwei Säulen, und wo du auch gehst und stehst, da tragen die dir die ganze kleine Person immer nach oben, immer himmelwärts!«

Eines Tages schlug er sich plötzlich mit der Hand vor die Stirn und rief: »Und ich habe vorgehabt, eine Person wie die in französischen Seidenpantoffeln auftreten zu lassen! Ich Esel! Ich Narr, daß ich nicht gewußt habe, was zu deinen Beinen gehört: ein Paar Siebenmeilenstiefel!«

6. Ein Sturm

So wurde Malli von Tag zu Tag mehr zum Ariel, wie auch Herr Sörensen täglich mehr zum Prospero wurde, und die Premiere von Shakespeares »Sturm« in Kristiansand war bereits für den 15. März angesetzt, als ein unerwartetes und schicksalhaftes Ereignis Herrn Sörensen und Malli, wie auch der ganzen Theatergesellschaft, dazwischenkam. Es war eine dermaßen aufsehenerregende Begebenheit, daß nicht nur weit und breit alle Gespräche davon beherrscht wurden, sondern auch auf der ersten Seite der Kristiansander Tagespost folgendes gedruckt zu lesen stand:

EINE HELDIN

Während des Sturmwetters, das vergangene Woche unsere Küste heimsuchte, hat sich in unserer Nachbarschaft ein Unglücksfall zugetragen, der nach menschlichem Ermessen einen beklagenswerten Verlust an Menschenleben wie auch den Verlust eines guten, seetüchtigen Küstendampfers hätte zur Folge haben müssen, wenn nicht im allerletzten Augenblick, nächst der Gnade der Vorsehung, ein beherztes junges Mädchen durch einen mutigen Entschluß eine glücklichere Lösung herbeigeführt hätte. Wir bieten unseren Lesern einen kurzen Bericht des dramatischen Vorfalls.

Am Mittwoch, den 12. März, verließ das Passagierboot Softe Hosewinckel Arendal mit dem Bestimmungsort Kristiansand. Die Sicht war schlecht, es herrschte Schneefall und eine steife Brise aus Südost. Am Spätnachmittag wuchs der Wind zu Sturmstärke an, und es entwickelte sich, wie bekannt, eine der übelsten Schlechtwetterlagen, die unsere Küste seit Menschengedenken heimgesucht haben. Die Softe Hosewinckel hatte sechzehn Passagiere an Bord, darunter den bekannten und geschätzten Theaterdirektor Herrn Valdemar Sörensen mit seiner Truppe, unterwegs zu einer Vorstellung in Kristiansand.

Der Dampfer hatte sich mit Mühe bis Kvasefjord durchgekämpft, als der Sturm seine volle Stärke erreichte. Das Schiff war gezwungen, gegen den Wind vom Kurs zu gehen, wurde aber gleichwohl auf die Randsund vorgelagerten Schären zugetrieben, ohne daß die an Bord Befindlichen an eine Landung hätten denken können, da ein dichtes Schneetreiben jede Sicht nahm und der Schiffsrumpf dauernd von Bug bis Heck von schweren Seen überspült wurde.

Um acht Uhr abends kamen beiderseits Unterwasserklippen in Sicht, über denen sich die brüllende See haushoch brach. Die Sofie Hosewinckel passierte mit einigem Glück die äußere Schäre und gelangte im Schutz einer schmalen Felseninsel in etwas ruhigeres Wasser, lief aber in Fahrtrichtung auf eine Unterwasserklippe auf und holte sofort nicht unerheblich Wasser. Während des Sturms hatten sich der Kapitän und zwei Mann von der Besatzung Verletzungen zugezogen, und es erwies sich für den Ersten Offizier als schwierig, die Ordnung an Bord aufrechtzuerhalten. Eines von den beiden Rettungsbooten stellte sich als von den Seen schwer zusammengeschlagen heraus, doch gelang es unseren tapferen Matrosen, das andere, das zwanzig Menschen fassen konnte, klar zu bekommen. Die Fahrgäste und so viele von der Mannschaft, wie zur Steuerung des Bootes nötig waren, nahmen Platz und wollten zu der Insel rudern. Nur ein neunzehnjähriges Mädchen, Mamsell Ross von Herrn Sörensens Theatergesellschaft, erklärte sich bereit, an Bord zu bleiben, und verzichtete in vornehmem und für eine Frau doppelt mutigem Entschluß auf ihren Platz im Boot zugunsten eines der verletzten Seeleute.

Es war beabsichtigt, daß der Erste Offizier mit dem Boot zum Schiff zurückkehren und die noch an Bord Befindlichen an Land bringen sollte. Beim Anlegen an der Insel wurde das leichtgebaute Fahrzeug jedoch völlig zertrümmert. Zwar gelangten die Insassen sicher an Land; doch war es nun unmöglich, mit dem Dampfer, der vom Ufer aus nur notdürftig durch Schneetreiben und Gischt auszumachen war, Verbindung aufzunehmen. Kurz darauf gewann die Gruppe auf der Insel den Eindruck, daß eine mächtige See das Schiff von seinem Felsenbett gespült hatte, daß man also mit seinem baldigen Untergang rechnen mußte.

Auch die Gruppe an Bord war sich der unmittelbaren Gefahr bewußt, daß das Schiff vollaufen und rasch sinken würde. Die zehn Mann Besatzung, die an Bord geblieben war, fühlten sich wie von einer Panik gelähmt und waren nahe daran, den Kampf mit den Elementen aufzugeben. Als eine letzte Möglichkeit, wenigstens Menschenleben zu retten, verfielen sie auf den Gedanken, die Softe Hosewinckel mit dem Wind so nah wie möglich an den Strand laufen zu lassen. Dies würde aller Wahrscheinlichkeit nach bei der tiefen Dunkelheit einen Totalverlust mit sich gebracht haben.

In diesem Augenblick war es Mamsell Ross, die wie auf Geheiß höherer Mächte als einzige Frau auf dem in Seenot befindlichen Schiff durch ihre eigene Unerschrockenheit den Leuten von der Bemannung Mut einflößte. Das noch sehr junge Mädchen stieg als erstes in den Maschinenraum hinunter und überredete den Chefmaschinisten und die Heizer, noch einmal Volldampf zu geben. Sie selber half bei dem gefahrvollen Unternehmen, die Pumpen in Gang zu bringen, und stand danach die ganze Nacht hindurch, während das Schiff dem Winde ausgesetzt unter den Brechern lag und mit jeder Stunde tiefer sank, unermüdlich den Rudergängern der verschiedenen Wachen zur Seite.

Verständlich mag noch sein, daß der unerschütterliche Kampfesmut einer jungen Frau sich in einer Stunde der Bewährung selbst erprobten Seeleuten gegenüber durchsetzt und ihnen eine Stärkung bedeutet.

Als so gut wie unbegreiflich aber muß man bezeichnen, daß sich eine junge Frauenperson ohne alle Erfahrung in seemännischer Praxis im Besitz derartiger Kraft zeigt. Bei dieser Gelegenheit verdient ein junges Besatzungsmitglied namens Ferdinand Skaeret besonders anerkennende Erwähnung. Vom ersten Augenblick an stand er Schulter an Schulter mit Mamsell Ross und führte die ganze stürmische Nacht hindurch jeden ihrer Befehle aus. Durch das Sturmestoben konnte man öfters vernehmen, wie das Mädchen mit lauter Stimme seinen Namen rief.

In den frühen Morgenstunden am Donnerstag, dem 13. März, ließ der Sturm etwas nach. Bei Tagesanbruch war es möglich, die Sofie Hosewinckel durch den Kristiansandfjord zu bringen und in sinkendem Zustand bei der Odder-Insel auf Grund laufen zu lassen, von wo aus der Dampfer ohne Schwierigkeiten vom Ufer aus in Sicherheit gebracht werden kann. Zur Stunde, da unsere Zeitung gedruckt wird, sagen der Eigner des Schiffs, unser geachteter Mitbürger Jochum Hosewinckel, nicht minder aber die Gattinnen und Mütter unserer braven Seeleute, von ganzem Herzensgrunde, nächst Gott, am meisten der heldenhaften jungen Frau Dank dafür, daß das Schiff gerettet worden ist.

7. Für Tapferkeit

Während der im Kristiansander Tageblättchen beschriebenen Sturmnacht waren alle Zimmer im ersten Stock des schönen gelben Holzhauses am Marktplatz, wo der Schiffsreeder Jochum Hosewinckel wohnte, hell erleuchtet.

Hosewinckel selbst wanderte rastlos in den Zimmern auf und ab, blieb manchmal stehen, lauschte auf den Sturm und nahm sein Wandern wieder auf. Seine Gedanken waren bei den Schiffen, die er diese Nacht auf Fahrt hatte; am meisten bei der Sofie Hosewinckel, die von Arendal hierher unterwegs war. Das Schiff hatte seinen Namen von seiner Lieblingsschwester, die vor einem Menschenalter mit neunzehn Jahren gestorben war. Gegen Morgen schlief er in dem Großvaterstuhl am Tisch ein, und als er aufwachte, war eine Gewißheit in ihm, daß das Schiff gesunken und verloren sei.

In diesem Augenblick kam sein Sohn Arndt, der in einem Seitenflügel des Hauses seine Zimmer hatte, hereingestürzt, Haar und Mantel dick verschneit. Er kam unmittelbar vom Hafen und erzählte seinem Vater, die Sofie Hosewinckel sei gerettet; sie liege bei der Odder-Insel. Ein Fischer hatte die Kunde bei Tagesanbruch mitgebracht. Jochum Hosewinckel ließ den Kopf auf die gefalteten Hände auf der Tischplatte sinken und weinte.

Arndt berichtete sodann in aller Ausführlichkeit, wie es mit der Rettung des Schiffs zugegangen war. Da war die Freude des alten Reeders so groß, daß er das Bedürfnis empfand, sich mit seinen Berufsgenossen aus der seefahrenden Welt über den Vorgang zu unterhalten. Er nahm den Arm seines Sohnes und wanderte mit ihm zum Hafen, und vom Hafen durch die Stadt. Überall wurde die Neuigkeit mit Staunen und Freude willkommen geheißen, alle Einzelheiten wurden ein übers andere Mal durchgesprochen, und mehr als ein Glas ward geleert auf die glückliche Errettung des Schiffs und auf Mamsell Ross' Gesundheit. Jochum Hosewinckel fühlte sich nach der schrecklichen, endlosen Nacht recht von innen her erleichtert und unbeschwert an Herz und Verstand, wie seit Jahren nicht. Er ließ seiner Frau ausrichten, wenn das tapfere Mädchen in die Stadt käme, wollten sie sie zu sich ins Haus nehmen, und zwar sollte das Zimmer für sie hergerichtet werden, wo einst Sofie gewohnt hatte.

Als dann spät am Nachmittag das Fischerboot von der Odder-Insel, das die Schiffbrüchigen in die Stadt brachte, auf den Hafen zuhielt, war halb Kristiansand zur Stelle. Die Leute winkten dem Reeder mit glücklichen Gesichtern ihren Gruß zu – ein besonderer Umstand, eine in Jochum Hosewinckels Familie umgehende Legende oder Überlieferung, gab den Freudenbezeugungen etwas beinahe Andächtiges.

Es war ein unruhiger, beinahe wild zu nennender Abend. Zwar hatte es zu schneien aufgehört, aber der Himmel war finster, nur tief am Horizont verlief ein schwacher Lichtstreif. Als die Sonne unterging, fiel ein merkwürdiger kupferfarbener Schimmer über das immer noch unruhige bewegte Meer, und die vielen Gesichter am Kai wurden davon rötlich angestrahlt.

Das Boot wurde mit einer Begeisterung empfangen, wie sie nur eine seefahrende Nation für ihre Seehelden bereit hat. Aller Augen suchten nach der jungen Frau, der man die Rettung der Sofie Hosewinckel verdankte und die in der Vorstellung die Gestalt eines Engels annahm. Sie wurde unter den Insassen des Bootes nicht sogleich entdeckt, denn sie hatte ihre durchnäßten Kleider mit Wolljacke, Hosen und Schaftstiefeln eines Fischers vertauscht und sah in dieser Ausrüstung, die ihr zu groß war, aus wie ein Schiffsjunge. Ein paar Augenblicke lang bemächtigten sich Enttäuschung und Besorgnis der Menge. Aber ein untersetzter Mann auf dem Boot hob das Mädchen hoch und schrie den Leuten am Ufer zu: »Hier ist ein Schatz für euch!« Als sich der Engel derart in der Gestalt eines jungen Matrosen zu erkennen gab, als einer aus ihrer Mitte, wurden hundert Herzen zu einem. Ein gewaltiger Jubelruf brach los, Mützen wurden in die Luft geschleudert, und in der Menge war keiner, der nicht mit lachendem Gesicht dem Boot entgegenblickte. Freilich weinten viele zur gleichen Zeit.

Dem Mädchen war der Südwester vom Kopfe gefallen, als sie in die Höhe gehoben wurde, ihr Haar, unordentlich und kraus vom Salzwasser und Schnee, wurde von der Abendsonne zu einem Heiligenschein hinter ihrem Kopf verwandelt. Die Füße versagten ihr den Dienst; ein junger Mann nahm sie auf den Arm und trug sie. Es war Arndt Hosewinckel. Malli schaute ihm ins Gesicht und mußte denken, daß sie noch nie ein so schönes Menschenantlitz gesehen hatte. Auch er blickte ihr Gesicht an; es war sehr blaß, mit schwarzen Ringen um die Augen und einem bebenden Mund. Er spürte ihren Leib in der groben Kleidung nah an sich, eine ihrer Haarlocken wehte in seinen Mund und schmeckte nach Salz: Es war, als sei sie ihm von der See selber in den Arm geworfen.

Einen Augenblick war sie im Zweifel, was die schwarze Menge vor ihr zu bedeuten hatte, und ihre hellen, weitaufgerissenen Augen forschten in Arndts Gesicht. Gleich darauf hörte sie ihren Namen rufen, ein lautes Geschrei, daß die Luft zitterte. Da gab sie sich hin – in dem tiefen, schweren Erröten, das ihr ins Gesicht stieg, in einem weiten, taumelnden Blick, und in einer jähen Bewegung –, gab sich völlig hin an die Menge da vor ihr und war von der wilden, überschwellenden Fröhlichkeit erfüllt wie die Menschen ringsum. Arndt sah ihr strahlendes Gesicht dicht vor dem seinen; er gab ihr einen Kuß.

Die Leute machten Platz für den alten Reeder, der mit entblößtem Kopf und lauter, tiefbewegter Stimme ein paar Worte an das Mädchen und die Versammelten richtete. Arndt schützte Malli derweil lachend davor, daß sie von ganz Kristiansand abgeküßt wurde. Als die Menge erfuhr, daß der Eigner des geretteten Schiffs das Mädchen zu sich ins Haus nehmen wollte, begleitete sie Gast und Hauswirt im Triumph bis ans Tor.

Der junge Matrose Ferdinand, der als der zweite Held des großen glücklichen Dramas galt, wohnte ohnedies in der Stadt bei seiner verwitweten Mutter. Er wurde auf Schultern dorthin getragen.

Später am Abend langten auch die anderen Schiffbrüchigen, die sicher auf der Insel an Land gegangen waren, in der Stadt an, und die Leute hatten Gelegenheit, weiter in ihrer Festtagslaune zu verharren. Herr Sörensen erkannte blitzschnell die Vorteile der Situation. Er dachte nicht mehr an das, was er durchgemacht hatte, sondern sonnte sich im Ruhmesglanz seiner jungen Schülerin und bekräftigte durch seine beherrschende und kraftvolle Haltung die Tatsache, daß er sie geschaffen hatte und daß sie ihm gehörte. Davon abgesehen hatte er nichts so richtig begriffen, am wenigsten, was in der ihn umgebenden Welt oben und was unten war. Im Lauf des Tages hatte ihn eine starke Heiserkeit befallen; nun verlor er vollends die Stimme und verbrachte die ersten Tage nach dem Schiffsunglück, mehrere Wollschals um den Hals gewickelt, in völligem Schweigen. In der Stadt lief ein Gerücht um, daß während des Sturms, beim Gedanken an die Mamsell Ross drohende Gefahr, sein Haar weiß geworden war. In Wahrheit war seine fuchsrote Perücke bei der Fahrt im Rettungsboot ins Meer geweht worden. Er trug den Verlust mit schöner, königlicher Ruhe, eingedenk dessen, daß er im Tausch für ein irdisches Besitztum ein Stück ewigwährender Erfahrung gewonnen hatte und daß sich überdies der Verlust ersetzen lassen würde, wenn seine alte Reisetasche an Land käme.

Bald wurden auch die übrigen Mitglieder der Theatergesellschaft angelandet, blaß und erst halb bei Bewußtsein, aber Mann für Mann ungebrochen und in guter Verfassung. Bei der Bootsfahrt ließ Mamsell Ihlen ihr langes dunkles Haar offen, so daß es sie wie ein Mantel bedeckte. Der blondhaarige erste jugendliche Liebhaber schrieb am Tag nach der Errettung eine »Ode an den Nordwind«, die auch vom Tageblättchen zum Abdruck angenommen wurde, wobei die Wetterkundigeren unter den Lesern die Erfahrung machten, daß man von einem Poeten nicht gleichzeitig Einsichten in die Kunst des Verseschmiedens und in die Geheimnisse des Kompasses verlangen kann.

Die Theatervorstellungen mußten einstweilen aufgeschoben werden. Doch gaben einige Schauspieler schon im Laufe der Woche als eine Kostprobe Auszüge aus ihrem Repertoire zum besten, und zwar im Kleinen Saal des Hotels Harmonie. Der Hotelinhaber gewährte unter den bestehenden herzergreifenden Umständen der Truppe großzügig Unterkunft zu ermäßigten Preisen. Und als bekannt wurde, daß Kostüme und Versatzstücke an Bord der Sofie Hosewinckel durch Salzwasser beschädigt worden waren, wurde eine Kollekte zugunsten der

Dulder aufgelegt. Sie brachte einen schönen Ertrag, und Herr Sörensen in seinem Bett und seiner Verstummtheit konnte sich Gedanken machen über die Einschätzung künstlerischer Leistungen durch das Publikum in der Kunst beziehungsweise im Leben.

Das stattliche Haus am Marktplatz aber hatte seine Tore vor Malli geöffnet und hinter ihr geschlossen – aus einem Gefühl ehrlicher, überströmender Dankbarkeit für das alleinstehende junge Mädchen, das sein Leben für ein Schiff des Hauses aufs Spiel gesetzt hatte.

Bei Menschen, die am Meer und vom Meer leben, verweben sich Wirklichkeit und Traumwelt oft auf seltsame Weise. Während der ersten Tage nach der Ankunft der jungen Frau waren die Gesichter der Hausgenossen, wenn sie sich ihr zuwandten, von einer Art scheuer Ehrfurcht geprägt. Es war noch nicht zu sagen, ob die See, diese immer gegenwärtige und nie erforschliche Macht, die junge Fremde wirklich wieder freigegeben hatte. Vielleicht würde schon die nächste schwere Dünung, die mit ihrem Rollen die Schiffe im Hafen in die Höhe warf, das Kind zurückholen, so daß beim Nachschauen das Zimmer leer wäre, mit einem dunklen Streifen Seewasser und Tang auf dem Boden, wie ihn die Seegeister bei ihren Besuchen hinterlassen. Nach ein paar Tagen indessen fühlte sich das Haus seiner Besucherin sicherer. Sie wurde dem Haus zum Sinnbild, halb für das Schiff Sofie Hosewinckel, das in Seenot gewesen war, und halb für die junge Sofie Hosewinckel selber, die einst in diesen Räumen herangewachsen war.

Malli war nie im Leben in einem so prächtigen Haus gewesen. Sie schaute auf die Kristallüster an der Decke, die Spitzenvorhänge, die goldgerahmten Familienporträts an den Wänden und die Schränke aus Kampferholz und hatte das Gefühl, sie müßte vor allen diesen Dingen einen Knicks machen. Und in diesem Haus wurde sie gehegt und gepflegt, man servierte ihr Kaffee und Zukkerbrötchen im Bett und legte ihr Seife mit Veilchenparfüm neben das Waschgeschirr.

Sie war noch immer schüchtern und wußte nicht viel zu sagen. Von ihrer Ruhmestat berichtete sie nicht mehr, als was sie unbedingt auf Fragen antworten mußte. Aber sie war glücklich; sie schritt lächelnd durch eine lächelnde Welt. Sie spürte, daß das Haus am Tag nach ihrer Ankunft mit Überraschung entdeckt hatte, daß sie hübsch war. Bei ihrem Einzug war ihr Gesicht blaß und schmutzig gewesen, und sie hatte in häßlichen Kleidern gesteckt. Nun, in der Hut des Hauses, sah sie sich im Spiegel mit eigenen Augen von Tag zu Tag hübscher werden. Auch über diesen Sachverhalt: daß es sie zunächst für unansehnlich gehalten hatte, wo sie doch in Wirklichkeit ein reizendes Mädchen war – auch über diesen Irrtum lächelte das alte Haus. So ging denn auch Malli, mit des Hauses Billigung, einen kleinen Schritt weiter und sah sich unter den Menschen um, die das Haus bewohnten.

Am behaglichsten fühlte sie sich in der Gesellschaft des alten Reeders. Deswegen wohl, dachte sie, weil sie sich so lang einen Vater gewünscht hatte, war sie gern mit Männern zusammen und spürte selbst, daß sie für sie in Blick, Gestalt und Stimme viel Ausstrahlung hatte. Der Dame des Hauses gegenüber war sie schüchterner. Frau Hosewinckel war eine stattliche Dame, in schwarzem Seidenkleid, mit einer langen goldenen Uhrkette überm Busen. Sie hatte ein großes, in zarten Pastellfarben leuchtendes Gesicht, und Malli mußte denken, daß sie aussah wie Königin Thora in »Axel und Valborg« von Oehlenschläger. Frau Hosewinckel sagte nicht viel, aber auch Königin Thora in der Tragödie hat nur eine einzige, an ihren Sohn gerichtete Zeile zu sprechen: »Und Gott vergeh' dir!« und doch wissen die Zuschauer, daß sie eine wohlmeinende und königliche Gestalt ist, die auf Seiten der edlen Charaktere steht. Von Arndt, dem Sohn des Hauses, wußte Malli nur, oder bildete es sich ein, daß sein Gesicht ganz ausnehmend schön gewesen war, als er sie vom Boot ans Land hob.

8. Das Haus am Marktplatz

Jochum Hosewinckel und seine Frau waren gottesfürchtige Leute; ihr Haus war das sittenstrengste in der Stadt und das wohltätigste allen Armen gegenüber. Sie hatten jung geheiratet und eine glückliche Ehe geführt; nur war ihre Verbindung lange Zeit kinderlos geblieben. In der Familie Hosewinckel war es herkömmlich, daß man der Vorsehung zwar am Sonntag in der Kirche und beim täglichen Morgen- und Abendgebet Ehrfurcht zollte, daß man sich aber nicht mit persönlichen Bitten und Anliegen in den Vordergrund drängte. Nur durch ein strenges, rechtschaffenes Leben hatten die beiden sich und ihren Herzenswunsch dem Allmächtigen zur Kenntnis gebracht. Eine beunruhigende kleine Frage lag unter ihrem Stillschweigen verborgen: Stand sich der Allmächtige in dieser Frage nicht ein wenig selbst im Licht? Achtzehn Jahre nach ihrer Eheschließung ward das nie ausgesprochene Gebet erhört; ihr Sohn kam zur Welt. Und nun fühlten sie sich frei, ihren Dank offen zu zeigen. Bei der Kindstaufe wurden auf Arndt Jochumsen Hosewinkkels Namen beträchtliche Stiftungen gemacht. Das Haus übte von da an auch eine großartige Gastfreundschaft.

Doch wurde dem Reeder und seiner Frau, indes die Jahre kamen und gingen, bei ihrem Glück beinahe unheimlich zumute.

Ihr Sohn nämlich war vom frühesten Alter an so strahlend schön anzusehen, daß die Leute bei seinem Anblick stehenblieben und verstummten. Indem er heranwuchs, erwies er sich überdies als klug und begabt, lernwillig, beherzt und anständig, weit mehr als andere Jungen. Als man ihn als jungen Mann nach Lübeck und Amsterdam schickte, wo er das Reedergeschäft lernen sollte, gewann er dort durch seinen hellen Verstand, seine angenehmen Umgangsformen und sein aufrechtes Verhalten Vertrauen und Zuneigung bei allen, die ihm vorgesetzt waren. Mit einundzwanzig wurde er Teilhaber in der Reederei seines Vaters und legte alsbald ein bemerkenswert gutes Urteil über Schiffe und Schiffahrtsfragen an den Tag. Alles, woran er Hand anlegte, ging gut aus, und Seeleute wie auch Kontorangestellte arbeiteten gern unter ihm. Seine besondere Liebe galt der Musik; er spielte und sang selber gut.

In den jüngstvergangenen Jahren hatte sich ab und zu ein gewisser Schatten über das Glück seiner Eltern gesenkt: Es hatte nämlich nicht den Anschein, als gedächte Arndt Hosewinckel zu heiraten. In der Familie waren nicht wenige jung und unverehelicht gestorben, als wären sie zu gut und fein dazu gewesen, die Natur der Welt da draußen mit ihrer eigenen zu vermischen. Sollte das auch das Schicksal dieses letzten, spätgeborenen und wohlgeratenen Familienmitgliedes sein? Doch mochten sich die alten Leute darüber keine unnötigen Sorgen machen. Schließlich war ihr Sohn ein Ehrenmann, korrekt und ritterlich allen jungen Mädchen von Kristiansand gegenüber, und konnte sich immer noch, wenn er Lust dazu hatte, jede beliebige unter ihnen aussuchen.

Wer immer um diese Zeit Arndt Hosewinckel zu Gesicht bekam, ließ den Blick mit tiefem, unbewußtem Behagen auf der Schönheit, Kraft und Anmut seiner Gestalt ruhen, auf seinen schon bemerkenswert ausgearbeiteten Gesichtszügen und auf dem besonderen Ausdruck darin, der gleichzeitig offen und nachdenklich war. Diesem jungen Mann aus Kristiansand, sagte sich der Betrachter dann wohl, war schon in der Wiege alles mitgegeben, was ein Mensch sich wünschen kann, und fast schon mehr, als sich leicht tragen läßt.

Es war ihm sogar mehr mitgegeben, als die Betrachter ahnen konnten. Er hatte eine empfängliche, grüblerische Natur und hatte schon seine Lebenserfahrungen gemacht.

Als Arndt fünfzehn Jahre alt war, kam eine Fischerstochter aus Vatne, mit Namen Guro, als Dienstmädchen in sein Elternhaus. Sie war ein Jahr älter als er, aber der hübsche Junge, den Reichtum und die Bewunderung der Hausgenossen wie ein Glanz umgaben, erweckte ein mächtiges und nicht zu bezähmendes Gefühl in der Brust des halbwilden Mädchens. Sie vermochte ihre Leidenschaft nicht vor ihm geheimzuhalten; sie wurden Liebesleute, bevor sie es recht wußten. Er war noch so jung, daß er von Schuld nichts ahnte. Er hatte nie im Leben gefürchtet oder auch nur fürchten müssen, daß etwas, was er aus seinem Wesen heraus verlangte, in Widerspruch stehen könnte mit Wohlverhalten oder anständiger Denkungsart. Eine unbekannte verlangende Zärtlichkeit, ein Liebesspiel, um so köstlicher, als es geheim blieb, entspann sich zwischen ihm und Guro. Sie lachten sich an, sie wünschten einander von Herzensgrund nur Wohl und Freundlichkeit. Von seinen Eltern – wenn sie ihm um jene Zeit überhaupt in den Sinn kamen – dachte der Junge nur: Sie würden das nicht verstehen. Sie waren so viel älter als er; so lange er sie kannte, waren sie wohlgesetzte Leute gewesen, während er Begeisterungen und Entschlüsse in sich umgehen spürte. Es kam ihm kaum je in den Sinn, daß auch sie zu ihrer Zeit einmal jenes Spiel gekannt haben könnten.

Die heimliche Liebesgeschichte im Hause des Reeders dauerte sechs Wochen. Dann, in einer Frühjahrsnacht, warf Guro ihrem jungen Liebsten jäh die Arme um den Hals und rief unter einem Sturm von Tränen: »Ich bin ein verlorener Mensch, weil ich dir begegnet bin und dich angeschaut habe, Arndt!« Am Morgen war sie fort, und zwei Tage später fand man sie im Fjord treiben.

Arndt sah Guro wieder, als man sie ins Haus trug, weiß, eiskalt, Salzwasser aus den Kleidern und den Haaren tropfend. Der Grund für ihre Verzweiflungstat wurde bald bekannt: Guro trug ein Kind. Es vergingen drei Tage, während deren der Junge glaubte, er habe Ursache gegeben für Unglück und Tod der jungen Frau. Dann aber kamen Guros Eltern in die Stadt, um die Tote heimzuholen, und Haus Hosewinckel erfuhr, daß Guro schon nicht gut getan hatte, bevor sie dort bedienstet war. Sie hatte in Vatne einen Liebhaber; er hatte sie im Stich gelassen, war aber dann anderen Sinnes geworden und zweimal bei ihr in der Stadt gewesen, mit dem Vorschlag ihn zu heiraten. Jetzt war es Guro, die nichts mehr mit ihm zu schaffen haben wollte. Hausherr und Hausfrau waren entsetzt über die düstere, tragische Geschichte, die sich da unter ihrem Dache begeben hatte. Es widerstrebte ihnen, in Gegenwart ihres jungen Sohns davon zu sprechen; auf der anderen Seite hielten sie es für unerläßlich, vielleicht sogar für ihre Pflicht, ihm ganz kurz die Wahrheit mitzuteilen, wobei sie ein paar feierliche Worte über den Lohn der Sünde hinzufügten.

Diese Wahrheit, wie sie Arndt von den Lippen seiner Eltern vernahm, schloß seine eigene Schuld völlig aus. Doch schien sie zugleich auch alles andere auszuschließen, so daß er mit leeren Händen dastand. Alles, was ihm blieb, war eine tagelang andauernde herzverzehrende Sehnsucht, nicht so sehr nach dem Mädchen und dem Glück, das sie ihm bereitet hatte, als vielmehr nach seinem Glauben an sie und an jenes Glück. Eine heimliche Lebensglückseligkeit hatte sich ihm enthüllt und als Wirklichkeit zu erkennen gegeben, und unmittelbar darauf sollte alles nicht mehr wahr sein und nachweislich niemals existiert haben. Guros Abschiedsworte klangen ihm in den Ohren wie eine Unheilsprophezeiung: daß es ein Unglück sei, ihm zu begegnen und ihn anzuschauen, selbst für die, denen er das Beste wünschte. Ich bin ein verlorener Mensch, weil ich dir begegnet bin, hatte sie geklagt, ihr tränennasses Gesicht an seinem. Das alles war im Verlauf weniger Monate in sein Leben eingedrungen, ohne daß eine Menschenseele etwas davon wußte. So hatte sich seiner, des zärtlich behüteten Kindes, das Gefühl bemächtigt, als wäre ihm in völliger Einsamkeit das meiste schon bewußt geworden, was in der Welt zu wissen sich lohnt.

Die Dinge lagen zwölf Jahre zurück. Seitdem hatte er sich in der Welt umgesehen und mit vielen Menschen und Lebensumständen zu tun gehabt. Er hatte Freunde in vielen Ländern gewonnen und Mädchen gekannt, so hübsch und ihm ergeben wie die Fischerstochter aus Vatne. Er dachte nicht mehr an sie und konnte sich kaum mehr erinnern, wie es einst dazu gekommen war, daß er sich gern ein wenig abseits von den Leuten hielt, damit sie nicht durch ihn ins Unglück kämen.

9. Ein Ball in Kristiansand

Es blieb nicht aus, daß Damen und Herren aus der besten Gesellschaft der Stadt in dem Haus am Markt erschienen und Mamsell Ross ihre Aufwartung machten. Sie taten sich zusammen und wollten zu ihren Ehren im Ballsaal der Harmonie einen Ball geben. Malli war bis jetzt, ohne sich etwas dabei zu denken, in ihrem einzigen bescheidenenen Kleidchen in dem Haus der Reichen herumgelaufen; ein Ballkleid hatte sie nie besessen. Für den Ball indessen ließ Frau Hosewinckel in aller Eile bei ihrer eigenen Schneiderin ein Tüllkleid mit Besatz und Gürtelschleife für den jungen Hausgast anfertigen. Die ältere Frau war am Ballabend überrascht zu sehen, wie selbstverständlich und überlegen die Tochter der Putzmacherin ihren Staat trug, und fragte sich insgeheim, ob sie und die Leute in der Stadt nicht unrecht daran täten, zum Dank für eine Heldentat die Heldin herauszuputzen wie ein Spielzeug. Sie hätte sich ihre Skrupel sparen können. Auf solche Weise behandelt zu werden, hätte vielleicht einem anderen Mädchen den Kopf verdreht. Hier aber hatte man es mit einer jungen Person zu tun, die es sich nur zu gern gefallen ließ, aus Dankbarkeit wie ein Spielzeug behandelt zu werden, und die umgekehrt fähig war, eine ganze Stadt mit Hafen, Straßen, Rathaus und Bürgerschaft ihrerseits als ein Ding zum Spielen anzusehen.

So ging Malli also auf den Ball, doch konnte sie nicht voll daran teilnehmen, denn sie hatte nie tanzen gelernt. Eine Dame vom Komitee bat sie, der Gesellschaft statt dessen vorzusingen. Das tat Malli bereitwillig, und alle lauschten mit Vergnügen ihrer reinen, hellen Stimme, und die alten Herren an den Spieltischen tranken ihr mit hochgehobenen Punschgläsern zu, als sie ihnen gar einen Matrosensong bot aus der Zeit, da sie selber jung gewesen. Ein junges Mädchen wollte daraufhin etwas vorgesungen haben, wozu man tanzen könnte. Malli zierte sich ein wenig, dann ließ sie, wie ein Vogel im Baum und mit einem lang zurückgehaltenen und nun plötzlich hervorbrechenden Genuß ihr eigenes Lied ertönen, Ariels Lied:

»Kommt auf diesen gelben Strand,
Fügt Hand in Hand!
Wann ihr euch geküßt, verneigt
(Die See nun schweigt):

Hier und dort behende springt,
Und den Chor, ihr Geister, singt!«

Der Tanz hob an im Einklang mit dem Lied, und Malli stand inmitten des lichterstrahlenden Saals und beobachtete, wie sich der Reigen drehte nach dem Gebot ihres Singens.

Ferdinand war zu dem Tanzvergnügen eingeladen worden, und Malli hatte sich sehr darauf gefreut, ihn zu sehen und sich mit ihm zu unterhalten, denn sie hatten einander seit der Sturmnacht nicht wieder getroffen. Er hatte aber Nachricht gegeben, daß er nicht kommen könne. Nun heftete die Sängerin ihre Blicke auf Arndt Hosewinckel.

Arndt hatte bei einer Gruppe älterer Kaufleute gestanden und sich mit ihnen unterhalten, aber als Malli zu singen begann, horchte er auf, und als sie das Tanzlied sang, schloß er sich den Tanzenden an. Sie sah, wie gut er tanzte, und erfaßte mit einem Blick, welche Rolle er im Ballsaal und in der Stadt spielte und was die schönen jungen Damen, die alle so fein tanzen gelernt hatten, von ihm hielten. Sie aber, das einfache Ding, das sich den Zutritt zum einzigen Ball ihres Lebens dadurch erkauft hatte, daß sie dieses junge Leben selber aufs Spiel setzte, sie aber erkannte noch viel mehr, als sie den ersten jugendlichen Liebhaber der Stadt tanzen sah. Sie mußte denken: Gott, welche Verlassenheit! Und dann: Da kann ich helfen. Aus dieser Verlassenheit kann ich ihm helfen und ihn erretten. Malli ging nicht zu Bett, als sie nach Hause kam, sondern saß in ihrem duftigen Kleid noch lange vor dem kerzenhellen Spiegel. Auch Arndt Hosewinckel ging noch nicht zu Bett, sondern machte sich zu einem langen Nachtspaziergang auf. Nicht selten kam das vor, daß er so bei Nacht auszog, zum Hafen und den Lagerhäusern dort oder auch weiter hinaus am Fjord entlang.

10. Gegenseitige Besuche

Malli wünschte den kranken Herrn Sörensen zu besuchen, und Arndt Hosewinckel ging mit ihr, um ihr den Weg zum Hotel zu zeigen und bei dieser Gelegenheit dem Mann eine Aufmerksamkeit zu erweisen, der mit dem Mädchen zusammen an Bord der Sofie Hosewinkkel Seenot erlitten hatte.

Herr Sörensen war nicht mehr bettlägerig; er saß in einem Lehnstuhl, konnte aber immer noch kaum ein Wort sprechen. Die Beziehung zwischen dem Alten und der jungen Frau war so sehr vom Theater bestimmt, daß Malli, kaum hatte sie sich in die Sachlage gefunden, die Begegnung sogleich in eine Pantomime verwandelte, ganz als müsse ihr alter Lehrer, da er die Stimme verloren hatte, notwendigerweise auch taub geworden sein. Meister und Schülerin strahlten einander an, und Malli begriff sofort, daß Arndts Schönheit den alten Schauspieldirektor stark beeindruckte und ergriff, und daß er dachte: Gott, einen solchen jugendlichen Liebhaber müßte man haben! Sie wußte aber nicht, daß er sich zur gleichen Zeit auch über ihr Aussehen Gedanken machte und sich fragte: Wie kann denn die Person auf einmal so viel Busen bekommen haben – und so rund? Alle ihre Bewegungen hatten etwas Rundes und Weiches, wie sie ihm da pantomimisch auseinandersetzte, wieviel Freundlichkeit ihr widerfahren sei, seit sie sich zuletzt gesehen hatten.

Als es für sie und Arndt Zeit wurde, sich zu verabschieden, faßte Herr Sörensen ihre Hand, drückte sie, so stark er konnte, und flüsterte oder keuchte Malli mit vergehender Stimme zu: »Bist du's, mein schmucker Ariel? Du wirst mir fehlen!« Nun fand auch Malli ihre Stimme wieder: »Und du mir auch!« rief sie laut, ohne sich klarzumachen, daß von Abschied überhaupt keine Rede gewesen war.

Herr Sörensen blieb allein und verharrte mehrere Tage lang in einem Zustand tiefer Ergriffenheit und Rührung. Er verstand, zum mindesten vorübergehend und andeutungsweise, die Haltung seiner Schülerin, und er war beeindruckt. Das war wahrhaftig eine großartige Sache: die ganze Welt, das gewöhnliche Alltagsleben auf die Bühne gehoben und mit ihr eins geworden. Dein Wille geschehe, William Shakespeare, wie auf der Bühne also auch im Salon! In aller Wirklichkeit wollte sein Ariel hier sein Schwingenpaar ausbreiten und in die Luft auffahren vor seinen Augen. Jäh und seltsam kehrte ihm die Erinnerung wieder, daß auch er vor Zeiten im Herzensüberschwang eines jungen Schauspielers von einer solchen Apotheose geträumt hatte. Und es widerfuhr ihm überdies, in den ersten zwei oder drei Nächten nach Mallis Besuch, daß er sich in richtigen, wohlausgesponnenen Träumen in seinem engen Wirtshausbett zu seiner Überraschung als Mitspieler bei Mallis Wagnis sah: einmal als Prospero auf einer schwiegerväterlichen Reise zum jungen Königspaar von Neapel; das andere Mal als Narr im

Hause Hosewinckel. Als er wieder wach war, wies er den Gedanken von sich. Im Lauf eines langen Lebens hatte er Erfahrung und Einsicht gewonnen, und für jeden Menschen mit Erfahrung und Einsicht, genau gesagt für jeden, der nicht gerade eine verliebte junge Schauspielerin war, mußte der Vorsatz, das Alltagsleben auf die Bühne zu heben, etwas Widersinniges haben, seinem Wesen nach etwas Gotteslästerliches. Denn viel wahrscheinlicher war, daß das Alltagsleben die Bühne auf sein Niveau herunterzog, als daß es der Bühne gelang, den Alltag dauernd in solche Höhen emporzusteigern – und die gesamte Weltordnung konnte bei solchen Versuchen durcheinandergeraten.

Seine nächste Überlegung galt der Tatsache, daß er also nun seinen Ariel verlieren und daß das große Unternehmen seines Lebens nie Gestalt annehmen würde. Das betrübte ihn sehr. Warum, fragte er sich, mußte der scheußliche nasse Sturm im Kvasefjord ausbrechen, mitten in William Shakespeares Sturm hinein? War es denkbar, daß es durch den Willen dieses mächtigen, furchtlosen, fürchterlichen Kindes geschehen war?

Sowie der alte Direktor bis zu einem gewissen Grade wieder die Herrschaft über seine Stimme erlangt hatte, stattete er dem Hause des Schiffsreeders seinen Gegenbesuch ab. Er kaufte sich zu dieser Gelegenheit ein Paar lavendelfarbene Handschuhe, die zwar von seinem alten Bratenrock und seinem aufgerauhten Zylinderhut abstachen, mit seiner Haltung und seinem Stimmklang aber vollkommen übereinstimmten. Seine Art war so höflich und einnehmend, daß Frau Hosewinckel, die an solch weltmännische Selbstentäußerung nicht gewöhnt war, ganz schüchtern wurde. Er machte alle Augenblicke eine Verbeugung und wurde nicht müde, die Räume und jeden Gegenstand darin zu loben. Hatte er irgendeine Einzelheit übersehen, so beeilte er sich, seine Nachlässigkeit gutzumachen, und sprach den hohen Spiegeln zwischen den Fenstern und dem Blick auf den Marktplatz sozusagen ganz persönlich seine alleruntertänigsten Entschuldigungen für seine Vergeßlichkeit aus. So sprudelte es aus ihm hervor: »Welch großartiger, prachtvoller Besitz. In ganz Europa zusammengebracht, und mit welchen Kosten wahrscheinlich! Und diese Kunstschätze auch aus China und den beiden Indien! Und sieh hier, die hinreißenden, bezaubernden Lüster – und die famosen Schiffsgemälde, großartig in der Auffassung!«

Einen Augenblick blieben Herr Sörensen und Malli allein im Salon. Herr Sörensen legte einen Finger an die Lippen, warf Malli eine Kußhand zu und erklärte feierlich: »Mein Kind, du bist Fortunas Favoritin!« Als Malli darauf mit einem festen, klaren Blick antwortete, schaute er selbst beiseite, zog ein altes seidenes Schnupftuch aus der Rocktasche, wischte sich die Stirn und beschloß seine Rede, nur noch halblaut jetzt und mehr an sich gewandt als an Malli:

»Mein Pegasus ist faul:
Was das für ein Gesperr ist!
Wart nur, du dummer Gaul,
Ich zeig dir, wer hier Herr ist!«

Als er schließlich mit einer Reihe eleganter Verneigungen Abschied genommen hatte, blieb Malli am Fenster stehen und folgte seiner Gestalt mit den Blicken, wie sie stolz aufgerichtet über den Marktplatz schritt, kleiner wurde und verschwand.

11. Die Geschichte einer Verlobung

Die Idee oder Mutmaßung, daß Malli, statt ihre Reise mit Herrn Sörensen und seiner Truppe fortzusetzen, in der Stadt bleiben und ein Teil von ihr werden könnte, stieg zuerst bei den Leuten auf, die das junge Mädchen hatten hochleben lassen, als ihr Boot in den Hafen einfuhr. Man könnte sagen, daß sich diese Idee oder Mutmaßung in der Stadtgemeinschaft in Form einer Spirale bewegte: Indes die Spiralringe enger wurden, wuchs das Ganze zu immer größerer Höhe an, sowohl sozial wie gefühlsmäßig. Als schließlich auch die erreicht wurden, die es anging, war die Verstrickung auf dem Höhepunkt ihrer Spannung und Schicksalshaftigkeit angelangt.

In einer kleinen Gemeinschaft, wo nicht viel zu passieren pflegt, geht in der Regel viel Klatsch um. Eine Verlobung ist da der beliebteste Gesprächs- und Diskussionsgegenstand, und je mehr die jungen Leute, deren Verlobung man erwartet, vorher schon im Mittelpunkt des Interesses standen, um so lebhafter entwickelt sich das Gerede. So mag beachtenswert sein, daß im vorliegenden Fall wenig geschwätzt wurde. Arndt Hosewinkkel war der Liebling der Stadt und ihre beste Partie; Malli war die Heldin aller. Indem die beiden aber einander näherkamen und im Bewußtsein der Leute allmählich eins wurden, schienen sich ihre Gestalten doch der

Beobachtung zu entziehen. Ein tiefes, verständnisinniges Atemholen ging zwar durch die Stadt, ihre Namen aber sprach man seltener aus als früher.

Die einfachen Leute in der Stadt fanden Gefallen an der Idee, daß Arndt Hosewinckel und Mamsell Ross ein Paar werden könnten. Das wäre wieder einmal das glückliche Ende des alten Märchens, überraschend und doch insgeheim vorhergesehen, daß Aschenbrödel den Prinzen freit. Die Stadt Kristiansand gäbe zum Entgelt für eine edle Tat ihr Bestes hin. Daß das gelbe Haus am Marktplatz einer armen Schwiegertochter seine Tore öffnen würde, der Tochter eines auf See umgekommenen Schiffers, erfreute und bewegte die Seemannsfrauen, und es war in ihrer Freude nicht die mindeste Bösartigkeit dem Reeder und seiner Gattin gegenüber. War nicht drunten im Hafen schon verkündet worden, diese Braut sei ein Schatz? Indem sie das Meer versinnbildlichte, den Broterwerb zur See und das allen gemeinsame Schicksal, verband sie, genau wie die See selbst es tat, die einfachen Leute in der Stadt mit ihrem reichsten Bürger.

Die Idee oder Mutmaßung erklomm auf ihrem Spiralenpfad immer höhere und engere Kreise und fand Zugang in die Häuser der besten Gesellschaft. Hier nun geriet Mallis guter Name ein paar Tage lang ins Wanken und stand sozusagen am Rande eines Abgrunds. In solchen gesellschaftlichen Höhen tauchte die Frage auf, ob die Heldin nicht in Wirklichkeit eine Abenteurerin sei, die aus der Bewunderung und Dankbarkeit der Stadt ein Glücksspiel machte, um sich eine Heirat über ihrem Stande zu erschleichen. Doch war in dem Bild des Mädchens etwas, was die Waagschale fast augenblicklich zu ihren Gunsten sinken ließ. Die alten Herren von der Ballnacht waren die ersten, die sich für sie einsetzten. Auch die dazugehörigen Gattinnen, redliche Gemüter allesamt, die oft genug um Schiffe und Bemannung gezittert hatten, prüften Mallis Verhalten in der Sturmnacht und mußten zugeben, daß nichts davon als Berechnung ausgelegt werden konnte.

Von den jungen Bürgertöchtern, deren Tanz Malli mit ihrem Lied begleitet hatte, legte sich möglicherweise jede einzelne die Dinge so zurecht, daß, wenn schon nicht sie Arndt Hosewinckel bekommen könnte, am ehesten zugunsten des Mädchens aus dem Schiffbruch auf ihn zu verzichten sei. Es mochte dazu kommen, daß diese Mädchen, die sich seit den Tagen ihrer Steckkämme und Kinderhöschen kannten, alle zuviel über ihre jeweiligen körperlichen Nachteile wußten. Von einer jungen Schönheit, die besonders ihrer kleinen Füßchen wegen bewundert wurde, wußten sie, daß sie sich ihre Schuhe eine Nummer kleiner machen ließ und davon ein Hühnerauge bekommen hatte. Von einer anderen Koketten war bekannt, daß ihr schimmerndes Goldhaar nicht ausschließlich auf ihrem eigenen Kopfe wuchs. Von der Fremden dagegen wußten die jungen Schönen, daß sie arm war, schlecht angezogen und zu groß, um elegant zu sein, und daß sie nicht tanzen konnte. Außerdem war in ihrer eigentümlichen Schüchternheit soviel Zutrauen und Anerkennung für alle Schönheit ringsum zu lesen, daß sich jedermann in ihrer Gegenwart schöner finden konnte. Auch beschlich sie mitunter das Gefühl, daß das Mädchen vom Meer ein anderes Lachen in sich hatte als die Menschen sonst.

Dieses Lachen hatte mit einem Sturm um die Wette getönt; es hatte einen Sturm begleitet.

Die Idee oder Mutmaßung erreichte auch das Haus am Markt. Sie setzte sich fest in den Stuben der Dienerschaft, bevor sie zur Beletage emporstieg, und nahm beim Gesinde außerordentliches Gewicht an. Malli wurde dort freudig akzeptiert; die Dienerschaft schloß sogar alsbald einen Ring um die künftige junge Hausherrin, die nur ein Kleid und drei Wäschegarnituren besaß und die so schön singen konnte.

Die Idee oder Mutmaßung stieg die Treppe hinauf, sie betrat den Salon mit den Schiffsbildern von großartiger Auffassung und füllte ihn mit trächtigem Schweigen. Sie war hoch hinauf gelangt bei ihrem Aufstieg, und hier war es, daß sie zur Zukunft selber wurde.

Sie fand die Stimmung im Salon bereits vorbereitet und erwartungsvoll, ähnlich wie das gestimmte Instrument auf die Melodie wartet. Der alte Hausherr war während dieser Zeit stets guter Laune: Er hatte eine zarte Röte auf den Wangen, trug elegante Halstücher und brachte Geschenke mit nach Hause; Spitzenwäsche für die Gattin und kandierte Pflaumen für Malli. Mit der wunderbaren Errettung seines Schiffes in der Sturmnacht war ein romantischer und heroischer Zug in sein sonst so genau geregeltes Leben eingezogen – ein Sturmeshauch, das Singen des Windes in den Segeln. Da paßte es nur ins Bild, daß er selbst als Schwiegervater am Ende von einer Heldin im Sturm erobert würde. Freilich mag es als gefährlich gelten, wenn einer seinen Enthusiasmus für eine Heldentat übergreifen läßt auf das Alltagsleben, und der Reeder, erfahrener Mann, der er war, würde sich wohl angesichts einer heroischen Schwiegertochter, die ihre Leistungen auf dem festen Lande vollbracht hätte – und wäre es die Jungfrau von Orleans persönlich gewesen – ein wenig unbehaglich gefühlt haben. Malli aber hatte sich ihren Ruhmesglanz auf dem Meere erworben, unter Salzbrechern und fliegendem Gischt. Jochum Hosewinckel hatte als sehr junger Mensch selbst auf einem Schiff seines Vaters eine Havarie mitgemacht. Ihm war eine Schwiegertochter gerade recht, in deren Gegenwart er sich noch einmal achtzehn Jahre alt fühlen könnte.

Mallis dunkle Herkunft hätte in der Umgebung des Hauses wohl einen Schatten auf das junge Mädchen werfen können. Da sich die See aber nun einmal als ihre Verbündete erwiesen hatte, galt es als ausgemacht, daß zwischen den beiden vollendete Harmonie herrschen müsse und daß auch Alexander Ross mit seinem Schiff als ein Ehrenmann zugrunde gegangen war. Durch ihr wackeres Aushalten auf der Sofie Hosewinckel hatte seine Tochter auf eine gewisse geheimnisvolle Weise diese Tatsache bekräftigt. Jochum Hosewinckel rief sich den Namen eines alten schwedischen Kapitänleutnants Ross in Erinnerung, der mit seinem Vater befreundet war: Der war auch von schottischer Abstammung gewesen, und auch um seine Person hatte es ein Geheimnis gegeben. Sehr möglich, daß der Kapitänleutnant mit dem verschollenen Schiffshauptmann verwandt war und daß man es hier mit einer Heldenfamilie zu tun hatte.

Frau Wencke Hosewinckel, von jeher eine Frau von wenig Worten, wunderte sich insgeheim über die Behendigkeit, mit der alle Mannsleute immer in der Lage schienen, den Ereignissen des Lebens gegenüber einen festen Standpunkt einzunehmen. Sie forschte im Antlitz des Sohnes, horchte auf seine Stimme und wartete auf ihre Zeit.

Die Idee oder Mutmaßung erreichte zu guter Letzt ihr Ende und ihren Gipfel bei den zwei jungen Leuten selbst, die das glückliche Paar abgeben sollten. Es kam ihnen höchst überraschend: als eine verblüffende, glänzende Idee von einer außenstehenden Welt, deren Vorhandensein sie ganz vergessen hatten. Etliche Wochen hatten sie bei unsterblichen Mächten geweilt. Jetzt, da die Welt der Sterblichen ihnen ebenfalls ihren Segen gab, nahmen sie auch das mit Freuden hin, und das Ewige konnte ihnen fortan zum Alltag werden.

Für Malli stellte es sich dar als eine Vollendung und Vervollständigung ihres machtvollen Aufstiegs. Irgendwann hatte sie Schwingen bekommen, sie waren wunderbar gewachsen und hatten sie gut getragen, immer höher, immer nach oben, bis zu diesem unaussprechlichen Glück. Sie stand auf schwindelnder Höhe, aber sie konnte sich furchtlos überallhin ins Leere stürzen, denn überall würde Arndts Arm sie festhalten und tragen. Nun würde sie auch noch seine Frau werden; sie würde seinen Namen tragen, und sein Haus wäre das ihre; es würde von ihr gelten:

»... mit ihr alles zu teilen, ist er gewillt,
Weil sie macht, daß sie selber am höchsten ihm gilt.«

Zitternd hatte sie davon geträumt, einmal die Julia zu spielen, und nun hatte ihr das Leben eine Rolle gegeben, mindestens ebenso schön. Ihr, dem Mädchen von Arendal, das sich keinem Mann zur Beute geben wollte!

Arndts Glück war anderer Art. Längst entwichene Verheißungen, die er selbst mit seinem Verstand zurückgewiesen hatte, erhoben sich wieder und sahen sich erfüllt. Die Welt war ruhelos gewesen, ohne Ordnung und leer. Ein junges Mädchen schenkte ihr einen Blick, und unter ihren Augen fand die Welt zur Ordnung zurück und wurde zum Kosmos.

Er, Arndt, hatte unten am Hafen dem armen, tapferen Mädchen den ersten Gruß entboten, als sie ein Schiff des Hauses aus Seenot gerettet hatte. Eine junge Frau dieser Art unglücklich zu machen, war ganz und gar nicht nach seinem Sinn; nein, er würde nicht ihr Verhängnis werden. Er hatte ihr einen Kuß gegeben, und um das wieder gutzumachen, hielt er sich in seinem Elternhaus anfangs bewußt von ihr fern. Eines Tages aber hatte ihn Malli mit hellen, ehrlichen Augen angeblickt; so offen war dieser Blick, daß er merkte, weder er noch sonst jemand auf der Welt könnte dieses junge Geschöpf unglücklich machen. Das kam dem reichen Jüngling vor wie ein Scherz des Schicksals; er erwiderte den Blick des Mädchens, er näherte sich ihr, er sprach zu ihr. Und siehe da, er selbst erlebte jetzt sein Schicksal – helläugig, großmütig, ohne Hintergedanken.

Ja, sie war eine Heldin, eine junge Frau mit einem Löwenherzen, das sagten alle. Aber sie war es auf eine ganz andere Weise, als die Leute wußten. Sie hatte für Furcht keine Verwendung, denn wo sie war, gab's keine Gefahr. Schiffbruch, Not, Unglück gab es weiterhin. Aber Schiffbruch, Not und Unglück waren verwandelt;

sie legten Zeugnis ab für Gottes Allmacht und Barmherzigkeit.

Später in dieser Nacht schaute er auf seltsame Weise ein Bildnis von sich selbst, wie er gewesen war, bevor sie erschien. Er mußte denken: Sie hat Macht, die Toten zu erwecken.

Kurz vor Tagesbeginn stellte sich auch Guros Bildnis ein, an das er viele Jahre nicht gedacht hatte. Er erinnerte sich, sie waren befreundet gewesen und glücklich miteinander, reich an Begierde und Zärtlichkeit in den Frühlingsnächten, in Nächten so wie dieser. Er begriff, daß in der Frühlingsnacht das Meer Guro in einer mächtigen Umarmung zu sich genommen hatte, in Kraft und Liebe, Vergebung und Vergessen.

»Und den Chor, ihr Geister, singt!« hallte ein Echo um ihn in dem dunklen Haus.

Die Vernunft gebietet anzunehmen, daß Arndt Malli um ihre Hand gebeten hat in der durchaus üblichen Form, wie ein Werbender das tat, und daß sie ihr Jawort gab nicht anders als jedes gewöhnliche Mädchen.

Doch ward die Frage gestellt und beantwortet, als ginge die Entscheidung um ihrer beider ewiges Seelenheil.

Sie standen eng umschlungen, von der gleichen Welle erhoben und hochgetragen. Aber sie küßten sich nicht, ein Kuß paßte nicht zu dieser Sekunde Ewigkeit.

Eine Weile darauf, als sie zusammen auf dem Sofa am Fenster saßen, fragte sie ihn leise und ernst: »Bist du glücklich?« Er antwortete langsam: »Ja, ich bin glücklich. Aber es ist nicht Glück, was in dir ist, Malli. Es ist Leben. Ich war nicht so sicher, daß Leben zu finden wäre irgendwo auf der Welt. Die Leute sagten: Das ist eine Sache auf Leben und Tod, und ich dachte: Also eine recht geringe Sache. Ich dachte von mir selber, ich wüßte schon über alles Bescheid, und daß ich Unglück brächte. Ach, Malli, und nun bin ich mir selbst ein Rätsel, und für die Welt bin ich ein Freudenbote.«

Er hatte noch nicht lang zu Ende gesprochen, da sank sie vor ihm nieder, und als er sie aufrichten wollte, verhinderte sie es, indem sie ihm ihre gefalteten Hände aufs Knie legte.

»Hier mußt du mich liegen lassen«, sagte sie. »Das ist der passende Platz für mich.«

Mit einem zutraulichen, demütig-hingegebenen Ausdruck blickte ihr Gesicht zu ihm auf.

»Ja«, fuhr sie fort und sprach sehr langsam, »ja, ich bin die Auferstehung und das Leben, spricht Malli. Wer da an mich glaubet, und wäre er gleich tot, der soll leben. Und wer da lebet und glaubet an mich, der soll nie sterben, sondern ewiglich leben.«

Arndt mußte in diesen Tagen für die Firma nach Stavanger reisen; aus einer Konkursmasse stand dort ein Schiff zum Verkauf. Ein paar Tage später machte er sich auf den Weg, früh am Morgen.

Er hatte nicht gewußt, wie schwer es ihm fallen würde, sich von Malli zu trennen; als es soweit war, mußte er sich zum Abschied zwingen. Auch Malli hatte den Gedanken an eine Trennung von ein paar Tagen zunächst leicht genommen; sie hatte fast das Gefühl, sie müsse nun ein wenig Atem schöpfen. Erst als sie ihn beim Abschied so bleich werden sah, überfiel auch sie eine Blässe. Vielleicht würde ihm auf der Reise etwas Schreckliches zustoßen.

Sie hätte ihn abhalten sollen zu reisen, oder sie hätte mitfahren sollen, um das ihm drohende Mißgeschick abzuwehren. In der frostigen Morgenluft stand sie in ihrem von der Mutter geschenkten ostindischen Schal auf der Vortreppe und sah seine Kutsche fortrollen.

»Lieber Gott«, mußte sie denken, »wenn es mit ihm geht wie mit Vater! Wenn er nie zurückkommt!«

12. Ferdinand

Nun wollte es der Zufall, daß am Tage nach Arndts Abfahrt zwei Damen aus der Stadt bei Frau Hosewinkkel zu Besuch waren und daß, während sie um die Kaffeetafel saßen, Malli in Hut und Mantel ins Zimmer kam, glückstrahlend und offenbar zum Ausgehen bereit. Frau Hosewinckel fragte, wohin sie ginge, und sie erwiderte, sie wolle Ferdinand besuchen. Die Damen verstummten und blickten einander an. Frau Hosewinckel erhob sich vom Stuhl, trat auf Malli zu und faßte sie bei der Hand.

»Mein liebes Kind«, sagte sie. »Den Ferdinand kannst du nicht mehr besuchen.«

»Warum nicht?« fragte Malli erstaunt.

»Ferdinand ist tot«, sagte Frau Hosewinckel.

»Ferdinand?« schrie Malli.

»Ja, unser armer, guter Ferdinand«, sagte Frau Hosewinckel.

»Ferdinand!« schrie Malli wieder.

»Es war der Wille Gottes«, sagte Frau Hosewinckel.

»Ferdinand!« rief Malli ein drittes Mal, wie zu sich selbst.

Die beiden Damen aus der Stadt bekundeten ihr Mitgefühl und gaben einen eingehenden Bericht, wie es mit Ferdinand gegangen war. An Bord der Sofie Hosewinkkel war er in der Sturmnacht von einem herabfallenden Stück Rahe getroffen worden und hatte schwere innere Verletzungen erlitten. Sie hatten zunächst nicht besonders ernst ausgesehen, aber gestern war er gestorben.

»So ist es also doch der Sturm gewesen«, sagte die eine Dame, »der dem tapferen jungen Mann den Tod gebracht hat.«

»Der Sturm!« rief Malli. »Der Sturm! Nein, wie können Sie das nur denken! Ich muß sofort zu ihm. Dann werden Sie sehen, wie sehr Sie sich täuschen.«

»Leider besteht gar kein Zweifel«, sagte die andere Dame. »Es kommt dazu, er ist aus einer ganz armen Familie – man weiß noch gar nicht, wie seine arme Mutter jetzt existieren soll. Nein, Mamsell Ross, leider ist da gar kein Zweifel.«

Malli verharrte eine Weile in Nachdenken.

»Wahrhaftig, ja!« brach es dann mit Macht aus ihr hervor. »Er hat mit mir auf Deck gestanden, das wissen Sie ja. Wir waren die ganze Nacht beisammen. Am Morgen noch, in der Fischerhütte, hat er mir geholfen, als ich die Kleider wechselte. Und Sie haben doch mit eigenen Augen gesehen«, fuhr sie fort und wandte sich den Damen wieder unmittelbar zu, »daß er im selben Boot mit mir an Land kam. Nein, Ferdinand ist nicht tot!« Sie verstummte wieder.

»Ich muß sofort zu ihm gehen«, rief sie dann nochmals. »Gott wie furchtbar, daß ich nicht längst gegangen bin.«

Die Damen wußten nicht, was sie dieser wilden, verworrenen Erregung gegenüber tun sollten. Sie schwiegen und ließen das Mädchen seiner Wege gehen.

Malli trat in dem Augenblick in Ferdinands Haus, als der junge Matrose eben in den Sarg gelegt wurde. Die Mutter, die kleinen Geschwister und ein paar Verwandte, die geholfen hatten, standen herum und füllten in ihrer dunklen Trauerkleidung den kleinen dunklen Raum. Sie machten dem Mädchen Platz, und die Mutter des Toten begrüßte sie, nahm sie bei der Hand und führte sie nach vorn, so daß sie Ferdinand zum letztenmal sehen konnte.

Malli war wie die Windsbraut durch die Straßen gefegt und atmete noch schwer und hastig, als sie nun wie zu Stein verwandelt dastand. Ferdinands junges Gesicht auf seinem Kissen aus Hobelspänen war so friedlich, als schliefe er. Leiden und Todeskampf waren darüber hingegangen und wieder verschwunden und hatten gleichsam eine tiefe, feierliche Erfahrung zurückgelassen. Malli hatte noch nie eine Leiche gesehen; auch noch nie einen Ferdinand, der so ruhig war.

Die Fremden im Zimmer hatten gerade gehen wollen, als sie kam; sie verabschiedeten sich nun, und sie reichte ihnen einem nach dem andern die Hand, mit weitoffenen, ausdruckslosen Augen. Ferdinands Mutter begleitete die Gäste hinaus. Malli war mit ihm allein.

Sie sank neben dem Sarg auf die Knie.

»Ferdinand!« rief sie ihn leise an. Und wieder: »Ferdinand! Lieber Ferdinand!«

Als er nicht antwortete, streckte sie die Hand aus und berührte sein Gesicht. Die Eiseskälte des Todes drang durch ihre Finger, sie fühlte sie bis ins Herz hinein und zog die Hand zurück. Aber gleich darauf legte sie sie wieder hin, ließ sie auf der Wange des Jungen ruhen, bis sie das Gefühl hatte, daß ihre Hand so kalt sei wie die Wange des Toten, und begann, das stille Gesicht langsam zu streicheln. Sie fühlte mit den Fingerspitzen die Bakkenknochen und die Augenhöhlen. Ihr Gesicht nahm denselben Ausdruck an wie das Gesicht des toten Matrosen; die beiden wurden einander ähnlich wie Bruder und Schwester.

Ferdinands Mutter kam zurück und nötigte Malli auf einen Stuhl. Sie fing an, von Ferdinand zu erzählen, was für ein guter Sohn er ihr immer gewesen sei. Sie berichtete seinen kurzen Lebenslauf, erzählte kleine charakteristische Begebenheiten aus seiner Kindheit und Knabenzeit, und die Tränen liefen ihr dabei über die Wangen. Als sie aber darauf zu sprechen kam, daß Ferdinand stets fast seine ganze Heuer beiseite gelegt hatte, um sie daheim seiner Mutter zu geben, versiegten ihre Tränen. Sie seufzte nur noch tief und schwer, als sie berichtete, wie hart nun alles sein würde für seine kleinen Geschwister und für sie.

»Dem Ferdinand«, sagte sie traurig, »dem Ferdinand hätte das das Herz abgedrückt.«

Malli hörte zu, und tief in ihrem Herzen erkannte sie das Gejammer dieser verschüchterten Frau wieder. Es war ihrer eigenen Mutter Sorge um das tägliche Brot für sich und ihr Kind. Sie schaute um sich und erkannte auch das dürftige enge Zimmer wieder. Das war ihr eigenes Zimmer daheim, hier war sie aufgewachsen. Die alte vertraute, armselige Welt kam zu ihr zurück, so seltsam sanft, und so unentrinnbar.

Es war, als ob eine Hand – war es vielleicht Ferdinands kalte Hand, auf der die ihre eben noch geruht hatte? – sie an der Kehle griffe, und ihr wurde schwindelig und sie taumelte, oder die Dinge ringsum taumelten. Die Frau schaute sie an und wechselte mit dem stillen Takt der Armen den Gegenstand. Sie sprach nun davon, wie stolz Ferdinand darauf gewesen sei, mit der jungen Dame befreundet zu sein. Sie habe aus Ferdinands eigenem Munde mehr über den Schiffbruch erfahren als irgend jemand sonst und sei jedem Schritte Mallis gefolgt, vom Deck hinab zum Maschinenraum und vom Maschinenraum wieder hinauf zum Ruder. Noch am Krankenbett habe sie ihrem Sohn immer wieder den Bericht aus der »Kristiansander Tagespost« vorlesen müssen, so oft, daß sie ihn nun auswendig wisse. Ein kleines Lächeln malte sich auf ihrem versorgten Gesicht, als sie beschrieb, wie sie, um ihm eine Freude zu machen, immer wieder hatte vorlesen müssen, daß die junge Dame durch das ohrenbetäubende Toben des Sturms den Schrei ausstieß: »Ferdinand!«

Hier stand Malli vom Stuhl auf, sie war totenblaß. Sie betrachtete die einfachen Möbel im Zimmer, Bank und Tisch, den einzigen armseligen Blumentopf am Fenster und die abgetragenen Kleider der Frau. Zum Schluß wandte sie sich nochmals zu dem stillen Antlitz im Sarg. Doch wagte sie ihm nicht nahezukommen. Sie rang nur einmal die Hände in seiner Richtung, es war eine Bewegung wie ein Schrei. Dann gab sie Ferdinands Mutter die Hand und ging.

Zu Hause angekommen, suchte sie Frau Hosewinckel auf und sagte: »Wirklich, Ferdinand ist tot. Das ist ja ein ganz armes Haus. Wie soll seine Mutter denn jetzt weiter existieren?«

Frau Hosewinckel tat das Mädchen in seiner Blässe leid. »Liebe Malli«, sagte sie, »wir werden Ferdinands Treue nicht vergessen. Seine Mutter wird von uns unterstützt.«

Malli starrte sie an, als hätte sie kein Wort verstanden, und wartete noch auf etwas besser Verständliches.

»Mein liebes Kind«, sagte Frau Hosewinckel, »das ist das Schöne, wenn man wohlhabend ist, daß man helfen kann, wo große Not herrscht.«

Als Malli am nächsten Morgen zum Frühstück herunterkam, war sie so verändert, daß ihre Hausgenossen erschraken. Sie war nun wieder das Mädchen mit dem starren, weißen Gesicht und den dunklen Ringen unter den Augen, gelähmt an allen Gliedern, so wie sie nach dem Schiffbruch ins Haus gebracht worden war. Und sie war nun auch verstummt, wie damals Herr Sörensen. Sie wollte nicht ausgehen, schien sich aber auch vor dem Zuhausesein zu fürchten und stand fortwährend vom Stuhle auf, nur um sich auf einen anderen zu setzen. Frau Hosewinckel erbot sich, den Hausarzt kommen zu lassen, aber Malli bat sie inständig, es nicht zu tun, so daß sie von ihrem Vorsatz abließ. Das Haus wußte sich keinen Rat mehr und ließ sie in Ruhe; nur die Frau des Hauses verfolgte aufmerksam den gequälten Ausdruck in dem jungen Gesicht.

Solange Arndt im Hause war, war es für Frau Hosewinkkel schwierig, in dem starken Licht, womit die Liebe ihres Sohnes Malli umgab, das Mädchen richtig ins Auge zu fassen. Auf ihre nüchterne Art hatte sie sich seine Abwesenheit förmlich herbeigewünscht, weil sie nun Zeit und Muße haben würde, ihre Beobachtungen zu machen. Die plötzliche unheilvolle Veränderung in Mallis Gesicht und Gehaben erschreckte sie; sie wußte nicht, was sie davon zu halten hatte. Ein paar Tage lang war ihr Sohn ihr noch so nahe, daß sie Malli mit seinen Augen sah. Sie empfand das Mädchen als einen kostbaren Besitz und suchte nach besten Kräften, ihr zu helfen und sie zu trösten.

Sie machte sich nun auch Vorwürfe, und zwar ernsthafter als am Ballabend selber, daß sie Malli unbedacht zum Gegenstand der Neugierde und Huldigung für so viele Menschen hatte werden lassen. Sie war doch noch ein sehr junges Mädchen; sie hatte dem Tod ins Gesicht geblickt, hatte unmittelbar danach Zugang in die neue, reiche Umgebung gefunden und war aller Wahrscheinlichkeit nach dabei zu einem entscheidenden neuen Lebensentschluß gelangt. Mag das Glück dabei noch so groß sein, sagte sich Frau Hosewinckel, so verlangt es doch Kraft, solches Glück zu ertragen. Von nun an müßte Schluß sein mit Gesellschaften und Zusammenkünften, und Malli sollte unbeobachtet und ungestört unter der Obhut des Hauses leben.

Als Frau Hosewinckel ihren Entschluß auch Malli bekanntgab, war es, als faßte das Mädchen zum erstenmal seit Ferdinands Tod wirklich auf, was man ihr sagte.

»Ja, unbeobachtet«, flüsterte sie. »Dich erkenne nur mein und dein Gesicht; sei unsichtbar für jedes Auge sonst! Das sind wunderbare Worte.«

Schon wenig später aber lief sie wieder bleich und rastlos herum und schien versunken in ihren Kummer.

Arndts Mutter kannte Malli so wenig, daß sie über die Ursache ihres Kummers keine Vermutungen anstellen konnte. Das eine fiel ihr auf, daß das Mädchen es am allerwenigsten aushielt, den Namen ihres Sohnes erwähnt zu hören; der Klang allein schien ihr jedesmal einen Stich ins Herz zu geben. Eine Zeitlang bemächtigte sich Frau Hosewinckels ein schrecklicher Gedanke. Ob das junge Mädchen am Ende nicht bei Verstand war? Niemand hatte ihren Vater gekannt; womöglich waren da allerlei böse Geister aus Urzeiten zusammen mit dem tapferen Mädchen im Hause eingezogen. Doch hatte bisher niemand irgendein Zeichen der Geistesverwirrung bei Malli wahrgenommen, und Frau Hosewinckel wies ihre Befürchtungen von sich. Es mußte etwas anderes sein, was auf dem Mädchen lastete, aber was?

Frau Hosewinckel rief sich in Erinnerung, daß die Nachricht von Ferdinands Tod Malli so sehr in Verzweiflung gestürzt hatte. Was konnte zwischen dem Mädchen und dem jungen Matrosen geschehen sein? Beim Nachdenken darüber kam ihr in den Sinn, daß auch sie, als ihre Verlobung mit Jochum Hosewinckel noch geheim war, einen anderen Bewerber gehabt und daß sie das unglücklich gemacht hatte. Möglicherweise hatte Malli Ferdinand in den Wirren der Sturmnacht ein Versprechen gegeben und machte sich jetzt Gewissensbisse, weil sie sich nicht rechtzeitig davon gelöst hatte. Langsam tastete sich

Frau Hosewinckel tiefer in ihren Gedankengang hinein, zuweilen ganz erstaunt über die ungewohnte Kühnheit ihrer Phantasie. Womöglich lebte das Mädchen nun in der Vorstellung, der tote junge Matrose könnte sich aus dem Grab erheben und sie zur Rechenschaft ziehen. Junge Mädchen haben seltsame Ideen und sterben beinahe daran. Will man aber solch heimliche Not heilen, so muß man sie erst ans Tageslicht heben. Sie mußte Malli mit List oder Gewalt zum Reden bringen.

Einige Tage lang fragte sie das Mädchen vorsichtig über seine Kindheit und die Zeit bei Herrn Sörensens Truppe aus. Malli beantwortete unbedenklich alle Fragen; in diesem Teil ihrer Vergangenheit gab es also kein Geheimnis. Frau Hosewinckel erwähnte sodann Ferdinands Namen, und offenkundig hatte Ferdinand Malli nie einen Kummer bereitet außer durch seinen Tod. Die ältere Frau verlor fast die Geduld mit der jüngeren, daß sie da so litt und sich nicht wollte helfen lassen. Doch besann sie sich, daß es auf Erden Mächte gibt, die stärker sind als der menschliche Wille, und beschloß, sich mit Rücksicht auf Mallis Seelenheil ihnen anzuvertrauen.

Wie bereits erwähnt, war es nicht ihre Gewohnheit, dem Himmel mit unmittelbaren Ansuchen beschwerlich zu fallen; es war vielleicht das erste Mal, daß sie sich ihm mit einer persönlichen Bitte nahte. Aber sie tat es ja um ihres einzigen Sohnes willen, und außerdem hatte sie sich nun so sehr auf die Sache eingelassen, daß es kein Zurück mehr gab. Sie konnte ihre Aufgabe auch keinem anderen Menschen übertragen. Ihr Gatte war gewiß genauso gottesfürchtig wie sie, und mehr als vierzig Jahre hatten sie nun gemeinsam ihr Abendgebet gesprochen. Aber ebenso wie Frau Hosewinckel – innerlich hoffend allerdings, daß sie sich irrte – nie recht glauben konnte, daß jeder Mensch gleichermaßen des ewigen Lebens teilhaftig werde, so konnte sie sich auch nicht ganz vorstellen, daß eine Person männlichen Geschlechtes Gott eine Sache in Form eines Gebetes vorzutragen verstünde.

So ging sie denn des folgenden Sonntags selbst zur Kirche und rüstete sich darauf, ihren Wunsch vorzutragen. Sie bat nicht um Kraft und Geduld; was davon verlangt wurde, das mußte sie, wie sie wußte, selbst beisteuern. Sie betete statt dessen um Erleuchtung, auf daß ihr die verwickelte Geschichte klar würde und sie dem Mädchen in seinem Gram helfen könnte; denn das war ihr bewußt, daß sie an Erleuchtung nicht eben reich war. Mit Hoffnung im Herzen kehrte sie aus der Kirche zurück.

Frau Hosewinckel hatte in ihrer Dankbarkeit für die Errettung der Sofie Hosewinckel das Bedürfnis empfunden, der Kirche eine neue Altardecke zu verehren, ein schönes Stück Fadenstickerei, das in einzelnen Vierecken angefertigt, sodann jeweils einzeln bestickt und schließlich zusammengenäht werden sollte. Sie hatte sich selbst eines der Teilstücke vorgenommen und Malli gebeten, ein anderes zu übernehmen, da sie ja von ihrer Mutter Näharbeiten gelernt hatte; und nun stellte sich heraus, daß nur bei dieser Beschäftigung, die eine Rückkehr in die Vergangenheit bedeutete, das junge Mädchen Ruhe zu finden schien. Sie arbeitete stetig daran, fast ohne aufzublicken. Am Sonntagabend saßen die Frau des Hauses und der junge Gast im Salon nähend beisammen; das Tuch, an dem sie arbeiteten, strahlte in dem großen, matterleuchteten Raum im Schein der Paraffinlampe einen zarten weißen Schimmer aus. Bald danach kam auch der Hausherr ins Zimmer und setzte sich zu den beiden.

14. Alte Leute und alte Geschichten

Der alte Jochum Hosewinckel hatte die ganzen letzten Jahre unter einem wachsenden Schicksalsschatten gelebt, der deshalb schwer zu tragen war, weil sich eine Art Schuld und Scham dahinter zu verbergen schien – er hatte nie zu jemand darüber gesprochen. Es handelte sich dabei auch gar nicht um eine persönliche, individuelle Heimsuchung, sondern um ein Stück allgemeines Menschenlos: Wenn einer lang genug lebt, bekommt er es zu spüren. Die Last des Alters begann ihn zu drükken. Die Angehörigen seiner Familie waren langlebig, er hatte Vater und Großvater in einer sowohl erwarteten als auch über alle Erwartung ehrwürdigen Weise alt werden sehen: Erst wurden sie schwerhörig, schließlich stocktaub, im Rücken so steif wie in ihrer Art zu denken, und wandelten umher als ehrenwerte und hochgeehrte Denkmäler ungezählter Jahre und Erfahrungen. Bei ihm meldete sich das Alter, wie es schien, auf andere Weise an, und bei sich selber machte er es seiner Großmutter mütterlicherseits, die aus dem fernen Norden von Norwegen stammte, zum Vorwurf. Er wurde nicht steif und verkalkt, aber die ganze Welt und er mit ihr schien Tag für Tag Gewicht zu verlieren und sich aufzulösen. Dinge und Ideen wechselten die Farbe – so wie der Anstrich bei einem Boot, das in Wind und Wetter draußen gewesen ist, die Farbe verändert. Die Farbtöne auf den Bootsplanken werden mitunter fast noch hübscher als zuvor, es entsteht ein neuer Zusammenklang unter ihnen, aber es ist eben nicht wie es sein soll, und man muß das Boot neu streichen lassen. Es fiel ihm schwer, seine Buchführung in Ordnung zu halten und zu entscheiden, ob Dinge, die sich in seiner Nähe begaben, von vorteilhafter oder unerwünschter, von freudiger oder trauriger Art waren, ja, ob sie in der Buchführung seines Gewissens auf der Soll- oder auf der Habenseite eingetragen werden sollten. Zuweilen kam es ihm vor, als ob er nicht mehr richtig zwischen Vergangenheit und Gegenwart unterscheiden könnte; sein Geist war immer bereit, das Naheliegende fallen zu lassen und in längst vergangene Zeiten zu entrinnen; Kinderspiele und Streiche aus den Bubenjahren hatten mehr Wirklichkeit für ihn als Schiffsfrachten und Wechselkurse. Er begann zu fürchten, seine Umgebung könne den Verfall in ihm entdecken, und befleißigte sich einer peniblen Aufmerksamkeit, wenn er mit seinen Schiffskapitänen und Kontoristen zu verhandeln hatte. Am wenigsten beunruhigt fühlte er sich noch seiner Frau gegenüber; die hatte ihn schließlich genommen und mußte ihn nehmen wie er war, und sie hatte jetzt auch im allgemeinen nicht mehr viel Aufmerksamkeit für ihn. Aber schon kam es vor, daß er der Gesellschaft seines Sohnes auswich. Im Kern seines Wesens mochte er sich zuweilen recht glücklich und sogar übermütig fühlen bei einem Leben ohne Kontobücher: Aber für einen alten Mann aus alter Familie, dessen Bemühen sein Leben lang gewesen war, Aktiva und Passiva auseinanderzuhalten, war diese Tatsache beunruhigend, und er kreidete es sich an. Es ging soweit, daß ihm in den Tagen des Schiffbruchs der Sofie Hosewinckel die Ungewißheit vorübergehend ein Gefühl der Erleichterung beschert hatte, weil man hier wenigstens klar unterscheiden konnte, was Glück und was Unglück war.

Dann kam Malli ins Haus: ein junges Geschöpf, dessen Vorstellung von Gottes Schöpfung unmöglich schon genaue Unterscheidungen und Grenzziehungen enthalten konnte und das doch, entgegen allen Anschauungen der fachkundigen Leute, stracks auf ein Ziel zugeschritten war und ihm sein gutes Schiff gerettet hatte – ein Kind, wert, daß man es verwöhnte und Späßchen mit ihm machte. Ein vergnügtes Einverständnis und Vertrauensverhältnis entwickelte sich zwischen dem alten Gastgeber und dem jungen Gast, als gehörten inmitten des Haushalts sie beide besonders zueinander. Sie begleitete ihn frühmorgens auf seinen Gängen zum Hafen und zu den Lagerhäusern; sie besann sich emsig auf alte Lieder aus seiner Zeit und sang sie ihm vor; und einmal, als er ihr einen Vogel im Bauer mitbrachte, küßte sie ihn auf beide Backen.

In den Tagen nun, als sie in ihre Krankheit oder tiefe Schwermut verfiel und sich von allen anderen Menschen zurückhielt, wurde das Einvernehmen zwischen den beiden eher noch stärker und fand einen eigentümlichen Ausdruck. Malli empfand eine Abneigung gegen alle Gespräche, die sich mit Gegenständen oder Geschehnissen des gegenwärtigen Tages befaßten; dagegen hörte sie mit Vergnügen jeden Schnack aus alter Zeit, sogar ganz einfältige Kindermärchen. Das kam nun ihrem alten Verbündeten und Beschützer mit dem lieben, knochigen

Gesicht und den weißen Koteletten gelegen: mit Behagen erzählte er ihr Kindheitserlebnisse und Geschichten, die ihm selbst vor mehr als sechzig Jahren vom Hausgesinde, von alten Schiffsleuten und Fischern und von seiner Großmutter mütterlicherseits erzählt worden waren. Auf diese Weise wurde es im Hause Hosewinckel eine Art Brauch, daß abends, wenn die Damen nähend am Tisch saßen, der Hausherr aus seinem Kontor herüberkam, sich in dem alten Großvaterstuhl niederließ und ihnen eine Geschichte zum besten gab. Bei dieser Gelegenheit focht es ihn auch nicht an, daß seine Frau Zeugin wurde, wie er sich wunderlichen Spintisierereien überließ. In seiner Vorstellung sah es vielleicht so aus, als liefe er mit Malli Hand in Hand in ein Abendzwielicht, eine Dunkelheit hinaus, die nur ihnen beiden gehörte. Es war aber kein unfruchtbares Dunkel; es war die machtvolle Nacht der Nordlichter, und sie war belebt: Schwere zottige Bären trabten und schnoben, Wölfe fegten in langen verwischten Zügen durch Schneestürme in den Ebenen, uralte Lappen, die sich auf Zauberei verstanden, kicherten in sich hinein, während sie den Matrosen günstigen Wind verkauften. Der alte Jochum Hosewinckel saß in seinem Stuhl und lächelte, als säße er da in einer Fluchtburg des Lebens, zu der ein schlechtes Gewissen keinen Zugang hatte.

An diesem Sonntagabend kam er schon mit einer fertigen Geschichte für Malli ins Zimmer und begann sie alsbald zu erzählen.

»Heute abend, Malli«, sagte er, »will ich dir von einer schweren Gefahr erzählen, die das Haus, wo du jetzt sitzt, einst bedroht hat – möge Gott es vor einer ähnlichen bewahren. Die Geschichte handelt auch von Jens Aabel, das ist der Großvater meiner Großmutter. Ich habe sie selbst erzählt bekommen, als ich ein kleiner Junge war.«

15. Jens Aabels Geschichte und sein guter Rat

»Dieser alte Jens Guttormsen Aabel«, begann er seine Geschichte, und das Licht der Lampe, das nicht bis zu seinem Gesicht emporreichte, fiel dabei auf seine großen alten, gefalteten Hände, »dieser Jens Aabel kam aus dem Saeterdal, wo damals die Leute noch halbe Heiden waren, er aber war ein guter Christ. Er war ein wohlhabender Mann und geachtet in der ganzen Stadt und schon in vorgerückten Jahren, als im Februar 1717 das große Feuer in Kristiansand ausbrach.

Es war ein schweres Unglück, in sechs Stunden brannten über dreißig Häuser nieder. Der mächtige Feuerschein, wurde berichtet, war bis nach Lillesand zu sehen und ebenso von den Schiffen aus, die vor Mandal lagen. In der Nacht blies der Sturm von Nordwesten, so daß das Feuer, das in der Lillegade entstanden war, geradewegs auf Haus und Lagerschuppen meines Ururgroßvaters in der Vestergade zulief und alles bereits verloren schien.

Schon hatten Jens Guttormsens Diener und Ladengehilfen angefangen, Geldtruhen und Hauptbücher ins Freie zu schleppen. Am andern Ende der Straße waren viele Leute zusammengelaufen; manche vergossen Tränen über den guten Mann, dem nun alles, was er im Leben erworben hatte, zu nichts zerrinnen sollte. So nah war das Feuer schon, haben alte Stadtbewohner erzählt, daß es mitten im Winter auf der Straße heiß war wie in einer Backstube.

Und da, Mädchen«, fuhr der alte Reeder fort, »trat Jens Aabel aus dem Haustor und hatte seine Schnellwaage in der rechten Hand und sein Ellenmaß in der linken. Er stellte sich mitten auf die Straße und redete mit lauter Stimme, so daß alle es hörten. Er sprach: ›Hier stehe ich, Jens Guttormsen Aabel, ein Kaufmann dieser Stadt, mit meiner Waage und meinem Meßstock. Wenn ich meiner Lebtage mit einem von ihnen falsch gemessen habe, dann, Wind und Feuer, geht los auf dies mein Haus! Wenn ich aber diese rechten Dinge recht benützt habe, dann verschont mein Haus, ihr zwei wilden Gottesknechte, damit es in kommenden Jahren so wie bisher Männern und Frauen von Kristiansand dienen kann.‹

Und in diesem Augenblick«, berichtete Jochum Hosewinckel, »gerade als er zu Ende gesprochen hatte, sahen die Leute in der Straße den Wind nachlassen und kurze Zeit völlig aufhören, so daß Rauch und Funken zur Erde niedergedrückt wurden. Gleich darauf drehte sich der Wind und wechselte von Nordwest zu reinem Nord, und das Feuer bog von der Vestergade ab und wandte sich dem Marktplatz zu. Jens Aabels Haus war damit außer Gefahr, und die auf die Straße gebrachten Gegenstände konnten zurückgetragen werden.«

Die große Standuhr im Zimmer schlug langsam acht, und der alte Erzähler und seine Zuhörerin schwiegen und waren in die Geschichte versunken, als hätten sie selbst in jener Winternacht mitsammen in der Vestergade gestanden.

»Sicher, Malli«, nahm Jochum Hosewinckel, der sich nicht so rasch wieder in den Alltag zurückfinden konnte, seinen Faden wieder auf, »sicher hast du die große Bibel gesehen, die in meinem Kontor auf dem Tisch liegt. Das ist Jens Aabels Bibel; sie ist durch die Mutter meines Vaters in die Familie gekommen. Und sie hat eine bestimmte Eigenschaft: Wenn jemand im Hause unsicher ist, was er in einer Sache tun soll, und sie um Rat angeht – sie einfach an irgendeiner beliebigen Stelle aufschlägt –, dann findet er die rechte Antwort, nach der er sucht.«

Frau Hosewinckel blickte über den Tisch zu Malli hinüber, und in diesem Augenblick hatte sie das Empfinden, daß ihr Gebet erhört wurde. Sie saß still auf dem Sofa, folgte aber der Unterhaltung mit aller Aufmerksamkeit.

»Ich kann dir erzählen«, sagte Herr Hosewinckel zu Malli, »wie ich selbst einmal Jens Aabels Bibel um Rat gefragt habe. Da mußt du aber zuerst eine Kerze nehmen und mir das Buch herholen, damit ich die richtige Stelle finde. Es ist schwer, du mußt es mit beiden Armen tragen und die Kerze drüben stehenlassen, bis du das Buch zurückbringst.«

Malli entfernte sich mit der Kerze und kam mit dem Buch zurück, sie trug es in beiden Armen und legte es vor dem Wartenden auf den Tisch. Er holte die Augengläser hervor, zögerte ein wenig, setzte sich dann im Stuhl zurück und berichtete:

»Vor vielen Jahren kam einmal mein Vetter Jonas zu mir und wollte mit mir beim Ankauf eines Schiffes halbpart machen. Beim Gedanken an meine liebe Tante, seine Mutter, war es mir peinlich, ihn abzuweisen, aber wenn ich mir den Mann selber betrachtete, hatte ich zu einem

Ja noch weniger Lust, denn er war ein unzuverlässiger Mensch im Geschäftsverkehr und hatte mich schon früher hinters Licht geführt. Wie er da auf dem Sofa saß und unbedingt meine Antwort haben wollte, während ich im Zimmer hin und her lief und nicht wußte, was ich ihm sagen sollte, fielen meine Blicke auf unsere große Bibel.

Na also, dachte ich, gib du mir deinen Rat, Jens Aabel, und ich ging hin und schlug das Buch auf, als suchte ich nur gerade etwas unter den Papieren auf dem Tisch.

Die Stelle, wo sich die Bibel damals aufschlug, war das Buch Jesus Sirach, das 29. Kapitel. Ich will dir nun vorlesen, was ich damals gelesen habe, an dem Abend vor mehr als dreißig Jahren.«

Er setzte die Brille auf, näßte den Finger, um besser umblättern zu können, und las, als er die Stelle gefunden hatte, langsam vor:

»›Mancher meint, es sei gefunden, was er borgt, und macht den unwillig, so ihm geholfen hat.‹

Recht so, dachte ich, das paßt ja vorzüglich auf meinen Vetter Jonas da hinter meinem Rücken. Und dann ging es weiter:

›Aber wenn er's soll wiedergeben, so verzieht er's und klagt sehr, es sei schwere Zeit.‹

Recht so, dachte ich wieder. Ich wollte schon das Buch zuschlagen und mich zu Jonas umwenden, als sich mir ein nächster Vers gewissermaßen aufdrängte, der hieß so:

›Doch habe Geduld mit deinem Nächsten in der Not und laß ihn auf das Almosen nicht zu lange warten. Verliere gern dein Geld um deines Bruders und Nächsten willen und sammle dir einen Schatz, der wird dir besser sein denn Gold.‹

Da stand ich einen Augenblick stocksteif. Sagst du das? Sagst du das, Jens Aabel? fragte ich bei mir.

Und nun zum Schluß, Mädchen, damit die Geschichte ein Ende hat, kann ich dir sagen, daß dieses gute Schiff, die Vorwärts hieß es, das ich mit Jonas zusammen gekauft hatte, gleich auf seiner ersten Reise einen ganz ungewöhnlichen Heringsfang machte und daß ich mein Geld auf der Stelle hereinbekam.

Bei der zweiten Reise aber«, schloß der Alte nach einer kurzen Pause, und es lief dabei ein neuer Ausdruck über sein Gesicht, oder vielmehr das Gesicht selber war neu, es war das Gesicht des Märchenerzählers, »bei der zweiten Reise begab es sich, daß Vetter Jonas vor Bodo nach einem vergnügten Abend an Land über Bord ging. Seiner Mutter wurde auf diese Weise jede weitere Betrübnis um seinetwillen erspart.« Der alte Herr saß eine Weile in Erinnerungen versunken.

»Wenn du jetzt bitte das Buch an seinen Platz zurückbringst, Malli«, sagte er. »Arndt muß auch eines Tages darin Rat finden können, wenn jemand ihn übervorteilen will, und soll aber auch Geduld haben mit seinem Nächsten in der Not.«

Frau Hosewinckels Blick richtete sich wieder auf Mallis junge Gestalt, als das Mädchen sich erhob, und folgte ihr durch die Tür.

Kurz darauf vernahm das Ehepaar im Salon, wie im Nebenraum etwas schwer zu Boden fiel. Sie fanden das Mädchen wie tot vor dem Tisch liegen; das Buch lag offen auf dem Tisch.

Frau Hosewinckel vergaß nie, daß ihr in diesem Augenblick war, als hörte sie die Stimme ihres Sohnes:

»Hast du das gewollt?«

Sie hoben Malli auf und legten sie auf das Roßhaarsofa. Sie öffnete die Augen, schien aber nichts zu sehen. Nach einer Weile hob sie die Hand und streichelte dem Alten das Gesicht. »Mir war so schwindlig, Arndt«, flüsterte sie.

Frau Hosewinckel klingelte nach dem Mädchen, führte Malli mit ihrer Hilfe nach oben und ließ sie zu Bett bringen.

Als sie wieder ins Kontor hinunterkam, stand ihr Mann, wo sie ihn verlassen hatte und starrte in die Kerze auf dem Tisch neben der aufgeschlagenen Bibel. Er blickte zu ihr auf und schlug das Buch zu. Sie machte eine Bewegung, um ihn aufzuhalten, aber er ließ sich nicht beirren und schloß die Bibel vollends mit der schweren metallenen Spange.

16. Schülerin und Meister

Früh am nächsten Morgen, noch ehe Haus Hosewinkkel erwachte, stand Malli auf, zog sich an und ging die Hintertreppe hinunter und durch den Hinterausgang auf die Seitenstraße hinaus. Bis gestern noch hätte sie sich lang umsehen müssen, um den Weg zu Herrn Sörensens Hotel zu finden; jetzt aber steuerte sie geradewegs darauf zu wie eine Brieftaube auf den heimischen Schlag.

Lange Nachtstunden hindurch hatte sie des Tagesanbruchs geharrt. Während sie nun eilig dahinschritt, sah sie die Welt ringsum langsam Licht und Farbe annehmen. Düfte trafen sie, auch ein zarter Windhauch, und sie mußte denken: Alles hier ist jetzt anders als damals,

als ich herkam; das ist, weil jetzt Frühling ist. Später kommt der Sommer. Plötzlich kam ihr, beinahe Wort für Wort, Arndts Plan in den Sinn, daß sie beide im Sommer auf einem Schiff seines Vaters nach Norden fahren wollten, dahin, wo die Sonne nie untergeht.

Indes ihre Gedanken ins Weite liefen, war sie auch schon durch den Hoteleingang und Herrn Sörensens enge Etagenstiege hinaufgelangt und hatte ohne anzuklopfen, als wisse sie, daß sie erwartet würde, seine Tür geöffnet.

Herr Sörensen war wie gewöhnlich mit den Hühnern aufgestanden und beschäftigte sich soeben mit seiner peinlich-ausführlichen Morgentoilette. Als er Malli eintreten sah, zog er sich hinter einen Wandschirm zurück und hieß sie von dort aus auf einem Stuhl am Fenster Platz nehmen. Sie ließ sich indessen nicht sofort nieder, sondern schaute sich erst im Zimmer um, betrachtete ein Bild von der Krönung König Carl Johanns und Herrn Sörensens alten Mantelsack, der gegen eine Kommode gelehnt war. Dann legte sie langsam Hut und Mantel ab, als wollte sie zeigen, daß sie zu bleiben vorhatte, und sank auf den ihr bezeichneten Stuhl.

Herr Sörensen streckte seinen Kopf dreimal in verschiedenen Zuständen des Einseifens und Rasierens über den Paravent und beobachtete sie aufmerksam. Doch sprach er kein Wort. Endlich trat er, frisch rasiert und mit der Perücke auf dem Kopf, ins Zimmer; er hatte einen Morgenrock an, dessen Futter da und dort aufgerissen war. Malli sprang auf und warf sich ihm in die Arme, sie zitterte so sehr, daß sie nicht zu sprechen vermochte. Herr Sörensen machte keinen Versuch, sie zu beruhigen, er schloß sie auch nicht einmal in die Arme, sondern ließ sie nur sich an ihm festklammern, wie ein Ertrinkender ein Stück Holz festhält.

Während der Unterhaltung, die sich nun entspann, ließ sie ihn manchmal los und trat von ihm zurück, um ihm ins Gesicht zu blicken; dann wieder preßte sie sich an ihn, als suche sie einen dunklen Unterschlupf, wo sie nichts zu sehen brauchte.

Als erstes wimmerte sie leise und dumpf an seiner Brust: »Ferdinand ist tot!«

»Ja«, sagte Herr Sörensen sanft und gesammelt, »ja, er ist tot.«

»Hast du's gewußt?« jammerte sie weiter. »Hattest du davon gehört? Hast du es geglaubt?«

»Ja«, antwortete er. »Ich hab's geglaubt.«

Sie faßte sich und gewann Macht über ihre Stimme, ließ ihn los und trat einen Schritt zurück.

»Arndt Hosewinckel liebt mich«, rief sie mit voller, klingender Stimme.

Herrn Sörensens Blick folgte der Veränderung in ihrem Gesicht.

»Und liebst du ihn auch?« fragte er. Und weil die Frage so ähnlich war einer Verszeile in seiner vielgeliebten Tragödie, wiederholte er sie, diesmal mit den Originalworten aus dem Stück:

»Und liebst auch du ihn, reines Mädchen?«

Die Stichworte aus der Tragödie saßen fest in Mallis Herz; sie antwortete sogleich und mit großem Nachdruck:

»... Sonne, Mond, der Sternenschar, den Engeln, Gott und allen Menschen sei es gesagt: Ich steh zu dieser meiner Liebe.«

»Gut«, sagte Herr Sörensen.

»Gut«, wiederholte er nach einem Schweigen. »Und was nun, Malli?«

»Nun?« jammerte Malli auf; es war wie der Notschrei eines Seevogels in der Brandung. »Nun muß ich fort. Mein Gott, ich muß fort, bevor ich alle unglücklich mache.« Sie preßte die Hände ineinander.

»Ich will Menschen nicht unglücklich machen«, sagte sie. »Ich will es nicht! Ich will es nicht! Gott weiß, ich habe es nicht gewußt, daß ich es tue. Ich habe mir fest eingebildet, Herr Sörensen, daß ich nie etwas vorgelogen, daß ich nichts versehen hätte. – Aber jetzt muß ich fort, ich kann hier nicht länger bleiben«, schrie sie wieder auf; es klang unvermittelt, als sei es ein neugefaßter Entschluß, von dem sie ihn in Kenntnis setzte. »Ich kann nicht, und du weißt das auch, ich kann nicht in das Haus am Markt zurück, wenn ich nicht weiß, daß ich bald, so bald wie irgend möglich, wieder dort ausziehe. Man hat mir dort die Tür gewiesen, Herr Sörensen. Ein rechtschaffener Mann, der nie von seiner Waage und seinem Ellenmaß unrechten Gebrauch gemacht hat, hat mir gestern abend die Tür gewiesen. Rechtschaffene Leute können den Sturm aufhalten, so daß er umschlägt von Nordwest zu reinem Nord. Aber ich!« jammerte sie. »Unser Sturm im Kvasefjord ist geradewegs auf mich zugeweht. Und ich habe Gott nie gebeten, daß er ihn schicken soll – ich schwöre, ich habe das nie getan!

Meine alte Großtante«, fing sie von neuem an, als suchte sie auf eine neue Gedankenbahn zu gelangen, fände sich aber immer wieder ins Elend der alten verstrickt, »war so empört, daß Mutter Vater heiratete, daß sie nie mehr den Fuß in unser Haus setzte. Einmal aber, als sie mich auf der Straße traf, nahm sie mich mit auf ihr Zimmer und redete mit mir über Vater. Sie sagte: ›Dein Vater, Malli, ist nicht aus Schottland gekommen und ist überhaupt kein richtiger Seemann.‹ Er sei einer, von dem sich die Leute viele Geschichten erzählen und für den sie auch einen Namen hätten. Er sei der Fliegende Holländer – glaubst du, daß das wahr ist, Herr Sörensen?«

Herr Sörensen überlegte eine Weile und erwiderte: »Nein, das glaube ich nicht.«

Einen Augenblick schien Malli bei dieser sicheren Aussage Trost zu finden; dann schlug eine neue Welle der Verzweiflung über sie hin.

»Aber trotzdem«, rief sie, »ich verrate sie auch alle, so wie Vater Mutter verriet.«

Herr Sörensen überlegte wieder eine Weile. Dann sagte er: »Wen hast du denn verraten, Malli?«

»Ferdinand!« rief Malli. »Arndt! Wenn ich weit weg bin«, sagte sie, »werde ich den Mut haben, Arndt zu schreiben, wie die Dinge mit mir stehen. Aber ins Gesicht hinein kann ich's ihm nicht sagen, ich wage es nicht.«

Beim Gedanken an dieses Gesicht verstummte sie. Dann preßte sie wieder die Hände ineinander.

»Ich muß fort«, sagte sie. »Wenn ich nicht fortgehe, bringe ich Unglück über ihn. Unglück und Elend, Herr Sörensen!«

Hier machte sie einen ihrer kurzen Schritte von ihm weg und blickte ihm mit hellen, weitaufgerissenen Augen ins Gesicht.

»Das kannst du mir wohl glauben, Herr Sörensen«,

sagte sie. »Ich spreche als eine, die vorausschauen kann. Ich habe die Gabe tief in mir.«

Es entstand ein langes Schweigen.

»Doch, ja«, sagte Herr Sörensen. »Ich glaube dir ja schon, Malli. Denn siehst du, Mallilein, ich bin ja selber verheiratet gewesen.«

»Verheiratet?« wiederholte Malli erstaunt.

»Ja«, sagte er. »In Dänemark. Mit einer guten, liebenswerten Frau.«

»Und wo ist sie jetzt?« fragte Malli und schaute verdutzt im Zimmer herum, als könnte die verlorene Madame Sörensen da irgendwo verborgen sein.

»Gott Lob und Dank«, sagte Herr Sörensen. »Gott Lob und Dank ist sie wieder verheiratet. Mit einem guten Mann. In Dänemark. Sie haben auch Kinder. Mit mir hatte sie keine Kinder.

Ich bin fortgegangen«, fuhr er fort, »heimlich, ohne ihr ein Wort zu sagen. Am letzten Abend, an dem wir in unserer kleinen Wohnung zusammensaßen – wir hatten eine schöne kleine Wohnung, Malli, mit Vorhängen und einem Teppich –, sagte sie zu mir: ›Alles, was du auch tust, Valdemar, tust du immer nur, damit ich glücklich bin. Das ist so lieb von dir.‹«

»Ja, ja, ja«, schrie das Mädchen bei diesen Worten, wie mitten ins Herz getroffen. »So reden sie mit uns, das glauben sie von uns.«

Herr Sörensen versank zum drittenmal in tiefes Nachsinnen, dann nahm er Mallis Hand, sagte nichts, als: »Mein Mädchen« und verfiel in neues Schweigen.

»Nun wollen wir uns hinsetzen und miteinander reden«, sagte er schließlich und führte sie zu einem kleinen Sofa mit zerrissenen Bezügen. Sie nahmen nebeneinander Platz, doch kam es zu keiner Unterhaltung zwischen ihnen. Indes begann Malli nach einer Weile in ihrem Drang nach menschlichem Mitgefühl und gleichsam um einen Richter zu beschwichtigen oder auch einem anderen Unglücklichen Trost zu spenden, der unter demselben Urteilsspruch stand, mit der Hand Herrn Sörensens Schultern zu umgreifen und ihm über Hals und Kopf zu streichen. Sie ließ ihre Finger in seiner Perücke spielen, so daß die Haare an ein paar Stellen in die Höhe standen. Und da sie bei diesem Betteln oder Liebkosen ihm nicht ins Gesicht sah, mußte er, damit ihre beschwörenden Finger ihm nicht in Augen oder Mund gerieten, mit dem Kopf zielen und ihn hin und her wackeln lassen.

Herr Sörensen, der daran gewöhnt war, daß man ihm gehorchte und Beifall zollte, nicht aber daß man ihn liebkoste, fand sich mehrere Minuten lang mit der Sachlage ab und blieb kopfwackelnd sitzen, auch als Malli ihre Hände hatte sinken lassen. Zuerst hatte er das Empfinden, daß ihre Szene sich zum Auftritt zwischen dem unseligen alten König und seiner liebenden Tochter gruppierte. Bald aber änderte sich der Schwerpunkt wieder, und er wurde sich seiner Autorität und Verantwortung bewußt: Er war kein König auf der Flucht; seine junge Schülerin vielmehr war es, die zu ihm um Hilfe geflohen war. Er wurde aufs neue zu dem Mann, der mächtig war vor allen anderen: zu Prospero. Prosperos Mantel um die Schultern und ohne sein Mitleiden mit dem jungen Mädchen an seiner Seite erlahmen zu lassen, fühlte er sich neu erfüllt von einem glückhaften Bewußtsein der Wiedervereinigung und des Gelingens. Er würde seinen köstlichen Besitz nicht aufgeben müssen; sie gehörte immer noch ihm und würde bei ihm bleiben, und es wäre ihm beschieden, das große Projekt seines Lebens verwirklicht zu sehen.

Es dauerte eine lange Zeit, dann sprach er wieder:

»Jetzt erheb ich mich.

Bleib' still und hör' das Ende unsrer Seenot.«

Er stand auf und trat steifrückig und mit festen Schritten an ein klapperiges Tischchen am anderen Fenster, das ihm als Schreibtisch diente. Er nahm Papiere aus der Schublade und vergrub sich darin, sortierte sie, machte sich Notizen, legte einige von den Schriften zurück und zog andere hervor. Es dauerte lange Zeit, und als Malli sich einmal bemerkbar machte, winkte er ihr ab, ohne den Kopf umzuwenden. Schließlich schob er Papiere und Schreibstifte beiseite, blieb aber mit dem Rücken zu ihr sitzen.

»Ich werde meine Vorstellungen in Kristiansand absagen.«

Malli gab keine Antwort.

»Jawohl«, sagte er mit fester Stimme. »Jawohl. Ich werde in der Stadt ausrufen lassen, daß ich die Vorstellung absage und nach Bergen gehe. Natürlich, ich weiß schon«, sprach er weiter, als hätte sie Einwände erhoben, »es ist mit Kosten verbunden. Wir hätten hier in dieser Stadt einen großen, einen einzigartigen Erfolg haben können. Deinetwegen, mein armes Kindchen. Es wird ein Verlustgeschäft. Aber kein so großes, wie ich gefürchtet hatte. Die Leute haben ja für uns gesammelt, das macht vieles wett. Und im Leben, Malli, muß man seine Gewinn-und-Verlust-Rechnung offenhalten.

Wir beide, du und ich«, sagte er, »gehen zuerst von hier fort, heimlich. Die andern kommen später nach, wenn ich ihnen Anweisung gebe.«

Er hörte Malli aufstehen, einen Schritt nähertreten und dann stehenbleiben.

»Wann gehst du fort?« fragte hinter seinem Rücken eine bebende Stimme.

Herr Sörensen antwortete: »Wenn mich nicht alles täuscht, fährt ein Schiff am Mittwoch.« Dann nochmals kürzer, mit der Bestimmtheit eines Admirals auf Deck: »Am Mittwoch.«

»Am Mittwoch«, tönte es von Malli wie ein langes, trauriges Echo aus den Bergen.

»Ja«, sagte Herr Sörensen.

»Übermorgen!« – wieder wie ein Echo von ihr.

»Übermorgen«, von ihm.

Indem er seine Anweisungen gab, fühlte er seine eigene Gestalt immer noch wachsen, war sich zugleich aber durchaus ihres tiefen Stillschweigens hinter seinem Rücken bewußt – und Schweigen war immer ein Ding, was er schlecht aushalten konnte. Als trüge er am Hinterhaupt ein scharfes Augenpaar, sah er sie inmitten des Zimmerchens stehen, totenblaß von langer Anfechtung, wie damals am Abend des Schiffbruchs in dem Boot. Im Widerstreit zwischen seinem Machtbewußtsein und seinem Mitgefühl erlebte er einige Augenblicke, da er innerlich schwankte – und schaukelte auch auf seinem Stuhl hin und her. Schließlich drehte er sich im Stuhle um, legte die Arme über die Stuhllehne und das Kinn auf die Arme; nun war er gerüstet, dem Jammer der ganzen Welt zu begegnen.

Malli löste sich von dem Fleck auf dem Fußboden, wo sie gestanden hatte, und trat auf ihn zu, zögernd, aber mit großer Kraft, wie eine Welle gegen die Küste anläuft. Alles, was sie in der folgenden Unterhaltung äußerte, kam sehr langsam aus ihr hervor, von Satz zu Satz immer langsamer, und auch nicht laut, aber mit einem klaren, tiefaushaltenden Glockenton. Sie sprach:

»O bitte!
Bedenk', ich hab' dir braven Dienst getan;
Ich log dir nie war vor, versah dir nichts,
Und murrt' und schmollte niemals ...«

Herr Sörensen saß regungslos still. Er dachte: Gott soll mich schützen, was hat das Mädchen für glänzende Augen! Sie schaut mich nicht an, vielleicht sieht sie mich nicht einmal. Aber ihre Augen glänzen!

Es entstand eine kleine Pause, dann fuhr sie langsam fort:

»Heil, großer Meister! Heil dir, weiser Herr!
Ich komme, deinen Winken zu begegnen.
Sei's fliegen, schwimmen, in das Feuer tauchen,
Auf krausen Wolken fahren: schalte nur
Durch dein gewaltig Wort mit Ariel
Und allen seinen Kräften.«

Wieder eine Pause. Und dann:

»... die Elemente.
Die eure Degen härten, könnten wohl

So gut den lauten Wind verwunden, oder
Die stets sich schließenden Gewässer töten
mit eitlen Streichen, als am Fittich mir
ein Fläumchen kränken …«

Herrn Sörensen machte es nicht im geringsten stutzig, daß Malli dergestalt von einer Textstelle im Stück auf eine andere übersprang. Er war im Textbuch ebenso zu Hause wie sie, und das Springen machte ihm keine Schwierigkeit.

Jetzt schaute sie ihn gerade an, völlig gesammelt in Blick und Stimme, und sagte weiter auf, so süß, demütig und unmittelbar, daß Herrn Sörensen das Herz in der Brust schmolz und in Form heller Tränen in die Augen stieg:

»Fünf Faden tief liegt Malli nun,
Mein Gebein wird zu Korallen;
Perlen sind meine Augen nun:
Nichts an mir, das soll verfallen,
Das nicht wandelt Meeres-Hut
In ein reich und seltnes Gut.
Nymphen läuten stündlich mir,
Da horch! ihr Glöcklein läutet mir!«

Darauf ein letztes, sehr langes Schweigen.

Herr Sörensen konnte sich unmöglich so aus dem Rennen werfen lassen. Er hob den Kopf, reckte ihr den rechten Arm über den Stuhlrand weg gebieterisch zu und sprach, langsam wie sie selber:

»... Mein Herzens-Ariel,
Dies liegt dir ob; dann in die Elemente!
Sei frei und leb du wohl! ...«

Malli stand eine Weile stumm; dann sah sie sich nach ihrem Mantel um und zog ihn an. Herr Sörensen bemerkte, daß es ihr alter Mantel von zu Hause war. Als sie ihn zugeknöpft hatte, wandte sie sich ihm zu.

»Aber warum«, fragte sie ihn, »warum muß es so mit uns zu Ende gehen?«

»Warum?« wiederholte Herr Sörensen.

»Warum muß alles so katastrophal mit uns ausgehen, Herr Sörensen?« sagte sie.

Herr Sörensen war nach Prosperos letzten Worten mächtig erhoben und vom Geist erfüllt. Es war ihm bewußt, daß er ihr nun aus der Erfahrung seines langen Lebens antworten müßte, und so sprach er:

»Schweig, Mädchen. Wir dürfen nie fragen. Die andern sollen zu uns kommen und Fragen stellen. Und unser Vorrecht ist das Antworten. Antworten geben, schöne und klare. Wunderbare Antworten geben auf die Fragen einer ratlosen und zersplitterten Menschheit. Aber niemals selber fragen!«

»Ja«, sagte Malli, nachdem sie sich kurz besonnen hatte. »Und was bekommen wir dafür?«

»Was wir dafür bekommen?« wiederholte er.

»Ja«, sagte sie wieder. »Was bekommen wir zum Ersatz, Herr Sörensen?«

Herr Sörensen ließ im Geist ihre Unterhaltung an sich vorüberziehen, und dann, mit einem Blick weiter zurück, das lange, lange Leben, aus dem heraus er ihr antworten sollte.

»Zum Ersatz? Ach, meine kleine Malli«, sagte er mit einer völlig veränderten Stimme, und diesmal war ihm nicht bewußt, daß er immer noch in der vorhin gewählten, feierlich-überzogenen Tonlage sprach, »zum Ersatz bekommen wir, daß die Welt uns mißtraut – dies und unsere schreckliche Einsamkeit. Und weiter nichts.«

17. Mallis Brief

Als Arndt Hosewinckel am Freitagabend aus Stavanger zurückkam, händigte man ihm einen Brief aus mit einer Goldmünze darin. Der Brief lautet folgendermaßen:

Lieber geliebter Arndt!

Ich schreibe Dir dies unter strömenden Tränen. Wenn Du es liest, bin ich weit fort, wir werden einander nie wiedersehen. Ich bin nicht die, nach der Du suchst; denn ich habe Dich betrogen und bin Dir untreu gewesen.

Ja, ich hatte Dich schon hintergangen, bevor ich Dich zum erstenmal sah und Du mich vom Boot an Land hobst. Aber ich kann Dir trotzdem schwören, daß ich es nicht gewußt habe und daß mir nicht klar war, wie die Dinge um mich standen. Und noch eins schwöre ich Dir, und das mußt Du mir auch glauben: daß ich Dich lieben werde, solang ich lebe.

Ich muß Dir in diesem Brief ein Geheimnis beichten. Ich weiß, Arndt, Du liebst mich, und vielleicht, wenn ich Dir dieses Geheimnis gesagt habe, verzeihst Du mir und sagst, daß zwischen uns alles so bleiben soll wie bisher. Das aber kann nicht sein. Denn meine Treulosigkeit gegen Dich trage ich in mir selber, und wo ich bin, da ist sie mit mir. Ich dachte immer, daß nichts in der Welt stärker wäre als unsere Liebe. Aber meine Treulosigkeit gegen Dich ist stärker.

Das erste Mal merkte ich das bei der Nachricht von Ferdinands Tod. Er ist nämlich gestorben; das weißt Du ja noch gar nicht in Deinem Stavanger. Als ich ihn in seinem Sarg liegen sah und die sorgenvollen Reden seiner armen Mutter hörte, da habe ich geahnt, als ob es mir jemand von weit her zuflüsterte, daß dieser Tod schließlich Dich und mich trennen würde. Ich habe aber immer noch nicht voll erfaßt, daß alles so ist, wie es ist; es hatte immer noch den Anschein für mich, als könnte vielleicht auch jetzt noch für mich alles wieder so wunderbar werden, wie es vorher war. So unsäglich wunderbar!

Aber es steckte mehr dahinter, sonst wäre ich nicht so trostlos und verzagt herumgelaufen und hätte einfach nicht gewußt, was ich glauben sollte. Am Sonntagabend dann, als wir im Salon saßen, hat mir Dein Vater, um mir eine Freude zu machen, die Geschichte von Jens Aabel und dem Feuer erzählt. Nachher hat er auch gesagt, wenn jemand in Verzweiflung sei und einen guten Rat brauche, müsse er Jens Aabels Bibel irgendwo aufschlagen; da stünde alles zu lesen. In meinem Kummer habe ich mich dazu entschlossen. Aber was ich gelesen habe, war schrecklich.

Ich habe mir die Bibel heute nacht in mein Zimmer mitgenommen; sie liegt vor mir. Und ich habe mir die Stelle wieder aufgeschlagen, damit ich sie Dir aufschreiben kann. Auf diese Weise ist es für mich, als schriebe ich in der Gegenwart des braven, verdienstvollen Mannes, des Jens Aabel. Wenn Du dies liest, mußt auch Du Dir vorstellen, daß er bei mir saß, während ich schrieb.

Was ich aufschlug, war das Buch Jesaias, das 29. Kapitel, erster Vers, der lautet so:

»Weh Ariel, Ariel, du Stadt des Lagers Davids! Alsdann sollst du erniedrigt werden und aus dem Staube mit deiner Rede murmeln, daß deine Stimme sei wie eines Zauberers aus der Erde und deine Rede aus dem Staube wispele.«

Diese Worte aus dem Propheten Jesaias erfüllten mich mit großer Furcht. Aber ich mußte erst weiterlesen, um zu erkennen, daß es für mich keine Hoffnung mehr gab. Denn da las ich im achten Vers:

»Und gleichwie einem Hungrigen träumt, daß er esse – wenn er aber aufwacht, so ist seine Seele noch leer; und wie einem Durstigen träumt, daß er trinke – wenn er aber aufwacht, ist er matt und durstig.«

Ja, Arndt, dazu würde es mit Dir kommen, wenn Du mich festhieltest, und es gibt da keinen Ausweg. Darum sage ich Dir, Du sollst nicht daran denken, mir zu verzeihen, denn so etwas gibt es nicht.

Wir sind beide jung, und ich bin die Jüngere von uns zweien. In dem aber, was ich Dir hier schreibe, sprech ich, als wäre ich so alt wie der Prophet Jesaias; das bin ich auch zu dieser Stunde. Und als wäre ich so weise wie er; das bin ich auch zu dieser Stunde. Ich bilde mir auch ein, als könnte ich in meinem grenzenlosen Unglück doch noch Worte finden, die Dich ein bißchen trösten. Es soll nie wertlos für Dich gewesen sein, Arndt, daß Du mir begegnet bist. Und es soll nie sinnlos für mich gewesen sein, daß Du um mich trauerst.

Ich muß dir auch noch schreiben, daß ich heute nacht ein Gedicht gemacht habe. Ich habe bisher noch nie eines gemacht, also ist auch dieses nicht so geworden, wie es sollte. Immerhin sollst Du es lesen und es im Sinn tragen, wenn Du an mich denkst. Es geht nämlich so:

Arm wirst Du durch mich, mein liebster Freund,
Ich bin Dir fern, wenn wir sind vereint.
Und reich bist Du doch, das glaub mir, ja:
Wenn wir weit getrennt sind, bin ich Dir nah.

So, nun habe ich Mut geschöpft, nun will ich Dir auch das Geheimnis schreiben, von dem Du nichts weißt.

Du sollst wissen, Arndt: Damals, als ich den Sturm im Kvasefjord durchmachte, habe ich mich keinen Augenblick gefürchtet!

Die Leute in Kristiansand nennen mich eine Heldin. Eine Heldin, das ist aber doch ein Mädchen, das die Gefahr sieht und sich davor fürchtet und sie trotzdem überwindet. Ich aber, ich habe sie gar nicht gesehen und habe gar nicht begriffen, daß eine Gefahr vorhanden war.

Ach, weißt Du, Arndt, zur nämlichen Stunde lief Dein guter Vater in großer Angst um die Sofie Hosewinckel in der Stadt herum, und Ferdinands Mutter sorgte sich schrecklich um ihren Sohn. Und ich verstehe inzwischen und sehe es ein, daß es etwas Schönes ist am Menschen, sich zu fürchten, und mache mir klar, daß der einzelne, der sich nicht fürchtet, allein bleibt, und daß er ausgestoßen und geächtet wird von den übrigen Menschen. Aber es war eben so: Ich habe mich kein bißchen gefürchtet.

Denn ich dachte und glaubte etwas, was Du Dir aus eigenem niemals wirst vorstellen können; drum will ich es Dir jetzt erklären. Ich dachte, der Sturm wäre das Unwetter aus dem Stück »Der Sturm«, in dem ich damals eine Rolle spielen sollte und das ich über hundert Mal gelesen hatte. In dem Stück bin ich Ariel, ein Luftgeist, und ein mächtiger Zauberer, Propero, ist mein Herr. Und in jener Nacht dachte ich, wenn die Sofie Hosewinckel unterginge, dann könnte ich ja davonfliegen, auf und davon durch die Luft. Als ich die Matrosen schreien hörte: »Wir sind verloren«, erkannte ich die Worte und dachte, unser Unfall sei der Schiffbruch in der ersten Szene. Und als sie nachher in ihrer Verzweiflung schrien: »Gott sei uns gnädig!« erkannte ich auch das. Und Gott sei mir selber gnädig: Ich habe mitten im Sturm laut über sie gelacht.

Man erzählt mir, ich hätte in jener Nacht viele Male nach dem armen Ferdinand gerufen. Das hatte aber denselben Grund: weil der Held des Stücks Prinz Ferdinand heißt. So war es also an Bord der Sofie Hosewinckel Ariel, der in dem tobenden Sturm den Prinzen Ferdinand mit lauter Stimme zu sich rief.

In dem Stück kommt eine schöne Insel vor, voller Töne, Geräusche und holder Musik – dorthin können sich die Schiffbrüchigen schließlich unversehrt retten. Und wieder dachte ich, inmitten des Schneesturms, daß diese Insel nicht fern wäre.

So, jetzt weißt Du alles. Und das ist der Grund, warum Du mich nicht halten kannst, denn ich gehöre anderswohin und muß jetzt dorthin gehen. Es ist wohl möglich, das weiß ich, daß Du vergessen könntest, was da einmal geschehen ist. Aber es wäre immer wieder dasselbe, in allem, was zwischen Dir und mir geschieht. Und wie einem Hungrigen träumt, daß er esse – wenn er aber aufwacht, so ist seine Seele noch leer; und wie einem Durstigen träumt, daß er trinke – wenn er aber aufwacht, ist er matt und durstig.

Ich lege Dir ein Goldstück in diesen Brief, das soll Dich an mich erinnern. Es kommt von meinem Vater; ist aber echtes Gold.

Jetzt will ich stillsitzen und eine Stunde warten, bevor ich den Brief schließe. Dann habe ich immer noch eine Stunde, in der ich Dir nichts enthüllt habe und in der es noch nicht aus ist zwischen Dir und mir. Denn ich bin ja Deine Liebste und soll Dir angetraut werden.

Jetzt ist die Stunde vorüber. Ich habe so lange an zwei Dinge gedacht.

Das erste ist dies: daß demnächst, wenn ich hier wegfahre, mir wieder so ein Unwetter begegnen kann wie neulich in Kvasefjord. Und daß ich diesmal ganz klar wissen werde, es ist kein Spiel auf dem Theater, es ist der Tod. Und ich denke mir: Dann, im letzten Augenblick, bevor wir untergehen, kann ich in aller Wahrhaftigkeit Dein sein. Ich denke mir auch: Es wird schön sein und herrlich, wenn dann Wellenschlag den Herzschlag zudeckt. Und wenn ich dann sagen kann: Ich bin gerettet worden, weil ich Dich getroffen, weil ich Dich gesehen habe, Arndt!

Das andere aber ist dies: Wenn ich jetzt Deine Schritte hörte auf der Treppe vom Kontor, und wenn Du jetzt zu mir hereinkämst! Mir scheint jetzt, daß diese Augenblicke, in denen ich Deinen Schritt auf der Treppe hörte, das größte Glück in meinem Leben waren. Vor lauter Sehnsucht, sie Dir um den Hals zu legen, haben mir die Arme immer so entsetzlich wehgetan, ich hätte vor Schmerzen schreien können. Du, wie sie mir wehtun!

Leb wohl also. Leb wohl. Leb wohl, Arndt.

Auf Erden treulos und verstoßen, aber im Tod, in der Auferstehung, in Ewigkeit Dir getreu,

Malli

Die unsterbliche Geschichte

1. Herr Clay

In den sechziger Jahren des vorigen Jahrhunderts lebte in Kanton ein ungeheuer reicher Teehändler, ein gewisser Herr Clay.

Er war ein großgewachsener, ausgedörrter und verschlossener alter Mann. Er besaß ein prächtiges Haus und eine hochelegante Equipage und saß in beidem steifrückig, schweigsam und allein.

Unter den in Kanton lebenden Europäern hatte Herr Clay den Ruf eines eisenharten Mannes und eines Geizhalses. Die Menschen hielten sich von ihm fern. Sein Aussehen, seine Stimme, die Art seines Auftretens hatten ihm diesen Ruf eingetragen, mehr als irgendwelche Tatsachen, die gegen ihn gesprochen hätten. Doch gab es zwei oder drei Geschichten über ihn, die immer wieder erzählt wurden und die die allgemeine Meinung über diesen Mann zu bestätigen schienen. Eine von den Geschichten hatte folgenden Inhalt:

Vor fünfzehn Jahren hatte sich ein französischer Kaufherr, der früher einmal Herrn Clays Sozius gewesen war, sich aber nach einem Streit mit ihm selbständig gemacht hatte, durch unglückliche Spekulationen ruiniert. Als eine letzte Chance versuchte er, eine Ladung Tee an Bord des Klippers Thertnopylae zu verschiffen, der zu der Zeit ladebereit im Hafen lag. Doch schuldete er Herrn Clay die Summe von dreihundert Guineen, und der Gläubiger legte seine Hand auf den Tee, brachte seine eigene Teeladung auf der Thermopylae unter und ruinierte durch diesen Streich seinen Konkurrenten endgültig.

Der Franzose verlor alles, sein Haus wurde verkauft, und er saß mit seiner Familie auf der Straße. Als er sich aus seinem Unglück keinen Ausweg mehr wußte, beging er Selbstmord.

Der französische Kaufherr war ein begabter und herzlicher Mann gewesen; er hatte eine reizende Frau und eine große Familie gehabt. Da er in den Augen seiner Freunde von der steinernen Gestalt des Herrn Clay abstach, bildete sich um ihn ein Strahlenkranz heiterer, liebenswürdiger Züge, und sie veranstalteten eine Geldsammlung für die Witwe. Doch kam infolge der Rivalität zwischen der französischen und der englischen Kolonie in Kanton nicht viel dabei heraus, und schon nach kurzer Zeit verschwand die französische Dame mit ihren Kindern aus dem Gesichtskreis der Freunde.

Herr Clay übernahm das Haus des Verstorbenen, eine große, schöne Villa mit einem weitläufigen Garten, wo Pfauen auf dem Rasen einherstolzierten. Dort lebte er noch jetzt.

Im Laufe der Zeit hatte die Geschichte den Charakter eines Mythos angenommen. Monsieur Dupont, wurde erzählt, habe an seinem letzten Lebenstag seine hübsche, zarte Frau und seine hoffnungsvollen Kinder um sich versammelt. Da ihr ganzes Elend, erklärte er, in dem Augenblick begonnen habe, da er zum erstenmal das Gesicht des Herrn Clay erblickte, wolle er sie durch einen feierlichen Schwur verpflichten, daß sie nie, an keinem Ort und unter keinen Umständen, je wieder in dieses Gesicht schauten. Ferner wurde erzählt, als der Augenblick kam, da er das Haus verlassen mußte, auf das er sehr stolz war, habe er die darin befindlichen Kunstgegenstände Stück für Stück verbrannt oder zerschlagen mit der Behauptung, kein Ding, das zur Verschönerung des Lebens gemacht sei, werde es je über sich ergehen lassen, mit dem neuen Hausherrn zusammenzuleben. Doch habe er in allen Räumen die hohen, goldgerahmten Spiegel zurückgelassen, die er sich aus Frankreich hatte kommen lassen, und die bis jetzt nur heitere Szenen eines zärtlichen Familienlebens gespiegelt hatten. Seine Erklärung dazu war, es solle die Strafe seines Mörders sein, auf Schritt und Tritt das Bildnis des Henkers vor sich zu sehen.

Herr Clay richtete sich in dem Haus ein und speiste dortselbst in Einsamkeit, Aug in Auge mit seinem Bildnis. Es bleibt zweifelhaft, ob er je den Mangel an Freundlichkeit in seiner Umgebung gewahr wurde; denn der Gedanke der Freundlichkeit war nie in seinen Lebensplan eingedrungen. Wenn die Dinge einzig ihm überlassen geblieben wären, würde er sie genau so angeordnet haben, wie sie waren, und es war für ihn völlig natürlich zu glauben, sie seien so, weil er es sich so gewünscht hatte. Allmählich war Herr Clay auf seiner Lebensbahn als reicher Mann zu dem Glauben an seine Allmacht gelangt. Andere große Kaufherrn in Kanton hegten hinsichtlich ihrer Person dieselbe Überzeugung und hielten sie, wie der Herr Clay, aufrecht, indem sie jenen Teil der Welt ignorierten, der außerhalb ihrer Machtsphäre lag.

Als Herr Clay siebzig Jahre alt war, erkrankte er an Gicht und war lange Zeit beinahe gelähmt. Die Schmerzen waren so heftig, daß er nachts nicht schlafen konnte, und die Nächte schienen ihm dann unendlich lang.

An einem Abend ziemlich spät begab es sich, daß einer von Herrn Clays jungen Angestellten zu ihm ins Haus kam mit einem Haufen von Kontoabschlüssen, die er durchgesehen hatte. Der alte Mann in seinem Bett hörte ihn mit den Dienstboten sprechen; er schickte nach ihm und ließ ihn die Abrechnungen in seiner Gegenwart noch einmal durchgehen. Als es Morgen wurde, fand er, daß ihm diese Nacht weniger langsam dahingegangen war als die anderen. Deshalb ließ er am nächsten Abend den jungen Schreiber wieder zu sich kommen und aus seinen Hauptbüchern vorlesen.

Von da an wurde es zur festen Regel, daß der junge Mann um neun Uhr in dem riesigen, pompös eingerichteten Schlafgemach erschien, sich zu seinem Prinzipal ans Bett setzte und ihm bei Kerzenlicht die Abrechnungen, Kontrakte und Voranschläge der Firma Clay vorlas. Er hatte eine klangvolle Stimme; gegen Morgen aber begann sie heiser zu werden. Das erboste Herrn Clay, der in seinen jungen Jahren scharfe Ohren gehabt hatte, jetzt aber etwas schwerhörig wurde. Er erklärte seinem Angestellten, er werde dafür bezahlt, daß er seine Arbeit tue; und wenn er sie nicht gut verrichte, werde er ihn entlassen und sich einen anderen Vorleser suchen.

Als sie mit den Büchern, die augenblicklich im Kontor geführt wurden, zu Ende waren, seufzte der alte Mann und drehte den Kopf auf dem Kissen. Der Schreiber sann auf Abhilfe; er trat an die Tresore und holte Bücher hervor, die fünf, zehn und fünfzehn Jahre alt waren, und las nun diese vor, Wort für Wort, die ganze lange Nacht hindurch. Herr Clay lauschte andächtig; die Lesung brachte ihm Unternehmungen und Geschäftserfolge aus vergangener Zeit ins Gedächtnis zurück. Aber die Nächte waren lang, mit der Zeit gingen dem Vorleser auch diese alten Bücher aus, und er mußte bereits Gelesenes neu vortragen.

Eines Morgens, als der junge Mann zum drittenmal einen Geschäftsvorgang aus der Zeit vor zwanzig Jahren durchgeackert hatte und eben selbst nach Hause und zu Bett gehen wollte, hielt ihn Herr Clay zurück und schien etwas auf der Seele zu haben. Solche Seelenregungen seines Herrn waren für den Schreiber immer von großer Bedeutung, also blieb er noch ein Weilchen und gab dem Alten Zeit, in Worte zu kleiden, was er von ihm wollte.

Es dauerte seine Zeit, dann fragte ihn Herr Clay, widerwillig und gleichsam aus unbehaglichen Zweifeln heraus, ob er nicht auch von Büchern anderer Art gehort habe. Der Schreiber antwortete: Nein, eine andere Sorte Bücher kenne er nicht, aber er würde sie auftreiben, wenn Herr Clay ihm nur erkläre, was er meine. Herr Clay, immer noch in derselben zögernden Art wie vorher, setzte ihm auseinander, er habe Bücher und Kontenabschlüsse im Sinn, nicht über Geschäfts- und Handelsvorgänge, sondern über andere Dinge, die doch auch zuweilen niedergelegt worden seien und von manchen Menschen zuweilen gelesen würden. Der Schreiber dachte über die Frage nach und wiederholte: Nein, von solchen Büchern habe er nie gehört. Damit endete die Unterhaltung, und der Angestellte verabschiedete sich. Auf dem Heimweg ließ sich der junge Mann Herrn Clays Frage indessen weiter durch den Kopf gehen. Er spürte, sie war aus einer tiefen Not geäußert worden, halb gegen den Willen des Sprechenden, mit Verlegenheit, sogar mit Schamgefühl. Wenn der Schreiber selbst in seiner Natur solches Schamgefühl besessen hätte, würde er die Regung seines Prinzipals auf sich haben beruhen lassen und hätte sie als ein einmaliges Abweichen von der Linie des Reputierlichen und Angemessenen aus seinem Gedächtnis getilgt. Da die Eigenschaft ihm aber fremd war, begann er, die Sache zu durchdenken. Das Verlangen des Alten war zweifellos ein Symptom der Schwäche, möglicherweise eine Vorahnung des Todes. Was wäre, überlegte er bei sich, für ihn selber die Folge einer solchen Sachlage?

2. Elischama

Der junge Schreiber, der Herrn Clay als Vorleser diente, war den anderen Buchhaltern im Kontor als Ellis Lewis bekannt; aber das war nicht sein richtiger Name. Er hieß Elischama Levinsky. Er hatte sich einen neuen Namen gegeben, nicht – wie viele andere, die in jener Zeit nach China auswanderten – um ein eigenes Vergehen oder Verbrechen zu verbergen; er hatte es getan, um Verbrechen zu verwischen, die ihm gegenüber begangen worden waren, und um eine Vergangenheit harter Prüfungen zu vergessen.

Er war Jude und stammte aus Polen. Seine Leute waren alle bei dem großen Pogrom von 1848 umgebracht worden, als er, soviel er wußte, sechs Jahre alt war. Andere polnische Juden, denen zufällig die Flucht gelungen war, hatten ihn ebenso zufällig mit anderen verwahrlosten Bündeln Habe mitgenommen. Seitdem war er immer wieder, wie irgendein Päckchen schlechtverkäuflicher Ware, mit herumgeschleppt und weggeworfen, an eine Wand gestellt und dort vergessen, und nach einer Weile wieder herumgeschleudert worden.

Ein schutzloses, einsames Kind, völlig dem Zufall preisgegeben, hatte er in Frankfurt, Amsterdam, London, Lissabon seltsame Leiden erduldet. Dinge, die sich nicht berichten lassen und an die man sich kaum erinnern mag, bewegten sich noch immer wie Tiefseefische in den Untergründen seiner verdüsterten Seele. In London hatte ihn der Zufall einem erfinderischen alten italienischen Buchhalter in die Hände gespielt, der ihn lesen und schreiben lehrte und ihm, bevor er starb, in einem Jahr so viel von der Kunst der doppelten Buchführung beibrachte, wie andere in zehn Jahren lernen. Später wehte es den Jungen von dort wieder fort und nach Osten, und schließlich schlug er Wurzel in Herrn Clays Büro in Kanton. Da saß er an seinem Pult wie ein vom Wetzstein des Lebens unsäglich scharf geschliffenes Werkzeug, mit Augen und Ohren wie ein Luchs und ohne die geringsten Illusionen über Welt und Menschheit.

Solchermaßen ausgerüstet, hätte Elischama sehr wohl eine eigene Karriere machen und zu einer im Umgang und in Geschäften höchst gefährlichen Persönlichkeit werden können. Dem war aber nicht so, und der Grund für diese scheinbar widersinnige Tatsache lag in dem völligen Mangel an Ehrgeiz in der Seele des Jungen. Das Begehren, in jeder Form, war es ihm ausgewachsen, ausgebleicht, ausgebrannt, ehe er noch lesen gelernt hatte. Äußerlich betrachtet war er ein ziemlich gewöhnlicher junger Mensch, klein, schmächtig und sehr dunkel, mit verhangenen braunen Augen, und hätte als Angehöriger so gut wie jeder Nation gelten können. Geistig aber hatte er nichts von einem jungen Menschen, sondern glich ganz einem frühreifen Kind oder einem sehr alten Mann. Es war keine Weichheit und Fülle in ihm, keine Sehnsucht nach Liebe und Abenteuer, kein Bedürfnis nach Wettstreit, weder eine Furcht, kämpfen zu müssen, noch das Verlangen danach. Außen und innen war er fast wie ein Insekt, eine Ameise, die sogar mit dem Stiefelabsatz nur schwer totzutreten ist.

Eine Leidenschaft besaß er, wenn man es Leidenschaft nennen kann – ein fanatisches Streben nach Sicherheit und danach, in Ruhe gelassen zu werden. Seiner Natur nach war dieses Gefühl verwandt dem Heimweh oder auch dem Instinkt einer Brieftaube. Seine Seele war eingeschworen auf dieses eine Verlangen: in seine Klause heimzukehren und die Tür hinter sich zuzumachen mit der Gewißheit, daß niemand ihm hierher folgen und ihn belästigen könnte.

Die Klause, in die er sich da zurückzog, und deren Tür er hinter sich schloß, war eine dürftige Stätte, ein dunkles Zimmer in einer engen Straße. Hier schlief er auf einem alten Sofa, das der Hauswirtin gehörte. Doch befanden sich in dem Raum einige Gegenstände, die wirklich sein waren – ein gestrichener, mit Tintenflecken besäter Tisch, zwei Stühle und eine Kommode. Diese Gegenstände waren für ihren Eigentümer von großer Wichtigkeit. Er zündete nachts manchmal ein Kerzenstümpfchen an, lag still und betrachtete sie, als hätte er da den Beweis, daß die Welt doch immer noch einigermaßen sicher war. Einen weiteren Trost gewährte es ihm bei Nacht, an die Zahlenreihen zu denken. Er ging die Zahlen durch – zehn, zwanzig, siebentausend. Sie waren alle da, und er schlief beruhigt ein.

Elischama, der die Güter dieser Welt geringachtete, verbrachte seine Zeit von früh bis spät unter lauter begehrlichen und raffgierigen Menschen und hatte es in seinem Leben nie anders gekannt. Für ihn war das, wie es sein sollte. Er verstand die Empfindungen seiner Umgebung bis in jede Einzelheit und billigte sie. Auch seine Klause war letzten Endes das Resultat solcher Empfindungen. Wenn der wütende Kampf um Geld und Macht auf der Welt je aufhören würde, wäre nicht sicher, daß dieser Raum mit seiner Tür erhalten bliebe. Darum nützte er seine Begabungen dazu, das Feuer der Gier und Ehrsucht bei den Menschen seiner Umgebung anzufachen; er schürte es besonders bei Herrn Clay und beobachtete es mit aufmerksamem Auge.

Schon vor der Zeit ihrer nächtlichen Lesungen hatte zwischen Herrn Clay und Elischama eine Art Beziehung bestanden, etwas Ungewöhnliches für sie beide. Es hatte damit begonnen, daß Elischama Herrn Clay darauf aufmerksam gemacht hatte, er werde beim Pferdekauf von seinen Beauftragten schmählich betrogen. Irgendein unbekannter Vorfahr Elischamas war Pferdelieferant polnischer Fürsten und Großgrundbesitzer gewesen, und der junge Buchhalter in Kanton hatte noch den ganzen Pferdeverstand des alten jüdischen Händlers im Blut. Für nichts in der Welt hätte er selbst ein Pferd besitzen mögen; doch nährte er Herrn Clays Stolz auf seine zweispännige Kalesche, denn davon zog am Ende seine eigene Sicherheit Nutzen. Herr Clay seinerseits war überrascht gewesen von dem Verständnis und der Urteilskraft des jungen Mannes; er übergab ihm die Oberaufsicht über seinen Stall und sah sich nicht enttäuscht. Sonst hatten sie weiter keine unmittelbare Berührung miteinander; immerhin war Herrn Clay Elischamas Existenz zum Bewußtsein gekommen, und Elischama war Herrn Clays Existenz schon seit langem bewußt.

Die Beziehung äußerte sich auf eine eigentümliche Weise. Einem Beobachter hätte auffallen können, daß keiner von den beiden je über den andern ein Wort verlor. Das war bei dem Alten wie bei dem Jungen der Verzicht auf eine Gewohnheit. Denn Herr Clay beschwerte sich sonst beständig bei seinen leitenden Angestellten über das junge Personal, und Elischama besaß eine derart scharfe Zunge, daß seine Bemerkungen über die großen und kleinen Kaufleute in Kanton in Lagerhäusern und Büros sprichwörtlich geworden waren. So standen in diesem Punkt Herr und Diener gleichsam Rücken an Rücken der übrigen Welt gegenüber und verhielten sich tatsächlich, ohne es zu wissen, genau so, wie sie es getan hätten, wären sie Vater und Sohn gewesen.

In seiner Stube angekommen, dachte Elischama an jenem Abend über Herrn Clay nach und kam zu dem Schluß, ihn für einen größeren Narren anzusehen, als er es für möglich gehalten hätte. Nach einiger Zeit aber erhob er sich, um sich eine Tasse Tee zu machen – ein Luxus, den er sich gestattete, wenn er von seinen nächtlichen Vorlesungen nach Hause kam –, und während er trank, begannen sich seine Gedanken in anderer Richtung zu bewegen. Er würdigte Herrn Clays Frage nun doch ernsterer Erwägung. Möglich immerhin, daß solche Bücher, wie sie Herr Clay verlangt hatte, wirklich existierten. Er war es gewohnt, Herrn Clay zu beschaffen, was er wünschte. Wenn die Bücher existierten, mußte er sich danach umsehen, und auch wenn sie selten wären, würde er sie schließlich schon finden.

Elischama saß lange mit dem Kinn in der Hand, dann stand er auf und trat an die Kommode in der Zimmerecke. Er holte einen kleineren, rotgestrichenen Kasten hervor, der seine gesamte Habe enthalten hatte, als er nach Kanton kam. Er sah ihn sorgfältig durch und geriet an ein gelbes altes Stück Papier, das zusammengefaltet in einem Seidenbeutel verwahrt lag. Beim Kerzenschein las er es durch.

3. Die Prophezeiung des Jesaias

Unter dem Häuflein von Juden, die Elischama auf ihrer Flucht aus Polen mitgenommen hatten, befand sich auch ein uralter Mann, der unterwegs gestorben war. Vor seinem Tod gab er dem Kind das Stück Papier in dem roten Säckchen. Elischama band es sich um den Hals und konnte es dort viele Jahre lang sicher verwahrt halten, vor allem darum, weil er sich während der Zeit nur selten auskleidete. Er konnte nicht lesen und wußte nicht, was auf dem Papier geschrieben stand.

Als er aber in London lesen lernte und erfuhr, daß Geschriebenes bei den Menschen oft teuer bezahlt wird, holte er das Papier hervor und sah, es war in einer Schrift geschrieben, die er nicht gelernt hatte. Sein Prinzipal schickte ihn von Zeit zu Zeit in Geschäften nach einem dunklen und schmutzigen kleinen Pfandleiherladen, dessen Inhaber ein aus seinem geistlichen Amt entlassener Pfarrer war. Diesem Mann brachte Elischama sein Stück Papier und fragte, ob es etwas zu bedeuten habe. Als er erfuhr, es sei auf hebräisch geschrieben, machte er dem Pfandleiher den Vorschlag, er möge es ihm gegen eine Gebühr von drei Pence übersetzen. Der alte Mann las den Text durch und erkannte den Inhalt wieder; er schlug die betreffende Stelle nach, schrieb sie auf englisch ab und nahm mit ernstem Gesicht die drei Pence entgegen. Der Junge verwahrte von nun an Original und Übersetzung in dem kleinen roten Beutel.

Um Herrn Clay behilflich zu sein, nahm Elischama nun das Säckchen aus dem Kasten. Unter anderen Umständen hätte er es nicht getan, denn es erweckte Vorstellungen der Düsternis und des Schreckens und das fast verblaßte Bild eines Freundes. Freunde aber wollte Elischama nicht haben, so wenig wie Herr Clay. Freunde waren in seinen Augen Menschen, die leiden mußten und umkamen – das Wort selber bedeutete Trennung und Verlust; Tränen und Blut tropften von ihm.

So kam es dazu, daß ein paar Nächte später, als Elischama seine Vorlesung aus den Kontobüchern beendet hatte und der alte Mann unmutig wurde und ihn eben wegschicken wollte, der Schreiber einen schmutzigen kleinen Papierstreifen aus der Tasche zog und sprach: »Herr Clay, hier ist etwas, was ich Ihnen noch vorlesen möchte.« Herr Clay wandte seine blassen Augen dem Gesicht des Lesenden zu. Elischama las vor:

»Aber die Wüste und Einöde wird lustig sein, und das dürre Land wird fröhlich sein und wird blühen wie die Lilien. Sie wird blühen und fröhlich stehen in aller Lust und Freude. Denn die Herrlichkeit des Libanon ist ihr gegeben …«

»Was ist das?« fragte Herr Clay ärgerlich.

Elischama legte das Papier weg. »Das ist das, was Sie haben wollten, Herr Clay«, sagte er. »Etwas anderes als die Hauptbücher, doch auch von Menschen zusammengestellt und niedergeschrieben.« Er fuhr fort:

»Der Schmuck von Karmel und Saron. Sie sehen die Herrlichkeit des Herrn, den Schmuck unseres Gottes. Stärket die müden Hände und erquicket die strauchelnden Knie! Sagt den verzagten Herzen …«

»Was ist das? Wo hast du das her?« fragte Herr Clay abermals. Elischama hob die Hand, um ihm Schweigen zu gebieten, und las:

»Sagt den verzagten Herzen: Seid getrost, fürchtet euch nicht! Sehet, euer Gott, der kommt zur Rache; Gott, der da vergilt, kommt und wird euch helfen. Alsdann werden der Blinden Augen aufgetan werden, und der Tauben Ohren werden geöffnet werden; alsdann werden die Lahmen springen wie ein Hirsch, und der Stummen Zunge wird Lob sagen. Denn es werden Wasser in der Wüste hin und wider fließen und Ströme im dürren Lande. Und wo es zuvor trocken gewesen ist, sollen Teiche stehen; und wo es dürr gewesen ist, sollen Brunnenquellen sein. Da zuvor die Schakale gelegen haben, soll Gras und Rohr und Schilf stehen.«

Als Elischama so weit gekommen war, legte er das Papier nieder und schaute gerade vor sich hin.

Herr Clay holte asthmatisch Atem. »Was war das nun alles?« fragte er.

»Ich hab es Ihnen doch gesagt, Herr Clay«, sagte Elischama. »Und Sie haben es gehört. Es ist etwas, was sich ein Mensch ausgedacht und niedergeschrieben hat.«

»Ist es wirklich passiert?« fragte Herr Clay.

»Nein«, erwiderte Elischama in tiefer Verachtung.

»Und geschieht es jetzt?« fragte Herr Clay.

»Nein« – wieder im selben Ton.

Einen Augenblick darauf fragte Herr Clay: »Wer in aller Welt hat sich das ausgedacht?«

Elischama schaute ihn an und sagte: »Der Prophet Jesaias.«

»Wer war das?« fragte Herr Clay scharf. »Der Prophet – puh! Was ist ein Prophet?«

Elischama sagte: »Ein Mann, der Dinge voraussagt.«

»Und alle diese Dinge sollen dann also geschehen?« bemerkte Herr Clay geringschätzig.

Elischama wünschte den Propheten Jesaias nicht zu desavouieren. Er sagte: »Jawohl. Aber nicht jetzt.«

Nach einer Weile befahl Herr Clay: »Lies noch mal das von dem Lahmen!«

Elischama las: »Alsdann werden die Lahmen springen wie ein Hirsch.«

»Und das von den strauchelnden Knien!« befahl Herr Clay einen Augenblick später.

»Und erquicket die strauchelnden Knie«, las Elischama.

»Und von den Tauben«, sagte Herr Clay.

»Und der Tauben Ohren werden geöffnet werden«, sagte Elischama.

Es entstand eine lange Pause. »Tut jemand etwas, daß diese Dinge geschehen?« fragte Herr Clay.

»Nein«, sagte Elischama in noch tieferer Verachtung als vorher. Als Herr Clay nach einer weiteren Pause die Sache wieder aufgriff, merkte Elischama an seiner Stimme, daß er jetzt hellwach war.

»Lies das ganze Zeug noch einmal«, befahl er. Elischama tat, wie ihm geheißen. Als er fertig war, fragte Herr Clay: »Wann hat der Prophet Jesaias gelebt?«

»Ich weiß nicht, Herr Clay«, sagte Elischama. »Es muß wohl so etwa tausend Jahre her sein.«

Herrn Clay schmerzten in diesem Augenblick die Knie besonders stark, und er war sich seiner lahmen, geschwächten Glieder leidvoll bewußt.

»Das ist dummes Zeug«, erklärte er, »Dinge vorauszusagen, die dann nach tausend Jahren noch nicht einmal beginnen stattzufinden. Die Leute«, fuhr er langsam fort, »sollten Dinge aufschreiben, die bereits geschehen sind.«

»Soll ich die Kontobücher noch einmal vornehmen?« fragte Elischama.

Es entstand eine sehr lange Pause.

»Nein«, sagte Herr Clay. »Nein. Die Leute können Dinge, die bereits geschehen sind, auch anders aufschreiben als in Kontobüchern. Ich weiß auch, wie solch eine Aufzeichnung heißt. Eine Geschichte. Ich habe selbst einmal eine Geschichte gehört. Stör mich jetzt nicht, dann fällt sie mir wieder ein.«

»Als ich zwanzig Jahre alt war«, sagte er nach einem langen Schweigen, »fuhr ich von England nach China. Und ich habe die Geschichte gehört in der Nacht, bevor wir ans Kap der Guten Hoffnung kamen. Jetzt fällt mir alles wieder ganz genau ein. Es war eine warme Nacht, die See war ruhig, und es war Vollmond. Ich hatte eine Zeitlang allein auf dem Hinterschiff gesessen, als drei Seeleute heraufkamen und sich auf Deck niederließen. Sie waren so nah, daß ich alles hören konnte, was sie sprachen, aber mich sahen sie nicht. Einer von den Matrosen erzählte den andern eine Geschichte. Er berichtete ihnen Dinge, die ihm selbst geschehen waren. Ich hörte die Geschichte von Anfang bis Ende; ich werde sie dir erzählen.«

4. Die Geschichte

»Der Matrose«, begann Herr Clay, »war einmal in einer großen Stadt an Land gegangen. Ich erinnere mich nicht, wo es war, aber das tut nichts zur Sache. Er spazierte ganz allein in einer Straße in der Nähe des Hafens umher, als ein schöner, kostspieliger Wagen neben ihm hielt, aus dem ein alter Herr ausstieg. Der Herr sagte zu dem Matrosen: ›Du bist ein schmucker Kerl, Seemann. Möchtest du heute nacht fünf Guineen verdienen?‹«

Für Herrn Clay war das Geschichtenerzählen so gänzlich ungewohnt, daß zweifelhaft blieb, ob er mit der von ihm begonnenen Geschichte überhaupt vom

Fleck gekommen wäre, hätte nicht zufällig Dunkelheit geherrscht. Er zwang sich weiterzusprechen und wiederholte: »›Möchtest du heut nacht fünf Guineen verdienen?‹«

Hier steckte Elischama die Prophezeiung des Jesaias wieder in ihr Säckchen zurück und versenkte sie in seiner Tasche.

»Der Matrose«, berichtete Herr Clay, »antwortete natürlich mit Ja. Der reiche Herr hieß ihn darauf mit sich kommen und fuhr ihn in seiner Kutsche nach einem großen und üppigen Haus gleich außerhalb der Stadt. In dem Haus war alles ebenso großartig und aufwendig. Der Matrose hätte nie gedacht, daß es solche Reichtümer auf der Welt gäbe; wie wäre denn auch ein armer Junge wie er je zu einem wirklich großen Mann ins Haus gekommen. Der Herr setzte ihm ein feines Essen und teuren Wein vor, und der Matrose erzählte auch ganz genau, was er zu essen und zu trinken bekommen hatte, aber ich habe die Namen der Gerichte und der Weine vergessen. Als sie zu Ende gespeist hatten, sagte der Hausherr zum Matrosen: ›Ich bin, wie du siehst, ein sehr reicher Mann, der reichste Mann in der Stadt. Aber ich bin alt. Ich habe nicht mehr viele Jahre zu leben, und mir sind die Leute zuwider und verdächtig, die erben werden, was ich in meinem Leben gesammelt und beiseitegelegt habe. Vor drei Jahren habe ich eine junge Frau geheiratet. Aber sie hat mir nichts getaugt, denn ich habe kein Kind.‹«

Hier machte Herr Clay eine Pause, um seine Gedanken zu sammeln.

»Mit Verlaub«, sagte Elischama, »die Geschichte kann ich auch erzählen.«

»Was soll das heißen?« rief Herr Clay, sehr erbost über die Unterbrechung.

»Ich werde Ihnen die Geschichte zu Ende erzählen, mit Ihrer Erlaubnis, Herr Clay, wenn Sie zuhören möchten«, sagte Elischama.

Herr Clay wußte nichts zu entgegnen, und Elischama erzählte die Geschichte weiter.

»Der alte Herr«, berichtete er, »führte den Seemann in ein Schlafzimmer mit Kerzenleuchtern aus purem Gold, fünf standen rechts und fünf links. War es nicht so, Herr Clay? An den Wänden waren Schnitzereien von Palmbäumen. In dem Zimmer stand ein Bett, und mit Goldketten war vor dem Bett eine Art Absperrung gemacht, und in dem Bett lag eine Dame. Der alte Mann sagte zu dieser Dame: ›Du kennst meinen Wunsch. Nun tu dein Bestes, daß er ausgeführt wird.‹ Dann zog er aus seiner Börse ein Goldstück hervor – ein Fünf-Guineen-Stück, Herr Clay – und überreichte es dem Matrosen, und danach verließ er den Raum. Der Matrose verbrachte die Nacht mit der Dame. Als es aber wieder zu tagen begann, wurde ihm vom Diener des alten Herrn die Haustür aufgeschlossen, und er verließ das Haus und ging zu seinem Schiff zurück. War es nicht so, Herr Clay?«

Herr Clay starrte Elischama einen Augenblick an, dann fragte er: »Woher kennst denn nun du auch diese Geschichte? Bist du auch dem Matrosen von meinem Schiff beim Kap der Guten Hoffnung begegnet? Er wird inzwischen ein alter Mann sein; diese Dinge sind ihm vor vielen Jahren begegnet.«

»Diese Geschichte, Herr Clay«, sagte Elischama, »von der Sie glauben, daß sie dem Seemann auf Ihrem Schiff widerfahren ist, ist nie wirklich einem Menschen begegnet. Alle Seeleute kennen sie. Alle Seeleute erzählen sie, und da jeder von ihnen wünscht, sie wäre ihm selber so zugestoßen, erzählen sie sie alle, als wäre es so gewesen. Das ist aber nicht so. Aber alle Seeleute wollen und erwarten, daß ihnen die Geschichte so erzählt wird. Der Matrose, der sie erzählt, verändert vielleicht eine Kleinigkeit und fügt ein paar Dinge aus eigenem hinzu, wenn er zum Beispiel erklärt, wie die Dame im einzelnen beschaffen war und auf welche Weise er sich die Nacht über mit ihr vergnügt hat. Sonst aber ist es immer dieselbe Geschichte.«

Der alte Mann im Bett sagte zunächst kein Wort. Dann fragte er, und seine Stimme war heiser vor Zorn und Enttäuschung: »Woher weißt du das?«

»Das werde ich Ihnen sagen, Herr Clay«, sagte Elischama. »Sie sind nur auf einem Schiff gefahren, hierher nach China, darum haben Sie die Geschichte nur einmal gehört. Ich aber bin auf vielen Schiffen gefahren. Erst bin ich von Gravesend nach Lissabon gesegelt, da hat mir ein Matrose die Geschichte erzählt, die Sie mir heute nacht erzählt haben. Ich war damals noch sehr jung und hätte sie beinahe geglaubt, aber nicht ganz. Dann fuhr ich von Lissabon nach dem Kap der Guten Hoffnung, und auf dem Schiff war ein Matrose, der erzählte die Geschichte. Danach fuhr ich nach Singapur, und unterwegs hörte ich einen Seemann die Geschichte erzählen. Es ist die Geschichte aller Seeleute auf der Welt. Sogar die Redensarten und die Worte sind immer dieselben. Aber es macht allen Seeleuten Spaß, wenn wieder einmal einer die Geschichte erzählt.«

»Warum sollten sie sie erzählen«, sagte Herr Clay, »wenn sie nicht wahr wäre?«

Elischama überdachte die Frage. »Das will ich Ihnen erklären«, sagte er, »wenn Sie mir zuhören wollen. Alle Menschen, Herr Clay, sind in gewisser Hinsicht gleich.

Wenn ein neues Finanzunternehmen zur Subskription aufgelegt wird, ist auf dem Papier klipp und klar zu lesen, daß die Aktionäre hundert Prozent darauf verdienen werden, oder auch zweihundert Prozent, wie der Fall gerade liegt. Ein solcher Gewinn wird niemals erzielt, und jedermann weiß das auch, aber die Leute müssen bei der Ausgabe von Aktien diese Ziffern schwarz auf weiß vor sich sehen, sonst wollen sie nichts mit der Sache zu tun haben.

Ebenso, Herr Clay, ist es auch mit der Weissagung, die ich Ihnen vorgelesen habe. Der Prophet Jesaias wird wohl, denke ich mir, in einem Land gelebt haben, wo es zu wenig regnete. Daher verkündete er, wo es zuvor trocken gewesen ist, sollen Teiche stehen. In England, wo auf dem Trockenen fast ununterbrochen Teiche stehen, kommen die Leute nicht auf die Idee, so etwas niederzuschreiben oder lesen zu wollen.

Die Matrosen nun, Herr Clay, die diese Geschichte erzählen, sind arme Kerle und führen ein einsames Leben auf See. Darum sprechen sie von dem reichen Haus und der schönen Dame. Aber die Geschichte, die sie erzählen, ist nie wirklich vorgekommen.«

Herr Clay sagte: »Der Matrose erzählte seinen Zuhörern, daß er ein Fünf-Guineen-Stück in der Hand hielt und daß er das Gewicht und die Kälte des Goldes richtig auf der Haut spürte.«

»Jawohl, Herr Clay«, sagte Elischama. »Und wissen Sie, warum er das erzählte? Weil er wußte, und weil auch die anderen Matrosen wußten, daß so etwas nie wirklich vorkommen konnte. Wenn sie geglaubt hätten, daß es je geschehen könnte, hätten sie es nicht erzählt. Ein Seemann geht von seinem Schiff an Land und bezahlt ein Straßenmädchen dafür, daß sie ihn zu sich nimmt. Manchmal zahlt er ihr zehn Schilling, manchmal fünf, manchmal auch nur zwei, und keine von diesen Frauen ist jung oder schön oder reich. Es könnte vielleicht auch einmal vorkommen – obwohl ich das bezweifeln möchte –, daß so eine Frau einen Seemann umsonst mitkommen läßt. Aber wenn sie das täte, Herr Clay, würde der Matrose nie davon sprechen. Hier nun erzählt er Ihnen, daß eine junge, schöne und reiche Dame – eine Dame, wie er vielleicht einmal eine aus der Entfernung gesehen hat, aber gesprochen hat er nie mit einer –, daß sie ihm, für dasselbe Geschäft, fünf Guineen gezahlt hat. In der Geschichte, Herr Clay, sind es immer fünf Guineen. Das widerspricht dem Gesetz von Angebot und Nachfrage, Herr Clay; es ist nie vorgekommen und wird nie vorkommen, und eben deshalb wird es erzählt.«

Herr Clay war in diesem Augenblick so aufgeregt, verwirrt und ärgerlich, daß er nicht sprechen konnte. Er war ärgerlich über Elischama, weil er das Gefühl hatte, daß der Schreiber seinen geschwächten Zustand ausnützte und an seiner Autorität rüttelte. Aufgeregt und verwirrt aber war er durch den Propheten Jesaias, der sich anheischig machte, seine ganze Welt zunichtezumachen und ihn mit ihr. Die beiden, sagte ihm sein Gefühl, hielten gegen ihn zusammen. Nach einer Weile nahm er das Wort.

Seine Stimme war rauh und kratzend, aber so fest, wie wenn er im Kontor einen Auftrag gab.

»Wenn diese Geschichte bisher nie vorgekommen ist«, sagte er, »so werde ich dafür sorgen, daß sie geschieht. Ich mag nichts Ausgedachtes leiden, ich mag keine Weissagungen. Es ist unvernünftig und unsittlich, sich mit unwirklichen Dingen abzugeben. Ich will Tatsachen haben. Ich werde dieses Stück falschen Zaubers in eine solide Tatsache verwandeln.«

Nachdem er dies gesagt hatte, fühlte sich der alte Mann ein wenig erleichtert. Er hatte das Gefühl, daß er Elischama und den Propheten Jesaias unter den Daumen bekam. Er würde ihnen schon noch seine Allmacht beweisen.

»Die Geschichte soll Wirklichkeit werden«, sagte er langsam. »Ein Seemann soll auf der Welt sein, der soll sie erzählen, von Anfang bis Ende mit allem, was darin ist, wie sie ihm wirklich, von Anfang bis Ende, selber widerfahren ist.«

Als Elischama im Morgengrauen nach Hause ging, sprach er zu sich selbst: »Entweder dieser alte Mann schnappt über und ist seinem Ende nahe. Oder er wird sich morgen seines Einfalls von heute nacht schämen und ihn zu vergessen trachten, und am sichersten wird sein, ihm nicht mehr davon zu sprechen.«

5. Elischamas Auftrag

Herr Clay indessen schämte sich mitnichten. Sein nächtlicher Einfall hatte Besitz von ihm ergriffen; die Sache war zur Kraftprobe geworden zwischen ihm und den Aufrührern. Mitternachts darauf, als die Uhr schlug, kam er auf das Thema zurück und sprach zu Elischama: »Du meinst wohl, ich kann nicht mehr tun, was ich tun möchte?«

Diesmal widersprach Elischama Herrn Clay mit keinem Wort. Er erwiderte: »Aber nein, Herr Clay. Ich glaube, Sie können tun, was immer Sie möchten.«

Herr Clay sagte: »Ich möchte, daß die Geschichte, die ich dir gestern nacht erzählt habe, im wirklichen Leben und mit wirklichen Menschen passiert.«

»Ich werde mich bemühen, Herr Clay«, sagte Elischama. »Wo wünschen Sie, daß sie vor sich geht?«

»Ich möchte, daß sie hier vor sich geht«, sagte Herr Clay und blickte sich stolz in seinem mächtigen, reichmöblierten Schlafgemach um. »Hier in meinem Hause. Ich möchte selbst zugegen sein und alles mit eigenen Augen sehen. Ich möchte auch den Matrosen selbst auswählen, in der Hafenstraße. Und ich wünsche mit ihm zu Abend zu speisen, hier in meinem Speisezimmer.«

»Jawohl, Herr Clay«, sagte Elischama. »Und wann wünschen Sie, daß die Geschichte sich begibt, mit wirklichen Menschen?«

»Es sollte rasch geschehen«, sagte Herr Clay nach einer Pause. »Es wird rasch geschehen müssen. Aber ich fühle mich heute abend besser; in einer Woche ungefähr werde ich stark genug sein.«

»Dann werde ich also binnen einer Woche alles bereit haben«, sagte Elischama.

Nach einer Weile bemerkte Herr Clay: »Es werden Unkosten entstehen. Ich frage nicht danach, wie hoch sie sich belaufen werden.«

Diese Worte vermittelten Elischama einen derartigen Eindruck von Kälte und Verlassenheit bei dem alten Mann, daß sie genausogut aus dem Grab hätten gesprochen sein können. Da ihm selbst aber das Grab eine vertraute Stätte war, sah er sich seinem Prinzipal in diesem Augenblick merklich näher gebracht.

»Ja«, sagte er, »es wird uns ein Stück Geld kosten. Sie wissen ja, daß eine junge Frau in der Geschichte vorkommt.«

»Ja, eine Frau«, sagte Herr Clay. »Die Welt ist voller Frauen. Eine junge Frau kann man immer kaufen; das wird das Billigste an der Geschichte sein.«

»Nein, Herr Clay«, sagte Elischama, »das wird nicht das Billigste an der Geschichte sein. Denn wenn ich Ihnen eine Frau aus der Stadt anbringe, weiß der Seemann sofort, daß nicht viel dahintersteckt. Dann verliert er seinen Glauben an die Geschichte.«

Herr Clay maulte ein wenig.

»Und ein junges Fräulein werde ich nicht für Sie auftreiben«, sagte Elischama.

»Ich bezahle dich für diese Arbeit«, sagte Herr Clay. »Es gehört zu deinen Aufträgen, daß du eine Frau für mich findest.«

»Ich muß noch einmal darüber nachdenken«, sagte Elischama.

In Wirklichkeit aber hatte er sich, während sie miteinander sprachen, alles schon gründlich überlegt.

Elischama war, wie wir berichtet haben, in der Kunst der doppelten Buchführung wohlerfahren. Er sah Herrn Clay mit den Augen der Welt, und für die Augen der Welt – hätte die Welt etwas von seinem Vorhaben gewußt –

war der alte Mann unzweifelhaft verrückt. Zur gleichen Zeit sah er Herrn Clay mit seinen eigenen Augen, und für seine eigenen Augen war sein Prinzipal, ebenso wie übrigens alle seine Kollegen aus dem Teehandel und den anderen Handelszweigen, von jeher verrückt gewesen. Man mußte sogar zugeben, daß möglicherweise für einen Mann, der mit einem Fuß schon im Grabe stand, diese Jagd auf eine Geschichte immerhin noch ein vernünftigeres Unternehmen war als die Jagd nach Geldgewinn. Elischama war allemal geneigt, sich der Welt gegenüber auf die Seite des Individuums zu stellen; denn mochte das Individuum noch so närrisch sein, so war die Welt doch im allgemeinen gewiß idiotisch auf eine weit hoffnungslosere und verkommenere Weise. Als er an diesem Abend wieder von Herrn Clays Haus heimging, machte er sich klar, daß er seinem Herrn von diesem Augenblick an unentbehrlich war und von ihm bekommen konnte, was er sich nur wünschen mochte. Er gedachte nicht, sich aus diesem Umstand einen Vorteil herauszuschlagen; aber der Gedanke behagte ihm.

In Herrn Clays Kontor arbeitete ein junger Buchhalter namens Charley Simpson. Er war ein von Ehrgeiz erfüllter junger Mann und hatte sich zum Ziel gesetzt, seinerseits Millionär und Nabob zu werden, wie Herr Clay einer war. Der vierschrötige, rötlichblonde junge Mann empfand sich als Elischamas einzigen Freund, behandelte ihn mit gönnerhafter Herzlichkeit und hatte ihn neuerdings sogar mit seinem Vertrauen beehrt.

Charley hielt sich in der Stadt eine Geliebte namens Virginie. Sie sei, erzählte er seinem Schützling, eine Französin aus guter Familie; doch sei ihre amouröse Veranlagung ihr Verhängnis geworden, und sie lebe jetzt ausschließlich ihrer Leidenschaft. Virginie wünschte sich einen französischen Schal. Ihr Liebhaber gedachte, ihr einen zu verehren, scheute sich aber, zum Zwecke des Einkaufs einen Laden zu betreten, da ihn dort jemand hätte beobachten und seinem Vater in England von der Sache berichten können. So erging an Elischama die Bitte, Virginie eine Kollektion von Schals ins Haus zu bringen; sei er dazu bereit, so werde sich Charley erkenntlich zeigen, indem er ihn mit der Dame persönlich bekanntmachte.

Die Liebenden hatten einen kleinen Streit gehabt, unmittelbar ehe Elischama mit den Tüchern bei der Dame eintraf. Der Anblick der Ware stimmte Virginie wieder einigermaßen friedlich. Sie drapierte ein Tuch nach dem andern vor dem Spiegel um ihre hübsche Figur, so ungeniert, als wäre sie allein im Raum, und hob wohl auch die Röcke zierlich bis übers Knie, um sich an einem kleinen Pas de basque zu versuchen. Über die Schulter weg rief sie ihrem Liebhaber zu, nun müsse er doch endlich selber einsehen, daß ihr eigentlicher Beruf das Theater sei. Wenn sie nur das Geld dazu aufbrächte, wäre es das klügste, sie ginge nach Frankreich zurück. Dort seien Komödie, Drama und Trauerspiel noch lebendig, und die Schauspielerinnen genössen göttliche Verehrung beim Volk.

Elischama war mit Wörtern wie Komödie, Drama und Trauerspiel nicht vertraut. Doch sagte ihm in diesem Augenblick ein Instinkt, daß zwischen dem, was sich dahinter verbergen mochte, und Herrn Clays Geschichte ein Zusammenhang bestand. Am Tag nach seiner letzten Unterredung mit Herrn Clay lenkte er seine Schritte nach Virginies Haus.

Er hatte in seiner Anlage einen Zug, den wenige Menschen bei ihm vermutet haben würden. Ihn beseelte eine tiefeingewurzelte Sympathie, vielleicht auch Mitleid zu nennen, mit allen Frauen auf der Welt, und insonderheit mit allen jungen Weibern.

Obwohl er selbst, wir haben es bereits erzählt, kein Pferd zu halten wünschte, konnte er von jedem Gaul, den man ihm zeigte, auf Heller und Pfennig sagen, was er wert war. Und obwohl er für seine Person nicht im mindesten nach einer Frau Verlangen trug, vermochte er doch ein Weib mit den Augen der anderen jungen Männer abzuschätzen und haarscharf ihren Wert zu taxieren. Nur galten ihm in diesem zweiten Fall die Augen der anderen jungen Leute als kurzsichtig oder blind, der Preis als irrtümlich, und die Ware selbst auf eine sozusagen betrübliche Weise als unterbewertet und sträflich verkannt.

Rätselhafterweise empfand er dieselbe Sympathie, mit Mitleid gemischt, mit den Vögeln, alle Vierfüßler ließen ihn gleichgültig, und Pferde – unbeschadet seiner Kennerschaft und Urteilsfähigkeit ihnen gegenüber – fand er geradezu abstoßend. Dagegen konnte er auf dem Gang ins Kontor Umwege in Kauf nehmen, nur um an den Läden der chinesischen Vogelhändler vorüberzukommen. Er blieb dann lang vor den übereinandergestellten Vogelkäfigen stehen; er kannte jeden einzelnen Vogel darin und nahm Anteil an ihrem Geschick.

Jetzt, da er Virginies Haus entgegenwanderte, durfte er wohl doppeltes Mitgefühl empfinden. Denn sie war eine junge Frau, die ihn an einen Vogel erinnerte. Indem er sie in Gedanken mit den anderen jungen Frauen in Kanton verglich, nahm sie für ihn das Aussehen eines Goldfasans oder Pfaus inmitten eines Hühnerhofs an. Sie war größer als ihre Geschlechtsgenossinnen, edler und prachtvoller in Gang und Gefieder; einsam, konnte man sagen, stolzierte sie unter dem geringeren Hausgeflügel. Das eine Mal, da er sie gesehen hatte, war sie ein bißchen niedergeschlagen und gereizt gewesen, wie ein Goldfasan in der Mauser. Aber ein Goldfasan war und blieb sie.

6. Die Heldin der Geschichte

Virginie wohnte in einem adretten kleinen Chinesenhaus mit einem Gärtchen und grünen Jalousien vor den Fenstern. Die alte Chinesin, der das Haus gehörte, die es besorgte und für die Mieterin kochte, war an diesem Tage ausgegangen. Elischama fand die Tür offenstehen und trat unverweilt ein.

Virginie saß an ihrem Tisch beim Fenster und legte eine Patience. Sie schaute auf und sagte: »Gott, sind Sie es? Was bringen Sie? Noch einmal Schals?«

»Nein, Fräulein Virginie, heute bringe ich nichts«, sagte er.

»Was wollen Sie dann bei mir?« fragte sie. »Setzen Sie sich schon hin und leisten Sie mir in Gottes Namen Gesellschaft, wenn Sie nun einmal hier sind.«

Auf diese Einladung hin nahm er Platz.

Trotz ihrer an Abenteuern reichen Vergangenheit war Virginie noch jung und frisch; es war etwas Blumenhaftes an ihr, als stünde im Zimmer eine prächtige Rose im Wasser. Sie trug ein weißes Musselin-Negligé mit Schlaufen und Schleppe, hatte aber ihr üppiges braunes Haar noch nicht zurechtgemacht; es fiel nieder bis zu der rosaroten Schärpe an ihrer Taille. Durch die Schlitze der Jalousie drang die Nachmittagssonne und lag golden in ihrem Schoß.

Sie legte weiter an ihrer Patience, ließ sich aber dadurch nicht vom Sprechen abhalten. »Sind Sie noch immer bei dem alten Satan?« fragte sie.

Elischama sagte: »Er ist krank und kann nicht ausgehen.«

»Gut!« rief Virginie. »Wird er sterben?«

»Nein, Fräulein Virginie«, sagte Elischama. »Er ist sogar stark genug, daß ihm neue Pläne einfallen. Mit Ihrer Erlaubnis möchte ich Ihnen einen davon erzählen. Ich fange ganz von vorn an.«

»Na schön, solang er zu krank ist, um ausgehen zu können, kann ich es aushalten, daß man mir von ihm erzählt«, sagte Virginie.

»Herr Clay«, begann Elischama, »hat eine Geschichte gehört. Vor fünfzig Jahren – es war auf einem Schiff, in einer Nacht beim Kap der Guten Hoffnung – hat er gehört, wie eine Geschichte erzählt wurde. Jetzt, wo er krank ist und nachts nicht schlafen kann, hat er sich über diese Geschichte Gedanken gemacht. Er mag nichts Ausgedachtes, er mag keine Weissagungen, er will Tatsachen. Er hat bei sich beschlossen, daß die Geschichte im wirklichen Leben und mit wirklichen Menschen passieren soll. Ich stehe seit sieben Jahren in seinem Dienst – wen sollte er mit der Ausführung seines Wunsches beauftragen, wenn nicht mich? Er ist der reichste Mann von Kanton, Fräulein Virginie, er muß bekommen, was er wünscht. Und nun erzähle ich Ihnen die Geschichte.

Es war einmal ein Seemann, der ging im Hafen einer großen Stadt von seinem Schiff an Land. Als er so ganz allein durch die Straße nicht weit vom Hafen ging, fuhr eine Kutsche mit zwei schönen, gut aufeinander abgestimmten braunen Pferden auf ihn zu, hielt, und ein alter Herr stieg aus der Kutsche und sagte zu ihm: ›Du siehst hübsch aus, Matrose. Möchtest du heut nacht fünf Guineen verdienen?‹ Als der Matrose bejahte, fuhr der alte Herr mit ihm zu seinem Haus und gab ihm zu essen und zu trinken. Sodann sprach er zu ihm, Fräulein Virginie: ›Ich bin Kaufmann und unendlich reich, wie du ja wohl selbst gesehen hast, aber ich stehe allein auf der Welt. Die Leute, die mich nach meinem Tode beerben sollen, sind dumme Menschen und bereiten mir nur immerfort Ärger und Kummer. Ich habe mir freilich eine junge Frau genommen, aber ...‹«

Hier unterbrach Virginie Elischamas Erzählung. »Diese Geschichte kenne ich«, sagte sie. »Sie ist in Singapur einem englischen Handelskapitän passiert, einem Freund von mir. Hat er sie Ihnen auch erzählt?«

»Nein, Fräulein Virginie«, sagte Elischama. »Er hat sie mir nicht erzählt, aber andere Seeleute haben sie berichtet. Es ist eine Geschichte, die lebt auf den Schiffen, alle Matrosen haben sie gehört, und alle haben sie weitererzählt. Sie hätte auf dem Meer bleiben können und brauchte nie an Land zu kommen, wenn es nicht an dem gewesen wäre, daß Herr Clay nicht schlafen kann. Er hat jetzt vor, die Geschichte hier in Kanton passieren zu lassen, damit ein Seemann auf der Welt imstande sein soll, sie von Anfang bis Ende zu erzählen, und zwar genau so, wie sie ihm von Anfang bis Ende zugestoßen ist.«

»Das war ja klar, daß er am Ende verrückt werden würde, der alte Sündenbock«, sagte Virginie. »Wenn er jetzt mit dem Teufel noch eine Komödie aufführen will, das geht nur die beiden an.«

»Jawohl, eine Komödie«, sagte Elischama. »Ich hatte das Wort vergessen. Die Menschen spielen mit in Komödien und verdienen Geld damit und genießen göttliche Verehrung beim Volke. In Herrn Clays Komödie kommen also drei Menschen vor. Den alten Herrn wird er selbst spielen, und den jungen Matrosen will er auch allein auftreiben, in der Straße am Hafen, wo die Seeleute von ihren Schiffen an Land gehen. Wenn Ihnen aber ein englischer Handelskapitän die Geschichte erzählt hat, Fräulein Virginie, dann hat er Ihnen gewiß auch erzählt, daß außer den beiden eine schöne junge Dame drin vorkommt. In Herrn Clays Auftrag bin ich auf der Suche nach dieser schönen jungen Frau. Wenn sie in die Geschichte einsteigt und sie für ihn zu Ende bringt, zahlt Herr Clay ihr hundert Guineen.«

Ohne sich vom Stuhl zu erheben, drehte Virginie ihren üppigen jungen Leib Elischama in einer halben Wendung zu, faltete die Arme über der Brust und lachte ihm laut ins Gesicht. »Was soll denn das alles?« fragte sie.

»Es ist eine Komödie, Fräulein Virginie«, sagte er. »Ein Drama oder ein Trauerspiel. Es ist eine Geschichte.«

»Der alte Mann hat seltsame Vorstellungen von einer Komödie«, sagte Virginie. »In einer Komödie geben die Schauspieler vor, dies und jenes zu tun, einander zu töten oder zu sterben oder mit ihren Geliebten ins Bett zu gehen. Aber sie tun das alles nicht wirklich. Ihr Herr, Elischama, führt sich ja auf wie der Kaiser Nero in Rom, der zu seiner Unterhaltung Menschen von Löwen auffressen ließ.

Seither hat man das aber nicht mehr gemacht, und es ist ziemlich lang her.«

»War der Kaiser Nero sehr reich?« fragte Elischama.

»Der? Dem gehörte die ganze Welt«, sagte Virginie.

»Und waren seine Komödien gut?« fragte er weiter.

»Nun, ihm selber gefielen sie wohl«, sagte Virginie. »Aber wen würde er heutzutage finden, der da mitspielte?«

»Wenn ihm die ganze Welt gehörte, würde er schon Leute finden, die mitspielten«, sagte Elischama.

Virginie blickte ihm scharf ins Gesicht, ihre dunklen Augen glänzten. »Ich glaube, Sie kann niemand beleidigen, auch wenn er sich die größte Mühe gibt«, rief sie.

Elischama dachte nach. »Nein«, sagte er, »da haben Sie recht. Warum sollte ich mich beleidigen lassen?«

»Und wenn ich zu Ihnen sagte: Verlassen Sie mein Haus – dann würden Sie gehen?«

»Ja, dann würde ich gehen«, sagte er. »Es ist Ihr Haus. Aber wenn ich gegangen wäre, würden Sie hier sitzen und darüber nachdenken, warum Sie mich hinausgeworfen haben. Wenn man den Menchen sagt, was die denken, dann glauben sie, sie würden beleidigt. Warum soll aber, was einer selbst denkt, nicht gut genug sein, daß auch andere es ihm sagen dürfen?«

Virginie starrte ihn immer noch an. Frühmorgens hatte sie dermaßen mit ihrem Schicksal gehadert, daß sie drauf und dran gewesen war, sich am Hafen ins Wasser zu stürzen. Das Patiencelegen hatte sie ein wenig beruhigt. Nun kam ihr plötzlich zum Bewußtsein, daß sie und Elischama allein im Hause waren und daß es nicht in seiner Art lag, ihre Unterhaltung irgend jemand gegenüber zu wiederholen. Unter diesen Umständen konnte sie das Gespräch fortsetzen.

»Was zahlt Ihnen denn der Herr Clay dafür, daß Sie hierherkommen und mir diesen Vorschlag machen?« fragte sie. »Trente pièces d'argent, n'est-ce pas? C'est le prix!«

Wenn sich Virginies Geist in hohen Sphären bewegte, dachte und sprach sie französisch.

Elischama, der gut französisch sprach, erkannte ihr Zitat nicht, sondern bildete sich ein, sie verspottete ihn wegen seines dürftigen Salärs in Herrn Clays Dienst. »Nein«, sagte er, »dafür werde ich überhaupt nicht bezahlt. Ich bin bei Herrn Clay angestellt und kann nirgends Arbeit annehmen als bei ihm. Sie aber, Fräulein Virginie, können sich hinwenden, wohin Sie wollen.«

»Ich denke, ja«, sagte Virginie.

»Sie denken, ja«, sagte Elischama, »und Sie haben sich Ihr Leben lang hinwenden können, wohin Sie Lust hatten. So haben Sie sich auch hierher gewandt, Fräulein Virginie, in dieses Haus.«

Virginie wurde über und über rot vor Zorn, empfand aber zu gleicher Zeit wieder, und nachhaltiger als zuvor, daß sie allein im Hause waren, abgeschlossen von aller übrigen Welt.

7. Virginie

Virginies Vater war in Kanton Kaufmann gewesen. Sein Wahlspruch im Leben, eingeschnitten in seinen Siegelring, lautete: Pourquoi pas? In den zwanzig Jahren, die er in China verbrachte, hatte sein Herz doch Frankreich nicht verlassen und sich stets von den großen Vorgängen dort erfüllt und bewegt gefunden.

Zur Zeit seines Todes war Virginie zwölf Jahre alt. Sie war sein ältestes Kind und sein Liebling. Als kleines Mädchen war sie hübsch wie ein Engel, und in seinem Vaterstolz machte er sich ein Vergnügen daraus, sie überallhin mitzunehmen und bei seinen Freunden mit ihr großzutun, so daß sie im Verlauf weniger Jahre eine ganze Menge sah und lernte. Sie besaß ein großes Nachahmungstalent; zu Hause gab sie artige kleine Vorstellungen, äffte die Szenen nach, die sie miterlebt hatte, und wiederholte, was sie an Redensarten und fröhlichem Singsang gehört hatte. Ihre Mutter, die aus einer alten Seemannsfamilie der Bretagne stammte und sich durchaus darüber klar war, daß eine Frau sich vernünftigerweise mit allen ausgelassenen Stimmungen ihres Mannes abfinden sollte, machte ihrem Gatten dennoch zuweilen sanfte Vorhaltungen, daß er das hübsche Töchterchen verziehe. Sie erhielt als einzige Antwort einen Kuß und die lachende Bemerkung: »Ah, Virginie est fine! Elle s'y comprend, en ironie!«

In seinen jungen Jahren war der hübsche und gewinnende Kaufherr viel gereist. In Spanien hatte er mit einer sehr großen Dame Geschäftsbeziehungen gehabt und auf freundschaftlichem Fuße gestanden: mit der Gräfin de Montijo. Als er später, damals schon draußen in China, erfuhr, die Tochter der Gräfin habe den Kaiser Napoleon III. geheiratet und sei Kaiserin der Franzosen geworden, war er darüber so stolz und erfreut, als hätte er selbst die Heirat zuwege gebracht. Durch ihn hatte Virginie viele Jahre in der großen Welt des französischen Hofs gelebt, in den weiten strahlenden Ballsälen der Tuilerien, bei Empfängen ausländischer Majestäten, unter Hofkabalen, romantischen Liebesaffären, Zweikämpfen und Walzermelodien von Strauß.

Nach dem Tod des Vaters, in den langen Jahren der Armut und Entbehrung, und während sie selber die engelhafte Grazie ihrer Kindheit verlor und allzu groß und üppig heranwuchs, hatte sich Virginie heimlich in dieser Welt des Glanzes Trost gesucht. Sie schritt immer noch Marmortreppen empor, von tausend Kerzen erhellt, und sah sich, diamantenfunkelnd, mit Fürsten und Herzögen zum Tanz antreten – und die Menschen, die ihre gottverlassene, abwechslungslose Lebensführung in trostlosen Unterkünften mit ansahen, wunderten sich, mit welcher Tapferkeit das Kind das alles aushielt. Schließlich aber kam es doch so weit, daß die Tuilerien ihren Glanz für sie verloren und ihrem Blick entschwanden.

Sogar dann, wenn der Vater seiner Tochter moralische Grundsätze ins Herz zu pflanzen versuchte, illustrierte er sie mit Anekdötchen vom kaiserlichen Hofe. Eine dieser Geschichten hatte sich dem Mädchen tief eingeprägt. Das schöne Fräulein von Montijo habe den Kaiser Napoleon wissen lassen, der einzige Weg zu ihrem Schlafgemach führe durch die Kathedrale von Notre Dame. Diese Kathedrale von Notre Dame kannte Virginie genau; ein großer Stich, der sie darstellte, hing bei ihren Eltern im Salon. Sie hatte sich ein Schlafgemach von entsprechenden Ausmaßen vorgestellt, und in seiner Mitte sich selbst, das Fräulein Virginie, in lauter Spitzen. Die Vorstellung hatte ihr so manches Mal das Herz erwärmt und getröstet.

Ach, der Weg zu ihrem Schlafgemach hatte keineswegs durch die Kathedrale von Notre Dame geführt. Nicht einmal durch die kleine graue französische Kirche in Kanton. In letzter Zeit war er, ohne viel Umschweife, von den Schreibstuben und Kassenschaltern der Stadt zu ihr hingelaufen. Das war auch der Grund, warum Virginie die Männer verachtete, die auf diesem Wege zu ihr kamen.

Einen Triumph freilich hatte sie erlebt in ihrer an Enttäuschung reichen Karriere, aber davon wußte nur sie.

Ihr erster Geliebter war ein englischer Handelskapitän gewesen. Er hatte sie dazu gebracht, mit ihm nach Japan durchzugehen, das gerade damals für den Handel mit dem Ausland geöffnet wurde. In der ersten Nacht nun, die das Paar in Japan verbrachte, gab es ein Erdbeben. Rings um das kleine Hotel, in dem sie wohnten, barsten Häuser und stürzten in sich zusammen, und über hundert Menschen fanden den Tod. Außer dem Schrecken hatte Virginie in jener Nacht ein besonderes Erlebnis gehabt – sie hatte den großen Augenblick ihres Lebens verspürt. Das Donnergetös vom Himmel richtete sich gegen sie persönlich, die Erde zitterte und bebte beim Verlust ihrer Unschuld, und die gewaltige Flutwelle draußen auf dem Meer klagte über Virginies Sturz. Nur leichtfertige Menschengemüter – ihr Geliebter natürlich darunter – konnten zu einer solchen Stunde das Gesetz von Ursache und Wirkung verkennen und sich darüber hinwegsetzen, in welchem Grade sie, Virginie, zugrunde gerichtet war. Virginie hatte viel natürliche Freundlichkeit in sich. In ihrer gegenwärtigen traurigen Verfassung, nachdem sie endgültig von den Tuilerien hatte ablassen müssen, wäre sie mit ihren Liebhabern besser ausgekommen, wenn sie ihr erlaubt hätten, sie auf ihre eigene Weise zu lieben: als arme, erbarmenswerte Menschenkinder, die nach Mitgefühl dürsteten.

Auch mit ihrem gegenwärtigen Geliebten, Elischamas Freund, hätte sie sich vertragen können, wenn sie ihn dazu gebracht hätte, ihre Beziehung so zu sehen wie sie: als den Versuch zweier vereinsamter Menschen, es sich auf eine anspruchslose bürgerliche Weise und mit ein wenig gegenseitiger Zärtlichkeit auf dieser kummervollen Welt leidlich angenehm zu machen. Aber Charley war ein junger Mann von hochfliegendem Ehrgeiz und wünschte, sich als ein Mann von Welt und seine Geliebte als große Demimondaine anzusehen. Virginie, die den eigentlichen Sinn dieses Wortes kannte, fand sich bei ihrem täglichen Umgang miteinander von dieser seiner Eitelkeit auf eine harte Probe gestellt; hier nahm auch der Zank zwischen den beiden meistens seinen Ursprung.

Und jetzt saß sie also da und hörte Elischama zu, die Arme verschränkt und die dunkelschimmernden Augen halb geschlossen, wie eine Katze, die auf die Maus lauert. Hätte er in diesem Augenblick weglaufen wollen, sie hätte es ihm nicht erlaubt.

»Herr Clay«, sagte der junge Mann, »ist bereit, Ihnen hundert Guineen zu zahlen, wenn Sie in einer von ihm festgesetzten Nacht in sein Haus kommen. Dies, Fräulein Virginie ...«

»In sein Haus!« rief Virginie und blickte wie verstört zu ihm auf.

»Ja«, sagte er, »in sein Haus. Und dies, Fräulein Virginie ...«

Virginie sprang so heftig von ihrem Stuhl auf, daß er umfiel, und schlug Elischama mit aller Kraft ins Gesicht.

»Herr Jesus!« schrie sie auf. »Sein Haus! Wissen Sie, was für ein Haus das ist? Es ist meines Vaters Haus! Ich habe darin gespielt, als ich klein war.«

Sie trug einen Ring am Finger; als sie zuschlug, machte er Elischama einen Kratzer ins Gesicht. Er wischte sich einen Blutstropfen ab und betrachtete seine Finger. Der Anblick des von ihrer Hand vergossenen Blutes versetzte Virginie in eine maßlose, stumme Wut. Sie schritt bebend im Zimmer auf und ab, daß ihr weißer Morgenrock den Boden fegte und Elischama nicht umhin konnte, etwas von dem Sturm in ihr zu spüren. Sie setzte sich, sprang wieder auf, suchte einen anderen Stuhl und ließ sich darauf nieder.

8. Virginie und Elischama

»Dieses Haus«, fing sie schließlich an, »war das Einzige, was mir geblieben war aus der Zeit, da ich ein reiches, hübsches, unschuldiges junges Ding gewesen bin. Jedesmal seither, wenn ich dran vorüberkam, habe ich davon geträumt, daß ich wieder einmal dort einziehen würde.«

Sie sprach stockend und stoßweise; weiße Flecken zeigten sich auf ihrem Gesicht.

»Nun, und jetzt sollen Sie dort einziehen, Fräulein Virginie«, sagte Elischama. »Genau so, Fräulein Virginie, ist die junge Dame in Herrn Clays Geschichte: reich, jung und unschuldig.«

Virginie starrte ihn an, als sähe sie ihn überhaupt nicht oder als hätte sie den Blick auf ein Puppenspielzeug gerichtet.

»Ja, wahrhaftig«, sagte sie, »ja, wahrhaftig, Virginie est fine, elle s'y comprend, en ironie!« Sie schaute beiseite und wandte ihm dann den Blick wieder zu. »Nun sollen Sie schon alles hören«, sagte sie. »Was ich da gesagt habe, das hat mein Vater immer zu mir gesagt.«

Sie hielt sich die Ohren einen Augenblick lang mit den Fingern zu, ließ dann die Hände sinken und wandte sich ihm gleichsam direkt zu.

»Ja, hören Sie's nur!« rief sie, »hören Sie's nur alles! Von lauter großen, noblen, wunderbaren Dingen haben wir damals gesprochen, mein Vater und ich, in unserem alten Haus. Die Kaiserin Eugenie von Frankreich trug ihre weißen Satinschuhe nur ein einziges Mal, dann verschenkte sie sie an die Klosterschulen, damit die kleinen Mädchen dort sie zur Ersten Kommunion tragen sollten. So sollte ich es auch machen – Papa war ja so stolz auf meine kleinen Füße.« Sie zog den Rock ein Stück weit in die Höhe und schaute auf ihre Füße, die in einem Paar alter Pantoffeln staken. »Die Kaiserin von Frankreich machte eine beispiellose Karriere ganz auf eigene Faust, und dasselbe sollte auch ich tun. Der Weg zu ihrem Schlafgemach – hören Sie's nur alles, hören

Sie's nur gut an! –, der Weg zu ihrem Schlafgemach führte durch die Kathedrale von Notre Dame. Virginie«, setzte sie langsam hinzu, »s'y comprend, en ironie!«

Es entstand ein langes Schweigen.

»Hören Sie, Fräulein Virginie«, sagte Elischama, »in den Schals ...«

»Was ist mit den Schals?« unterbrach sie erstaunt.

»Ja, in den Schals, die ich Ihnen gebracht habe«, fuhr er fort, »da war ein Muster drin. Sie haben zu Ihrem Freund, Herrn Simpson, gesagt, das eine Muster gefiele Ihnen besser als das andere. Ein Muster war aber in allen drin.«

Für alles Gemusterte hatte Virginie etwas übrig. Ein Grund, warum sie die Engländer verachtete, bestand darin, daß sie nach ihrer Auffassung kein Muster in ihrem Leben hatten. Sie verzog das Gesicht, ließ Elischama aber weiterreden.

»Nur«, fuhr er fort, »laufen die Fäden des Musters manchmal andersherum, als Sie es erwarten. Wie in einem Spiegel.«

»Wie in einem Spiegel«, wiederholte sie sinnend.

»Jawohl«, sagte er. »Aber ein Muster ist es trotz alledem.«

Diesmal schaute sie ihn nur schweigend an.

»Sie haben gesagt«, fuhr er fort, »dem Kaiser von Rom gehörte die ganze Welt. So ist es mit Herrn Clay; ihm gehören Kanton und die Menschen darin« – außer mir, ergänzte er in Gedanken –, »Herrn Clay und den anderen reichen Kaufleuten von seiner Art gehört das alles. Wenn Sie auf die Straße hinausschauen, sehen Sie viele hundert Menschen, die laufen nach Norden und Süden, nach Osten und Westen. Wie viele, glauben Sie, würden überhaupt unterwegs sein, wenn es ihnen nicht von anderen Menschen gesagt würde? Die Leute aber, die es ihnen gesagt haben, Fräulein Virginie, sind Herr Clay und andere reiche Kaufherren seiner Art. Ihnen hat er jetzt gesagt, Sie sollen in sein Haus gehen, also müssen Sie gehen.«

»Nein!« sagte Virginie.

Elischama wartete einen Augenblick; da Virginie aber nichts weiter sagte, fuhr er fort.

»Was Herr Clay den Leuten sagt, darauf kommt es an«, sagte er. »Sie haben mich vorhin geschlagen und jetzt zittern Sie noch, weil er Ihnen das aufgetragen hat. Daneben hat es vergleichsweise nicht mehr viel zu sagen, ob Sie wirklich gehen oder nicht.«

»Sie haben es mir aber gesagt«, wandte sie ein.

»Jawohl«, sagte Elischama, »weil er mir den Auftrag gab.«

Wieder eine Pause.

»Lassen Sie Ihr Haar über Ihr Gesicht herunter, Fräulein Virginie«, sagte er. »Wenn man schon im Dunkel sitzen muß, sollte es das eigene Dunkel sein. Ich kann warten, solang Sie wollen.«

Aus lauter Abneigung, seinem Rat zu folgen, schüttelte Virginie wütend den Kopf. Ihr langes Haar, aus dem bei ihrem stürmischen Hinundherlaufen das Band sich gelöst hatte, umfloß sie wie eine dunkle Wolke, und als sie nun den Kopf sinken ließ, fiel es nach vorn und verbarg ihr Gesicht. Eine ganze Weile saß sie unbeweglich in diesem Helldunkel.

»Der Weg, von dem Sie gesprochen haben«, sagte Elischama, »der durch die Kathedrale von Notre Dame führte, liegt auch mit im Muster. Nur läuft er im Muster verkehrt herum.«

Hinter ihrem Haarschleier hervor sagte Virginie: »Verkehrt?«

»Ja«, sagte Elischama. »Verkehrt. In dem Muster läuft der Weg andersherum. Und er läuft auch weiter.«

Die seltsame Herzlichkeit in seiner Stimme erreichte, gegen ihren Willen, Virginies Ohr.

»Sie werden sich eine Karriere schaffen, Fräulein Virginie«, sagte Elischama, »nicht geringer als die Kaiserin von Frankreich. Nur läuft sie andersherum. Und warum eigentlich nicht, Fräulein Virginie?«

Virginie besann sich und fragte: »Haben Sie meinen Vater gekannt?«

»Nein, ich habe ihn nicht gekannt«, sagte Elischama.

»Woher wissen Sie dann«, fragte sie weiter, »daß das Muster, von dem Sie sprechen, tatsächlich bei uns durch die Familie läuft, und daß wir es Tradition nennen?«

Elischama antwortete ihr nicht, weil er nicht wußte, was das Wort bedeutete.

Wieder besann sie sich und sprach langsam: »Und wahrhaftig, pourquoi pas?«

Sie schüttelte ihr Haar zurück, reckte den Kopf empor und saß hinter ihrem Tisch wie eine Verkäuferin hinter ihrer Theke. Elischama schien ihr Gesicht plötzlich breiter und flacher auszusehen als zuvor, als wäre eine Walze drüber hingegangen.

»Sagen Sie Herrn Clay von mir«, sagte sie, »daß ich für den ausgesetzten Preis nicht komme. Aber daß ich kommen werde für den Preis von dreihundert Guineen. Das, wenn Sie so wollen, ist immerhin ein Muster. Oder – in Worten ausgedrückt, die der Herr Clay verstehen wird – es ist eine alte Schuld.«

»Ist das Ihr letztes Wort, Fräulein Virginie?« fragte er.

»Ja«, sagte Virginie.

»Ihr allerletztes Wort?«

»Ja.«

»Gut, wenn dem so ist,« sagte er, »werde ich Ihnen nunmehr dreihundert Guineen aushändigen.« Er zog seine Brieftasche hervor und legte die Banknoten auf den Tisch.

»Wollen Sie eine Quittung?« fragte sie.

»Nein«, sagte er und dachte dabei, daß dieses Geschäft ohne Empfangsbestätigung wohl sicherer war.

Virginie fegte die Banknoten und die Spielkarten, alles auf einmal, in die Tischschublade. Heute würde sie keine Patience mehr legen.

»Woher wissen Sie eigentlich«, sagte sie und schaute Elischama ins Gesicht, »daß ich morgens, bevor ich gehe, nicht Feuer ans Haus lege und Ihren Herrn Clay mitsamt dem Haus verbrenne?«

Elischama hatte schon gehen wollen, nun stand er still.

»Ich werde Ihnen eines sagen, bevor ich gehe«, sagte er. »Diese Geschichte ist Herrn Clays Ende.«

»Glauben Sie, er geht ein vor Bosheit?« fragte Virginie.

»Nein«, sagte er, »nein, das kann ich nicht sagen. Aber auf irgendeine Weise ist das sein Ende. Kein Mensch auf der Welt, auch nicht der allerreichste, kann eine Geschichte hernehmen, die Menschen erfunden und erzählt haben, und kann bewirken, daß sie geschieht.«

»Woher wissen Sie das?« fragte sie.

Er wartete einen Augenblick. »Wenn Sie eine Zahlenreihe addieren«, sagte er bedächtig, um ihr die Sache ganz einleuchtend zu machen, »dann fangen Sie auf der rechten Seite an, mit der kleinsten Ziffer, und gehen nach links weiter, zu den Zehnern, den Hundertern, den Tausendern und den Zehntausendern. Dagegen wenn sich ein Mensch in den Kopf setzte, eine Zahlenreihe andersherum zu addieren, von links her, was würde er finden? Er würde finden, daß eine falsche Summe herauskäme und daß seine Rechnungsführung nichts wert ist. Herrn Clays Summe wird nicht stimmen, und seine Bücher werden nichts wert sein. Und was wird Herr Clay ohne seine Bücher tun? Für mich ist das alles gar nicht gut, Fräulein Virginie. Ich bin sieben Jahre bei ihm angestellt gewesen, und ich werde nun die Stellung verlieren. Aber das ist nicht zu ändern.« Dies war das erste Mal, daß Elischama einer dritten Person gegenüber eine vertrauliche Bemerkung über seinen Herrn machte.

»Wo gehen Sie jetzt hin?« fragte ihn Virginie.

»Ich?« sagte er, überrascht, daß jemand an seinem Woher und Wohin ein Interesse nahm. »Ich gehe heim auf mein Zimmer.«

»Ich überlege mir«, sagte sie mit einer Art Ehrfurcht in der Stimme, »wo das sein mag. Und wie es aussieht. Haben Sie ein Zuhause gehabt, als Kind?«

»Nein«, sagte er.

»Haben Sie Geschwister gehabt?« wollte sie wissen.

»Nein.«

»Nein – das hab ich mir gedacht«, sagte Virginie. »Denn jetzt seh ich erst, wer Sie sind. Als Sie hereinkamen, dachte ich, Sie wären einfach so eine Ratte aus Herrn Clays Speichern. Mais toi – tu es le Juif Errant!«

Elischama gab ihr einen raschen tiefen Blick aus seinen verschleierten Augen und ging von dannen.

9. Der Held der Geschichte

In der Nacht, die Herr Clay zur Verkörperung seiner Geschichte ausersehen hatte, schien der Vollmond auf die Stadt Kanton und das Chinesische Meer nieder. Es war eine Aprilnacht, die Luft war warm und lind, und schon flitzten unzählige Fledermäuse durch diese laue Luft hin und her. Die Oleanderbüsche in Herrn Clays Garten sahen im Mondlicht beinahe farblos aus, und die Räder seiner Viktoria-Kutsche machten auf dem Kies der Auffahrt nur ein zartes Flüstergeräusch.

Man hatte Herrn Clay mit vieler Mühe angekleidet und in seinen Wagen gesetzt. Da saß er nun mit ernster Miene, steif aufgerichtet vor dem Seidenpolster, in einem schwarzen Umhang und mit einem aus London bezogenen Zylinderhut auf dem Kopf. Auf dem schmaleren Sitz ihm gegenüber beobachtete Elischama, der eine weniger prächtige Figur machte, schweigend das Gesicht seines Herrn. Da fuhr der sterbende Mann also aus, um seine Allmacht darzutun und um die Sache zu vollbringen, die nicht vollbracht werden konnte.

Sie fuhren aus den reichen Stadtvierteln mit ihren Gärten und Landhäusern hinunter nach den Hafenstraßen, wo viele Menschen unterwegs waren und die Luft von Lärm und Gerüchen erfüllt war. Zu dieser Tageszeit hatte es niemand eilig, die Menschen schlenderten müßig einher oder standen herum und schwatzten; der Wagen kam nur langsam vom Fleck. Da und dort hatten Häuser vielfarbige Lampions ausgehängt; sie schimmerten wie bunte Edelsteine in der bleichen Abendluft.

Herr Clay schaute von seinem Sitz aus mit scharfem Blick auf die vorüberwandelnden Männer. Er hatte sich sonst nie um die Gesichter der Leute auf der Straße gekümmert, die Situation war neu für ihn und würde sich nicht wiederholen.

Ein einzelner Matrose kam die Straße heraufspaziert. Er blickte um sich, und Herr Clay hieß Elischama den Wagen anhalten und ihn ansprechen. Der Schreiber stieg aus und redete den Fremden unter den Augen seines Herrn an.

»Guten Abend«, sagte er. »Mein Herr hier in der Kutsche läßt dir sagen, du bist ein schmucker Kerl, Seemann. Er läßt fragen, ob du heut nacht fünf Guineen verdienen willst.«

»Was war das?« sagte der Matrose. Elischama wiederholte seine Worte.

Der Matrose trat einen Schritt auf den Wagen zu, um den alten Mann drinnen besser sehen zu können. Dann wandte er sich an Elischama. »Sag das doch noch mal, du«, sagte er.

Als Elischama sein Sprüchlein zum drittenmal aufsagte, blieb dem Matrosen der Mund offenstehen. Er drehte sich blitzschnell um und lief wie gehetzt davon, bog um die nächste Ecke in ein Seitengässchen und war verschwunden.

Auf ein Zeichen von Herrn Clay stieg Elischama wieder ein und hieß den Kutscher weiterfahren.

Ein Stück weiter wollte ein vierschrötig gebauter junger Mensch, der wie ein Seemann aussah, vor ihnen die Straße überqueren und mußte vor dem Wagen ausweichen. Er und Herr Clay sahen sich an, bevor die Kutsche zum Halten kam. Elischama stieg wieder aus und redete den Mann mit denselben Worten an wie den ersten Matrosen.

Der Junge kam offenbar aus dem Wirtshaus und war nicht mehr ganz fest auf den Beinen. Auch er ließ den Schreiber seine Ansprache ein zweites Mal vortragen, aber noch ehe Elischama mit der Wiederholung ganz zu Ende kam, brach er in Gelächter aus und schlug sich auf die Schenkel.

»Hähä, wahrhaftig«, brüllte er. »Weiß schon, weiß schon, so geht's zu, wenn ein schmucker Kerl von Seemann zu euch Landratten kommt. Brauchst kein Wort mehr zu sagen. Natürlich geh ich mit, alter Stinker, du hast grad 'n Rechten gefunden.« Er stemmte sich neben Herrn Clay in den Wagen, stierte ihn, Elischama und den Kutscher an und ließ seine Hand über die Polster gleiten.

»Alles Seide!« rief er und lachte. »Alles Seide und glatt! Und nachher noch mehr davon!«

Als die Kutsche losfuhr, begann er zu pfeifen und nahm die Mütze ab, um sich den Kopf zu kühlen. Plötzlich schlug er beide Hände vors Gesicht und blieb einen Augenblick so sitzen, sprang dann, ohne ein Wort zu sprechen, aus dem Wagen, setzte sich in Trab und verschwand in einem Seitengäßchen, genau wie der erste Matrose vorhin.

Herr Clay ließ die Kutsche wenden und die Straße zurückfahren, hierauf nochmals umkehren und sehr langsam den Weg zurück nehmen. Halten aber ließ er nicht mehr. Er blieb die ganze Fahrt über stumm, und Elischama, der ihn nun nicht länger fixierte, fragte sich schon, ob sie wohl die ganze Nacht so fahren würden. In diesem Augenblick aber befahl Herr Clay dem Kutscher unvermutet, nach Hause zurückzukehren.

Sie hatten bereits die engen Sträßchen in der Hafengegend verlassen und den Fahrweg erreicht, der zu Herrn Clays Haus führte, als ihnen drei junge Matrosen, Arm in Arm, mitten auf der Straße entgegenliefen. In dem Augenblick, als die Kutsche sich näherte, ließen die beiden Flügelmänner ihren in der Mitte befindlichen Kameraden los und rannten davon, während der eine gerade vor dem Wagen stehenblieb.

Herr Clay ließ halten und machte Elischama ein Zeichen mit der Hand.

»Ich will diesmal selber aussteigen«, sagte er.

Bedächtig und mühselig kletterte er am Arm des Schreibers aus der Kutsche, machte einen Schritt auf den Seemann zu, blieb kerzengerade vor ihm stehen und zielte mit dem Stock auf ihn. Als er sprach, klang seine Stimme hart und brüchig; es war etwas Tödliches in ihr.

»Guten Abend«, sagte er. »Du bist ein schmucker Kerl, Seemann. Möchtest du heut nacht fünf Guineen verdienen?«

Der junge Matrose war groß, breit und langgliedrig, mit riesigen Händen. Sein Haar war so hellblond und wuchs ihm so lang und dicht vom Kopfe, daß

Elischama zunächst glaubte, er trüge eine weiße Pelzkappe. Weder sprach er noch rührte er sich, sondern starrte Herrn Clay still und blöde an, ein wenig wie ein junger Stier. In der rechten Hand trug er ein dickes Bündel, das nahm er nun in die linke und begann mit der freien Hand auf dem Schenkel hin und her zu reiben als gedächte er im nächsten Augenblick loszuschlagen. Statt dessen aber streckte er den Arm aus und faßte nach Herrn Clays Hand.

Der alte Mann schluckte und wiederholte seinen Vorschlag. »Du bist ein schmucker Kerl, Seemann«, sagte er. »Willst du heut nacht fünf Guineen verdienen, Freund?«

Der Junge dachte einen Augenblick über die Frage nach. »Ja«, sagte er. »Fünf Guineen möcht ich schon verdienen. Ich habe grad darüber nachgedacht, auf welche Weise ich fünf Guineen verdienen könnte. Ich komme mit dir, alter Herr.«

Er sprach langsam, nach jedem Satz innehaltend und mit einem starken fremden Akzent.

»Gut«, sagte Herr Clay, »dann steig ein, und wenn wir bei mir zu Hause sind, erzähle ich dir mehr.«

Der Matrose setzte sein Bündel auf dem Fußboden der Kutsche ab, stieg aber selbst nicht ein. »Nein«, sagte er, »dein Wagen ist zu fein. Mein Zeug ist verdreckt und verschmiert. Ich laufe nebenher, das geht ebensoschnell.«

Er legte seine Pranke auf das Schutzblech, und als die Kutsche losfuhr, begann er zu laufen. Den ganzen Weg über hielt er Schritt mit den zwei kräftigen englischen Kutschpferden, und als sie vor Herrn Clays Haustür hielten, schien er kaum außer Atem.

Die chinesischen Bedienten kamen heraus, um ihren Herrn willkommen zu heißen und ihm aus dem Wagen und dem Mantel zu helfen, und der Haushofmeister, ein dicker, kahlköpfiger Chinese in grünem Seidenkimono, erschien auf der Veranda und leuchtete mit einer Laterne an einer langen Stange. Bei ihrem goldenen Schein warf Elischama einen prüfenden Blick auf Hausherrn und Gast.

Herr Clay hatte sich seltsam belebt. Es war, als habe der junge Läufer neben seinem Wagen auch sein altes Blut schneller fließen gemacht; er hatte sogar ein bißchen Farbe im Gesicht, es sah zart-rosa aus wie bei einer geschminkten Frau. Er war hochzufrieden mit seinem Fang am Hafen von Kanton. Und es stimmte: Höchstwahrscheinlich hätte er dort keinen zweiten Fisch dieser Art ins Netz bekommen.

Der Matrose war fast noch ein Junge. Er hatte ein breites sonnenverbranntes Gesicht und klare, hellblaue Augen. Dabei war er so dürr, nur Haut und Knochen, wo die Kleider seine Gestalt freigaben, und sein junges Gesicht war von einem solchen Ernst erfüllt, daß es einen fast unheimlich berührte, als käme da ein Mensch aus dem Kerker. Er war armselig gekleidet, in ein blaues Hemd und grobe Leinwandhosen, die Füße staken nackt in alten Schuhen. Er hob sein Bündel aus der Kutsche und ging langsam hinter dem Haushofmeister mit der Laterne her in Herrn Clays Haus.

Die Kerzen in den schweren Silberleuchtern auf dem Eßtisch waren angezündet und spiegelten sich vielfach in den goldgerahmten Wandspiegeln, so daß der ganze, langgestreckte Raum von hundert hellen Flämmchen zu glitzern schien. Der Tisch war gedeckt, das Essen bereit, die Flaschen aufgezogen.

Für Elischama, der als letzter eingetreten war und leise auf einem Stuhl am Ende des Zimmers Platz genommen hatte, wirkten die beiden Speisenden und die lautlos hin und her huschenden Diener, die ihnen servierten, wie Menschengestalten auf einem aus großer Entfernung betrachteten Gemälde.

Herrn Clay hatte man in seinen mit Kissen ausgestopften Lehnstuhl am Tisch geholfen; da saß er so aufrecht wie vorhin in der Kutsche. Der junge Matrose aber, der sich zögernd umschaute, scheute sich sichtlich, irgendeinen Gegenstand im Zimmer zu berühren, und mußte zwei- oder dreimal aufgefordert werden, bevor er endlich Platz nahm.

Der Alte befahl dem Haushofmeister mit einer Handbewegung, dem Gast Wein einzuschenken; er sah ihm zu, wie er trank, und ließ sein Glas während der Mahlzeit ständig nachfüllen. Um ihm Gesellschaft zu leisten, nahm er sogar, gegen seine Gewohnheit, selbst einen kleinen Schluck.

Das erste Glas Wein hatte eine rasche und starke Wirkung auf den Jungen. Als er das leere Glas hinsetzte, errötete er plötzlich so tief, daß ihm die Augen von der Hitze seiner brennenden Wangen zu tränen schienen.

Herr Clay holte in seinem Lehnstuhl tief und ächzend Atem und hustete zweimal. Als er zu sprechen begann, klang seine Stimme leise und beschlagen; beim Reden wurde sie lauter und schriller. Doch die ganze Zeit über sprach er sehr langsam.

»Und nun, junger Freund«, sagte er, »will ich dir sagen, warum ich dich, einen armen Matrosenjungen, von einer Straße unten am Hafen aufgelesen habe. Ich will dir sagen, warum ich dich hier in dieses mein Haus gebracht habe, in das nur wenige Leute, auch von den reichsten Kaufherren von Kanton nur ganz wenige, Zutritt haben. Warte nur, du sollst alles hören. Denn es sind viele Dinge, die ich dir zu sagen habe.«

Er schwieg eine Zeitlang, verschnaufte und fuhr fort: »Ich bin ein reicher Mann, ich bin der reichste Mann von Kanton. Von dem Reichtum, den ich im Lauf eines langen Lebens erworben habe, liegt ein Teil hier in meinem Haus, ein größerer Teil in meinen Lagerspeichern, am allermeisten aber schwimmt auf den Flüssen und auf dem Meer. Mein Name ist in China mehr Geldes wert, als du überhaupt je gehört hast. Wer in China oder in England meinen Namen nennt, der nennt eine Million Pfund.«

Wieder machte er eine lange Pause.

Elischama überlegte bei sich, daß Herr Clay bis jetzt nur solche Tatsachen vorgebracht hatte, die seit langem in seinem Kopf aufgespeichert lagen, und er fragte sich, wie es nun wohl weitergehen würde, wenn Herr Clay von der Welt der Tatsachen übergehen müßte zur Welt der Phantasie. Der alte Mann hatte ja schließlich in seinem langen Leben nur eine einzige Geschichte erzählt bekommen; er hatte sein langes Leben hindurch nie selber eine Geschichte erzählt und auch nie einem Menschen etwas vorgespiegelt oder verheimlicht. Als Herr Clay indessen seinen Faden wieder aufnahm, begriff der Schreiber, daß im Kopf des Alten auch noch andere Dinge umgingen, von denen er sich zu befreien trachtete. Tief in ihm vergraben lagen da Ideen, Vorstellungen, ja sogar Empfindungen, von denen er nie gesprochen hatte und auch nie zu jemandem hätte sprechen können, außer zu dem namenlosen, barfüßigen Jungen neben ihm. Elischama begann den Wert des Vorgangs zu erkennen, welchen man eine Komödie nennt und die dem Menschen wenigstens vergönnt, die Wahrheit zu sagen.

»Eine Million Pfund«, wiederholte Herr Clay. »Diese Million Pfund, das bin ich selbst. Das bin ich mit meinen Tagen und Jahren, mit meinem Kopf da und meinem Herz; diese Million, das ist mein Leben. Ich bin allein damit in diesem Haus, ich bin allein damit gewesen seit vielen Jahren, und es war mir sehr recht, daß es so war. Denn die Leute, die Menschen, denen ich im Leben begegnet bin und mit denen ich Geschäfte gehabt habe, die sind mir immer unangenehm und ärgerlich gewesen. Ich habe mir nur von ganz wenigen die Hand anfassen lassen, und an mein Geld hat mir keiner gedurft.

Und ich habe auch nie«, ergänzte er nachdenklich, »die Angst gehabt, wie andere reiche Kaufleute, daß mein Geld weniger lang vorhalten könnte als ich. Ich habe immer gewußt, wie ich es beisammenhalte und wie ich es dazu bringe, daß es sich vermehrt.

Aber neulich dann«, fuhr er fort, »bin ich dahinter gekommen, daß ich selber weniger lang vorhalten werde als mein Geld. Der Augenblick wird kommen, und er nähert sich schon, wo wir beide uns trennen müssen; wo die eine Hälfte von mir gehen muß und die andere Hälfte weiterlebt. Wo und mit wem wird sie dann weiterleben? Soll ich sie denn in die Hände fallen lassen, die ich bisher mit Fleiß von ihr ferngehalten habe; soll ich sie befingern und hin- und herschieben lassen von diesen abscheulichen Gierhänden? Da könnte ich genausogut meinen Körper von ihnen befingern und herumschubsen lassen. Wenn ich nachts daran denke, kann ich nicht schlafen.

Ich habe mir nicht den Kopf darüber zerbrochen«, sagte er, »eine Hand zu finden, in die ich meinen Besitz vielleicht gern legen möchte, denn ich weiß im voraus schon, eine solche Hand gibt es nicht auf der Welt. Aber etwas anderes ist mir schließlich eingefallen – daß es mir nämlich Freude machen könnte, meinen Besitz einer Hand zu überlassen, die ich selbst erst ins Leben gerufen habe.

Ins Leben gerufen habe«, wiederholte er langsam, »ins Leben gerufen und verursacht, daß sie da ist. So wie ich mein Geld geschaffen habe, eine Million Pfund.

Denn es sind ja nicht meine Glieder gewesen, die sich auf den Teepflanzungen abgemüht haben, im Morgennebel und in der Mittagshitze. Es sind nicht meine Hände gewesen, die versengt wurden auf den heißen Eisenplatten, auf denen man die Teeblätter trocknet. Auch nicht meine Hände, von denen die Haut abging, wenn die Brassen straff angeholt wurden, damit der Klipper seine schnellste Fahrt lief. Die ausgehungerten Kulis auf den Teeplantagen, die todmüden Seeleute von der mittleren Wache hatten keine Ahnung, daß sie dazu beitrugen, daß eine Million Pfund entstand. Für sie hatten nur die Augenblicke Wirklichkeit, der Schmerz in den Händen, die Hagelkörner im Gesicht und die armseligen Kupfermünzen ihres Lohns. In meinem Hirn und durch meinen Willen ist es geschehen, daß diese Unzahl von kleinen Dingen zusammenkam und sich zusammenschloß und daß dies eine Ding daraus wurde: eine Million Pfund. Habe also nicht ich dieses Ding geschaffen, wahrhaftig und von Rechts wegen?

Und wenn ich also die Dinge des Lebens zusammenordne und nach meinem Willen ineinanderarbeiten lasse, kann ich auch wahrhaftig und von Rechts wegen die Hand erschaffen, in die ich dann mit ein wenig Vergnügen mein Geld legen kann, die dauerhafte Hälfte von mir.«

Er versank in ein langes Schweigen. Dann vergrub er seine alte, verrunzelte Hand tief in die Rocktasche, zog sie wieder hervor und betrachtete sie. »Hast du je Gold gesehen?« fragte er den Matrosen.

»Nein«, sagte der Junge. »Ich habe Käptns und Lademeister davon sprechen hören, die hatten welches gesehen. Aber selber habe ich es nie gesehen.«

»Halt die Hand auf«, sagte Herr Clay.

Der Junge streckte seine mächtige Tatze vor. Auf dem Rücken waren ein Kreuz, ein Herz und ein Anker eintätowiert.

»Da«, sagte Herr Clay, »das ist ein Fünf-Guineen-Stück. Die fünf Guineen, die du verdienen sollst. Es ist Gold.«

Der Matrose ließ die Münze auf der flachen Hand liegen. Eine Zeitlang hielten beide interessiert ihren Blick darauf gerichtet. Als Herr Clay schließlich die Augen abwandte, griff er nach dem Wein und nahm einen kleinen Schluck.

»Ich, was mich anlangt«, sagte er, »ich bin hart und trocken. Ich bin es immer gewesen und möchte nicht anders sein. Ich habe eine Abneigung gegen die Säfte des Leibes. Ich mag kein Blut sehen, ich trinke keine Milch, Schweiß ist mir widerlich, Tränen ekeln mich. Von solchen Säften lösen sich dem Menschen die Knochen auf. Und bei den Beziehungen zwischen den Menschen, die man Kameradschaft, Freundschaft, Liebe nennt, geschieht dasselbe – da werden dem Menschen auch die Knochen aufgeweicht. Ich habe mich von einem Geschäftspartner getrennt, weil ich nicht haben wollte, daß er mein Freund würde und mir die Knochen aufweichte. Dagegen Gold, junger Seemann, das ist solid. Es ist hart, es löst sich nicht auf. Gold«, wiederholte er, und der Schatten eines Lächelns zog über sein Gesicht, »Gold ist selber ein Lösemittel.

Du«, fuhr er nach einer Pause fort, »bist voll von den Säften des Leibes. Du hast Blut in dir und wahrscheinlich auch Tränen. Du sehnst dich und schmachtest nach den Dingen, die den Menschen auflösen, nach Freundschaft und Kameradschaft, und nach Liebe. Gold hast du heut nacht zum erstenmal gesehen. Dich kann ich brauchen.

Für dich werden heut nacht nur die Augenblicke Wirklichkeit haben, das Vergnügen deines Leibes und die fünf Guineen in deiner Tasche. Du wirst dir nicht bewußt sein, daß du zu einem ordentlichen Stück Arbeit von mir beiträgst. Dazu, meine Verwandten in England hübsch hinters Licht zu führen, die damals froh waren, daß sie mich loswurden, und die nun seit zwanzig Jahren auf die Erbschaft aus China scharf sind. Wohl möge es ihnen bekommen!«

Der Matrose schob das Goldstück in die Tasche. Essen und Wein hatten sein Gesicht stark erhitzt. Ungeschlacht und hager, mit struppigem Haar und funkelnden Augen, sah er aus wie ein Bär, der eben aus dem Winterschlaf kommt, stark, gierig und beutelustig.

»Brauchst nichts mehr zu sagen, alter Herr«, polterte er los. »Weiß schon, was du mir nun sagen willst. Hab es schon oft genug auf den Schiffen gehört, Wort für Wort. Die Sache, nicht wahr, die einem Seemann zustößt, wenn er an Land geht. Und du, alter Herr, kannst von Glück sagen heut nacht. Wenn du einen Seemann brauchst, einen starken, herzhaften Kerl, dann hast du Glück gehabt. Auf keinem Schiff findest du einen stärkeren. Wer hat elf Stunden lang an den Pumpen gestanden, als wir bei den Lofoten den Schneesturm hatten? Muß hart für dich sein, daß du so alt bist und ausgetrocknet. Was ich bin, ich weiß schon, wozu ich gut bin.«

Unvermutet errötete er über und über; sein Gesicht wurde dunkel. Er unterbrach sein Schwadronieren.

»Ich weiß nicht, wie man das macht«, sagte er dann, »mit so reichen alten Herren reden. Um ehrlich zu sein, alter Herr, ich weiß überhaupt nicht so recht, wie man mit Menschen redet. Ich will dir die Sache erzählen. Vor vierzehn Tagen, als mich der Schoner Barracuda auffischte und an Bord nahm, hatte ich ein ganzes Jahr lang kein Wort gesprochen. Denn ein Jahr vorher, Mitte März ungefähr, ist mein altes Schiff, die Bark

Amelia Acott, in einem Sturm untergegangen, und von der ganzen Bemannung hat es mich allein an einer Insel angespült. Da war sonst niemand außer mir. Es ist nicht mehr als drei Wochen her heut nacht, da lief ich noch dort herum, auf meinem Inselstrand. Geräusche hat's da genug gegeben, aber gesprochen hat niemand. Nur gesungen habe ich manchmal, ein Lied gesungen – singen kann man ja, wenn man allein ist. Aber gesprochen habe ich nie.«

11. Das Boot

Der unerwartete Schuß Abenteuer bei seinem Matrosen, und damit in seiner Geschichte, kam Herrn Clay sehr gelegen. Er wandte seine halbgeschlossenen Augen dem Gesicht des Jungen zu und ließ sie eine Weile mit einem Ausdruck der Billigung, fast der Güte, darauf ruhen.

»Ah!« sagte er. »Da hast du also ein Jahr lang gehungert, auf der nackten Erde geschlafen und Lumpen getragen, wie?« Er schaute selbstbewußt auf die Pracht des Zimmers ringsum. »Dann kommt dir hier wohl alles recht anders vor?«

Der Matrose blickte sich gleichfalls um. »Ja«, sagte er. »Dieses Haus ist sehr verschieden von meiner Insel.« Er wandte seinen Blick dem Alten wieder zu und fuhr sich mit der Hand durchs Haar. »Darum ist auch mein Haar so lang«, sagte er. »Ich wollte mir's heut abend schneiden lassen. Die zwei andern versprachen, sie wollten mich zum Barbier führen, aber dann überlegten sie sich's anders und wollten statt dessen mit mir zu den Mädchen.

Dusel für mich, daß es nicht dazu kam, sonst hätte ich dich nicht getroffen. Ich werd mich schon bald wieder daran gewöhnen, mit Menschen zu reden. Früher hab ich's ja auch getan, ich bin nicht so dämlich, wie ich aussehe.«

»Wie angenehm«, sagte Herr Clay, als spräche er zu sich selbst, »wie angenehm muß das sein, ganz allein auf einer Insel sitzen, wo sich dir aber auch keine Menschenseele aufdrängen kann.«

»In mancher Art war es ganz gut«, sagte der Junge ernsthaft. »Am Strand gab es Vogeleier, und fischen konnte ich auch. Ich hatte mein Messer bei mir, ein gutes Messer, damit schnitt ich eine Marke in die Rinde von einem dicken Baum, jedesmal wenn ich den neuen Mond sah. Neun Kerben hatte ich geschnitten, dann vergaß ich es, und es waren noch zwei oder drei Mondwechsel, bevor die Barracuda anlegte.«

»Du bist noch jung«, sagte Herr Clay. »Da wirst du froh gewesen sein, als das Schiff kam und dich zu den Menschen zurückbrachte.«

»In einer Weise war ich froh«, sagte der Matrose. »Aber ich hatte mich an die Insel gewöhnt, ich dachte mir schon, ich würde mein ganzes Leben lang dort bleiben. Es hat da Geräusche gegeben, das hab ich ja erzählt. Die ganze Nacht hindurch hörte ich die Wellen, und wenn der Wind zunahm, hörte ich ihn, als käme er von allen Seiten. Ich hörte es, wenn die Seevögel morgens aufwachten. Einmal regnete es einen ganzen Monat und einmal vierzehn Tage hindurch. Beide Male waren auch große Gewitter. Der Regen kam aus dem Himmel wie ein Singen und der Donner wie eine Menschenstimme, wie die Stimme von meinem alten Käptn. Da war ich ganz verdattert. Ich hatte viele Monate lang keine Stimme gehört.«

»Waren die Nächte lang?« fragte Herr Clay.

»Sie waren so lang wie die Tage«, antwortete der Matrose. »Der Tag kam, dann die Nacht, dann der Tag. Eins war so lang wie das andere. Nicht so wie in meiner Heimat, wo die Nächte im Sommer kurz sind und im Winter lang.«

»Woran hast du bei Nacht gedacht?« fragte Herr Clay.

»Ich habe meistens immer an ein Ding gedacht«, sagte der Matrose. »An ein Boot. Oft habe ich auch geträumt, ich hätte eins, ließe es zur See und steuerte es. Es sollte ein gutes, kräftiges, seefestes Boot sein. Groß brauchte es nicht zu sein, nicht größer als fünf Registertonnen. Eine Schaluppe wäre das Rechte gewesen, mit einem hohen Schanzkleid. Das Heck wollte ich blau haben, und um die Kabinenfenster hätte ich Sterne eingeschnitzt. Ich bin in Dänemark zu Hause, in Marstal, und der alte Schiffsbauer Lars Jensen Bager war ein Freund meines Vaters, der würde mir das Boot bauen helfen. Fahren sollte es mit Getreide, von Bandholm und Skelskor nach Kopenhagen. Ich hatte keine Lust zu sterben, bevor ich mein Boot hätte, und als dann die Barracuda mich aufnahm, dachte ich, das ist der erste Schritt auf dem Weg dazu, und deshalb war ich damals auch froh. Und wie ich dich dann getroffen habe, alter Herr, und du fragtest mich, ob ich fünf Guineen verdienen wollte, da wußte ich, ich hatte recht gehabt, daß ich meine Insel verließ. Das ist auch der Grund, warum ich mit dir gegangen bin.«

»Du bist noch jung«, begann Herr Clay von neuem. »Sicher hast du auf der Insel auch an Weiber gedacht.«

Der Junge blieb lange stumm und schaute starr vor sich hin, als hätte er tatsächlich das Sprechen vergessen. »Ja«, sagte er schließlich. »Auf der Amelia Scott und auf der Barracuda haben die andern auch immer von ihren Mädchen gesprochen. Ich weiß schon, ich weiß es sehr gut, für welches Geschäft du mich heut nacht bezahlst. Ich bin da so gut wie irgendein Seemann. Du wirst keinen Grund haben, dich über mich zu beklagen, Meister. Und deine Dame da, die auf mich wartet, wird auch keinen Grund dazu haben.«

Unversehens schoß ihm, zum drittenmal, das Blut ins Gesicht – es strömte zurück, kehrte wieder und glühte als dunkler Schein durch das Sonnenbraun seiner Wangen. Er stand vom Stuhl auf, groß und breit und ungeheuer ernst.

»Ist ja auch einerlei«, sagte er mit einer neuen, tiefen Stimme. »Geradesogut kann ich jetzt auch auf mein Schiff zurückgehen. Und du, alter Herr, kannst dir für dein Geschäft einen anderen Seemann anheuern.« Er griff mit der Hand in die Tasche.

Der schwache rosige Schimmer wich aus Herrn Clays Wangen. »Nein«, sagte er. »Nein, ich will nicht, daß du auf dein Schiff zurückgehst. Du bist auf einer einsamen Insel gestrandet, du hast ein Jahr lang mit keinem Menschen gesprochen. Daran mag ich gern denken. Dich kann ich brauchen. Ich werde mir keinen anderen Seemann anheuern für mein Geschäft.«

Der Gast tat einen Schritt auf Herrn Clay zu und sah plötzlich so riesengroß aus, daß der alte Mann jählings die Stuhllehnen mit beiden Händen umklammerte. Es war ihm schon vorgekommen, daß verzweifelte Männer ihn bedroht hatten, und er hatte sie immer abgewehrt mit dem Gewicht seines Reichtums oder mit der Kraft seines kühlen, scharfen Gehirns. Die erzürnte Kreatur vor ihm aber war zu einfältig, um vor solchen Mitteln klein beizugeben. Vielleicht hatte der Junge die Hand in die Tasche gesteckt, um das gute Messer hervorzuziehen, von dem er vorhin gesprochen hatte. War es denn eine Sache auf Leben und Tod, eine Geschichte wahr werden zu lassen?

Der Matrose zog die Goldmünze hervor, die Herr Clay ihm gegeben hatte, und streckte sie dem Alten entgegen.

»Du solltest mich lieber nicht zurückhalten«, sagte er. »Du bist schon sehr alt, du hast nicht mehr viel Kraft, daß du gegen mich ankannst. Dankeschön, alter Herr, für Speis und Trank, und jetzt geh ich zurück zu meinem Schiff. Gute Nacht, alter Herr.«

Herr Clay brachte in seiner großen Überraschung und Beunruhigung nur halblaute, heisere Töne hervor, aber es gelang ihm zu sprechen.

»Und dein Boot, mein schmucker junger Seemann?« sagte er. »Das Boot, das dir allein gehören soll? Das seetüchtige Boot von fünf Tonnen, das Korn fahren soll von deiner Stadt nach Kopenhagen? Was wird daraus, wenn du nun deine fünf Guineen zurückgibst und davonläufst? Eine Geschichte, dir du mir erzählt hast, nichts weiter – und nie kommt's wirklich zur See, und nie geht's wirklich unter Segel!«

Es verging ein Augenblick, dann schob der Junge die Münze in die Tasche zurück.

12. Die Rede des alten Herrn in der Geschichte

Während sich der Nabob und der junge Seemann in dem strahlend erleuchteten Speisezimmer gegenseitig unterhielten und Geschichten erzählten, bereitete sich Virginie in dem Schlafgemach, wo an diesem Abend alle Kerzen mit rosaroten Hüllen sanft abgeschirmt waren, auf ihre Rolle vor: die Rolle der Heldin in Herrn Clays Geschichte.

Sie hatte das kleine Chinesenmädchen fortgeschickt, das ihr geholfen hatte, den Raum zurechtzumachen und in der richtigen Weise auszustatten, so daß er wie das Schlafzimmer einer Dame von Welt aussah. Zwei- oder dreimal hatte sie sich plötzlich in der Arbeit unterbrochen und dem Mädchen erklärt, sie würden auf der Stelle das Haus verlassen. Jetzt, seit sie allein war, dachte sie nicht mehr an solche Fahnenflucht.

Der Raum, in dem sie sich befand, war einstmals das Schlafzimmer ihrer Eltern gewesen, wo die Kinder am Sonntagmorgen eingelassen wurden und in dem großen Bett spielen durften. Vater und Mutter, die ihr lange Zeit so weit entfernt erschienen waren, waren ihr an diesem Abend nahe; es geschah mit ihrem Einverständnis, daß sie das alte Haus betreten hatte. Für die Eltern wie für sie würde diese Nacht den letzten abschließenden Gerichtstag bringen über ihren alten Todfeind, die Schande und Erniedrigung der Tochter würden das entscheidende Beweisstück gegen ihn liefern. Entsprechend ihrem vor Jahren geleisteten Schwur würde die Tochter sein Gesicht nicht sehen, wenn ihm das Urteil gesprochen würde, aber die toten Eltern wären zur Stelle und würden es beobachten.

Der Ausputz, mit dem Virginie ihr Schlafgemach für die eine Nacht verschönert hatte – die Nippesfigürchen, chinesischen Fächer und Makartbuketts – waren dem ähnlich, woran sie sich aus ihrer Kinderzeit erinnerte; es war der Rahmen, den ihr Vater so verzweifelt verbrannt und zertrümmert hatte, bevor Herr Clay das Haus beziehen sollte. Etliche Nippes hatte sie von zu Hause mitgebracht. Auf solche Weise vereinigte Virginie ihr kummervolles Leben der letzten zehn Jahre mit der weit zurückliegenden frohen und unschuldigen Vergangenheit und ließ sich seine Gültigkeit von Monsieur und Madame Dupont bestätigen.

Sie machte sich daran, die eigene Person einzukleiden und zu schmücken. In feierlicher Düsternis widmete sie sich diesem Geschäft, so wie Judith im Babylonierzelt Gesicht und Körper schmückte zur Begegnung mit Holofernes. Doch widerfuhr es ihr alsbald, und sie konnte sich dem nicht entziehen, daß der Vorgang selber sie fesselte – nicht anders, als es vermutlich auch Judith geschehen ist.

Virginie war in Gelddingen von peinlicher Redlichkeit; sie hatte aus Herrn Clays dreihundert Guineen aufs gewissenhafteste und reichlichste alles angeschafft, was zu ihrer Rolle gehörte. Sie hatte für Spitzen eine Schwäche; so schwebte sie denn in einer Valenciennes-Wolke und trug dazu ein Korallengehänge um den Hals, Perlen in den Ohrläppchen und an den Füßen ein Paar rosa Seidenpantöffelchen. Sie puderte und schminkte ihr Gesicht, zog die Augenbrauen nach und malte die vollen Lippen, ließ das Haar in reichen seidigen Ringellocken über die weichen Schultern fallen und rieb Hals, Arme und Brust mit wohlriechendem Wasser ein. Als alles geschehen war, schritt sie von einem zum andern der hohen Wandspiegel im Zimmer.

Diese Spiegel hatten ihre Gestalt zurückgeworfen, als sie ein kleines Mädchen war, und hatten ihr, damals, gesagt, daß sie hübsch war und anmutig. Indem sie nun wieder hineinblickte, entsann sie sich, wie sie mit zwölf Jahren den Spiegel angebettelt hatte, er möge ihr zeigen, wie sie in späteren Jahren aussehen würde, wenn sie eine Dame wäre. Etwas Schöneres, sagte sie sich jetzt, etwas Hinreißend-Damenhafteres, als es da vor ihr im sanften Rosenschimmer aus dem Spiegel blickte, hätte sie sich als Kind nicht erträumen können. Virginies Liebe zur dramatischen Kunst, vom Vater ererbt und von ihm begünstigt, kam ihr in diesem Augenblick zustatten. Wenn sie in Wirklichkeit nicht war, was sie im Spiegel zu sein schien –, nun, so waren auch ihres Vaters geschäftliche Transaktionen gewiß nicht immer völlig das gewesen, was der äußere Anschein zeigte.

Unter solchen Spiegelgesprächen war sie aus den Seidenpantöffelchen geschlüpft und streckte ihren schlanken, kräftigen Körper mit Genuß zwischen den glatten, reich mit Spitzen besetzten Bettüchern aus, indes ihre dunklen seidigen Haarflechten sich über den Kissenbezug breiteten.

Der Gedanke an ihren Feind hatte sie beschäftigt, und ebenso war sie gefesselt worden von ihrem eigenen Bild. Erst jetzt aber, als sie draußen auf dem Korridor Schritte hörte, wandte sie auch der dritten Partei in der Geschichte ihre Aufmerksamkeit zu: ihrem unbekannten nächtlichen Besucher. Als ein kleiner kalter Luftzug zog die Verachtung für Herrn Clays gemietete und bestochene Kreatur einen Augenblick lang durch ihren Sinn.

Als sich der Türknauf drehte, schlug sie die Augen nieder, und während sich dann die Tür auftat und wieder schloß, hielt sie ihren Blick fest auf das Bettzeug gerichtet. In dieser Abkehr war wahrhaftig ebensoviel Kraft und Entschlossenheit, wie wenn sie einen unmittelbaren Blick der tödlichen, unbedingten Feindschaft ins Zimmer gerichtet hätte.

Herr Clay in seinem langen Schlafrock aus schwerer chinesischer Seide kam auf seinen Stock gestützt ins Zimmer. Zwei ehrerbietige Schritte hinter ihm trat ein mächtiger, in seinen Umrissen verwischter Schatten langsam über die Schwelle.

Das eine Glas Wein, das der Alte mit seinem Gast getrunken hatte, war auf ihn, das Opfer so vieler schlafloser Nächte, nicht ohne Wirkung geblieben. Es kam dazu, daß man ihm noch vor wenigen Augenblicken einen Schrecken eingejagt hatte, und wenn er auch für seinen Teil im Lauf seines Lebens so manchen Menschen erschreckt hatte, so war doch die Furcht für ihn ein neues Erlebnis und mochte ihm wohl das Blut auf ungewohnte Weise durch die Adern treiben. Was den Alten aber wirklich berauschte, war ein Getränk weit stärkerer Art. In dieser Nacht bewegte er sich in einer Welt, die er mit seinem Willen und nach seinem Wort hatte entstehen lassen.

Sein Triumph hatte ihn altern lassen, in den wenigen Stunden schien sein Haar weißer geworden. Zur gleichen Zeit aber war er auch seltsam verjüngt worden. In dieser Stunde besiegte und unterwarf er die Kräfte, die ihm unerwartet Trotz geboten hatten, ja, indem er sie in sein eigenes Wesen aufnahm, vernichtete er sie. Er materialisierte ein Hirngespinst, er verwandelte ein Märchen in eine Tatsache. Ein dunkles Gefühl sagte ihm, daß er nun über die Person triumphieren werde, die versucht hatte, seine Vorstellung von der Welt umzuwerfen – über den Propheten Jesaias.

Er lächelte ein wenig, seine Beine wollten ihn nicht recht tragen. Zum erstenmal im Leben war er beeindruckt von der Schönheit einer Frau. Er starrte mit einer Art Glücksgefühl auf das Mädchen im Bett, das sein Befehl ins Leben gerufen hatte, und für einen kurzen Augenblick stieg in unbestimmten Umrissen das Bild eines Kindes vor ihm auf, wie es ihm ein stolzer Vater vor langer Zeit einmal gezeigt hatte, stieg vor ihm auf und verschwand wieder. Er nickte beifällig mit dem Kopf. Seine Puppen machten die Sache gut. Die Heldin seiner Geschichte war wirklich wie Milch und Blut, und ihr niedergeschlagener Blick bezeugte erschrokkene mädchenhafte Scheu. Die Geschichte kam prächtig voran.

Dies war der Augenblick – Herr Clay wußte es –, wo die Ansprache des alten Herrn in der Geschichte fällig war. Er wußte sie auswendig, Wort für Wort, seit jener Nacht vor fünfzig Jahren. Aber das Bewußtsein der ihm verliehenen Macht stieg dem Nabob von Kanton doch ein wenig zu Kopf. Der Prophet Jesaias ist listig; hinter einer gottseligen Miene verbirgt er Kenntnis von so mancherlei Verhaltensweisen. Herr Clay war nur ganz kurze Zeit ein Kind gewesen, nur so lange, bis er sprechen und die Rede anderer Menschen verstehen lernte. Jetzt, da er den Himmel seiner Allmacht erklimmen sollte, legte ihm der Prophet die Hand auf den Kopf und machte ihn zum Kind – mit anderen Worten, der alte Steingötze ging sachte in seine zweite Kindheit ein. Er begann mit seiner Geschichte zu spielen, er konnte das Thema von vorhin, vom Abendessen, nicht aus den Händen lassen.

»Du«, begann er und bohrte seinen Zeigefinger dem Mädchen im Bett entgegen, »und du« – ohne sich umzublicken, bohrte er ihn über die Schulter weg in Richtung auf den jungen Mann, »ihr seid beide jung. Ihr seid kerngesund, nichts an eurem Leib tut weh, nachts könnt ihr schlafen. Und weil ihr ohne Schmerzen gehen und herumspringen könnt, bildet ihr euch ein, ihr geht und springt herum nach eurem freien Willen. Dem ist nicht so. Ihr geht und bewegt euch, wie ich es euch heiße. Ihr seid in Wahrheit zwei junge, starke, muntere Hampelmänner in dieser meiner alten Hand.«

Er hielt inne, das harte, unsichere Lächeln stand immer noch auf seinem Gesicht.

»Und so, wie ich es euch gesagt habe«, fuhr er fort, »sind alle Menschen Puppen in einer stärkeren Hand. Es sind die Armen, wie ich euch gesagt habe, Hampelmänner in der Hand der Reichen und die Einfältigen in der Hand der Schlauen. Sie tanzen und fallen um, je nachdem wie die Hände an den Drähten ziehen.

Wenn ich gegangen bin«, schloß er, »und ihr zwei miteinander allein bleibt, und wenn ihr dann glaubt, ihr folgt nur dem Gebot eures jungen Bluts, dann werdet ihr nichts anderes tun, um kein Haar etwas anderes, als was ich euch zu tun heiße. Ihr werdet euch dem Plan meiner Geschichte anpassen. Denn heute nacht ist dieser Raum, dieses Bett und auch ihr zwei mit allem eurem heißen Blut in euch – ihr seid alles nichts anderes als eine Geschichte, die sich, auf mein Wort hin, in Wirklichkeit verwandelt.«

Es kam ihn hart an, sich loszureißen. Noch einmal verweilte er eine Zeitlang am Ende des Betts, schwer über seinem Stock hängend. Dann wandte er mit einer schönen würdevollen Gebärde den darstellenden Figürchen auf der Bühne seiner Allmacht den Rücken zu.

Als er die Tür öffnete, hob Virginie den Blick.

Sie schaute unverwandt auf die Gestalt des Mannes, der ihres Vaters Mörder war, und sah nichts als einen verschwindenden Umriß. Herrn Clays langer Chinesenschlafrock schleifte auf dem Fußboden, und als er die Tür hinter sich schloß, klemmte sich der Stoff ein, und er mußte die Tür ein zweites Mal öffnen und schließen.

13. Die Begegnung

Kein Laut, keine Bewegung unterbrach die Stille im Zimmer, bis der junge Mann zwei lange Schritte nach vorn machte und Virginie, im Bett, im selben Augenblick den Kopf wandte und ihm entgegenblickte.

Was sie sah, erschreckte sie fast zu Tode, so daß sie beinahe ihre hohe Sendung vergaß und sich für einen Augenblick in ihr Haus zurückwünschte, selbst um den Preis, daß sie dort weiter unter Charley Simpsons begönnerndem Schutz hätte stehen müssen. Die Gestalt nämlich, die am Fußende ihres Bettes stand, war kein beliebiger, in den Straßen von Kanton aufgelesener Seemann. Es war ein gewaltiges wildes Tier, und man hatte es hier hereingelassen, sie unter seiner Wucht zu zermalmen.

Der Junge starrte sie an, er regte sich nicht, nur seine breite Brust ging langsam auf und nieder im tiefen Gleichmaß seines Atems. Schließlich sagte er: »Ich glaube, du bist das schönste Mädchen auf der Welt.« Da erst merkte Virginie, daß sie es mit einem Kind zu tun hatte.

Er fragte: »Wie alt bist du?«

Sie fand keine Worte. Sollte nun womöglich aus ihrer großen heimlichen Tragödie eine Komödie werden?

Der Junge wartete auf ihre Antwort, dann fragte er weiter: »Bist du schon siebzehn?«

»Ja«, sagte Virginie. Als sie ihre Stimme das Wort aussprechen hörte, wurde ihr ihm zugewandtes Gesicht ein wenig zärtlicher.

»Dann sind wir beide gleich alt«, sagte der Junge.

Er trat langsam noch einen Schritt auf sie zu und setzte sich zu ihr aufs Bett. »Wie heißt du?« fragte er.

»Virginie«, erwiderte sie.

Er sprach den Namen zweimal nach und schaute sie eine Zeitlang wortlos an. Dann legte er sich sacht neben sie, durchs Federbett von ihr getrennt. Trotz seiner Größe war er leicht und locker in allen seinen Bewegungen. Sie hörte, wie seine tiefen Atemzüge rascher wurden, aussetzten und mit einem leisen Ächzen wieder anhoben, als ob etwas in ihm umgeknickt wäre. So lagen sie eine lange Zeit.

»Ich muß dir etwas sagen«, ließ er sich plötzlich flüsternd vernehmen. »Ich habe bis heut noch nie mit einem

Mädchen geschlafen. Daran gedacht habe ich oft. Vorgehabt habe ich's auch viele Male. Aber ich hab's nie getan.«

Er schwieg und wartete, was sie darauf zu sagen hätte. Als sie nichts sagte, fuhr er fort.

»Es war nicht nur meine Schuld«, sagte er. »Ich bin lang fortgewesen, weit weg von hier, wo es keine Mädchen gab.«

Wieder hielt er inne und begann von neuem. »Den andern auf dem Schiff hab ich's nie gesagt«, sagte er. »Auch meinen Kameraden nicht, mit denen ich heut an Land ging. Aber ich habe mir gedacht, dir sollte ich es lieber sagen.«

Ohne daß sie es wollte, wandte ihm Virginie das Gesicht zu. Das Gesicht des Jungen, ganz nah an ihrem, war glutrot.

»Als ich an dem Ort war, weit weg von hier, von dem ich dir erzählt habe«, fuhr er fort, »hab ich mir manchmal ausgedacht, ich hätte ein Mädchen bei mir, eine nur für mich. Ich brachte ihr Vogeleier und Fische und so große, süße Früchte, wie sie dort wuchsen – ich kenne den Namen nicht –, und sie war lieb zu mir. Wir schliefen miteinander in einer Höhle, die ich gefunden hatte, als ich drei Monate an dem Ort war. Wenn der Vollmond hoch stand, schien er gerade hinein. Aber einen Namen für sie habe ich mir nie ausdenken können. Mir ist kein Mädchenname eingefallen. Virginie...«, sagte er ganz leise, »Virginie«. Und noch einmal »Virginie«.

Mit einer raschen Bewegung lüftete er das Deckbett und das Oberleintuch und schlüpfte unter die Decke. Obwohl er sich immer noch von ihr entfernt hielt, spürte sie die Gegenwart seines Körpers, er war groß, gelenkig und sehr jung.

Nach einer Weile streckte er die Hand aus und berührte sie. Ihr Spitzennachthemd hatte sich an den Beinen nach oben geschoben; als der Junge nun sachte die Hand ausstreckte, faßte er ihr rundes, nacktes Knie. Er zögerte, ließ die Finger zart darüberspielen, zog dann die Hand zurück und befühlte sein eigenes knochiges, hartes Knie.

Einen Augenblick später stieß Virginie in Todesangst einen Schrei aus. »Um Gottes willen«, schrie sie, »um Gottes willen, aufstehen, wir müssen aufstehen! Ein Erdbeben – spürst du nicht das Erdbeben?«

»Nein«, keuchte der Junge ihr ins Gesicht, »nein, das ist kein Erdbeben. Das bin ich.«

14. Der Abschied

Als er endlich einschlief, hielt er sie eng an sich gepreßt wie in einem Schraubstock. Das Gesicht in ihre Schulter gebohrt, atmete er tief und friedlich.

Virginie, die sich all die Zeit so vieles durch den Kopf hatte gehen lassen, lag wach, aber ihre Gedanken wollten bei nichts haltmachen. Niemals in ihrem Leben war sie einer solchen Stärke begegnet. Da wäre es für sie ganz nutzlos und aussichtslos gewesen, auf eigene Faust eine Rolle spielen zu wollen. Sie spürte den mächtigen Griff, mit dem er sie umschlang, wie eine bisher nie erlebte Wirklichkeit, neben der alles andere hohl und verfälscht wirkte.

Mitten in der Nacht kamen ihr plötzlich Dinge in den Sinn, die ihre Mutter ihr von der mütterlichen Familie, Seeleuten aus der Bretagne, erzählt hatte. Alte französische Lieder vom schweren Leben des Seemanns und von seiner Heimkehr fielen ihr ein, als wäre das ihre Welt. Ganz zum Schluß, wie von weit her, kam ihr auch das Wiegenlied der Seemannsfrau ins Gedächtnis.

Wenn der Junge im Laufe der Nacht erwachte, trieb er es mit dem Mädchen in seinem Bett wie der Bär mit der Honigwabe, er knurrte über ihr vor lauter wilder Gier und Verzückung. Etliche Male redeten sie auch miteinander.

»Auf den Schiffen«, sagte er, »hab ich manchmal ein Lied gemacht.«

»Und worüber?« fragte sie.

»Über das Meer«, erwiderte er. »Über das Leben der Matrosen. Und über ihren Tod.«

»Sag mir eins auf«, sagte sie.

Er dachte nach und sprach es ihr langsam vor:

»Und da hatt' ich einmal den mittleren Törn,
Und die Nacht war kalt,
Und drei Schwäne flogen am Mond vorbei,
Der war golden und alt.

Golden«, wiederholte er, als bereite ihm das Wort Unbehagen. Nach einer Pause: »So ein Fünf-Guineen-Stück schaut aus wie der Mond. Und doch wieder ganz anders.«

»Hast du sonst noch Gedichte gemacht?« fragte Virginie, die nicht begriff, worauf er hinauswollte, aber wegen seines plötzlich so bedrückten Wesens eine unbestimmte Angst empfand.

»Ja, ich hab auch noch andere gemacht«, sagte er. »Von meinem Schiff.«

»Dann sag mir noch eins auf«, bat sie.

Wieder sprach er es ihr sehr langsam vor:

»Wenn der Himmel wird braun,
Und du kannst der See dreitausend Faden tief
in'n Rachen schaun
Und das Boot schießt kopfabwärts wie ein harpu-
nierter Wal,
Wird Povl Velling noch lang nicht schlapp und
fahl.«

»Heißt du also Paul?« sagte sie.

»Ja, Povl«, erwiderte er. »Kein übler Name. Mein Vater hat Povl geheißen und der Großvater auch. Es ist der Name von guten Seeleuten, sie sind alle ihrem Schiff treu gewesen. Mein Vater ist ertrunken, ein halbes Jahr bevor ich auf die Welt kam. Er liegt da drunten, im Meer.«

»Aber du wirst nicht ertrinken, Paul?« sagte sie.

»Nein«, sagte er. »Kann sein, daß ich nicht ertrinke. Aber überlegt hab ich mir oft, woran mein Vater wohl gedacht hat, als die See ihn schließlich doch ganz zu sich holte.«

»Denkst du gern an so etwas?« fragte sie und empfand einen kleinen Schrecken.

Er überlegte sich ihre Frage. »Ja«, sagte er. »Das ist ganz gut, an Stürme und hohe See zu denken. Es ist nicht so übel, wenn man an den Tod denkt.«

Nicht lang darauf stieß er jählings einen unterdrückten Schrei aus: »Ich muß zurück aufs Schiff, sowie es hell wird. Wir segeln am frühen Morgen.«

Bei diesen Worten durchzuckte ein langanhaltender, trauervoller Schmerz Virginies ganzen Körper. Doch gleich darauf war alles wieder hinweggeschwemmt von seiner Kraft. Nicht lang, und sie lagen wieder schlafend einander in den Armen.

Virginie erwachte, als der Morgen in grauen Streifen durch die Fenstervorhänge schaute. Der Junge hatte sie losgelassen, doch hielt er immer noch, so tief er schlief, ihre Hand umfaßt.

Im selben Augenblick, da sie erwachte, fühlte sie sich, wie in einem Würgegriff, von einem einzigen Gedanken erfaßt. Nie vorher hatte ein einziger Gedanke sie so ausgefüllt, so zwingend und ausschließlich. Wenn er mein Gesicht bei Tageslicht sieht, dachte sie, ist es alt, gepudert und geschminkt. Ein verdorbenes Altweibergesicht!

Sie sah, wie das Licht heller wurde. Noch zehn Minuten, dachte sie, noch fünf Minuten, und das Herz wurde ihr schwer in der Brust wie ein Stein. Jetzt war die Zeit gekommen, und sie rief zweimal seinen Namen.

Als er wach wurde, sagte sie ihm, er müsse nun aufstehen, sonst komme er nicht rechtzeitig auf sein Schiff. Er gab keine Antwort, sondern faßte nur fester nach ihrer Hand und drückte sie sich immer wieder mit einem Stöhnen gegen sein Gesicht.

Sie hörte draußen im Garten einen Vogel singen und sagte: »Hörst du, Paul, da singt schon ein Vogel. Die Kerzen sind heruntergebrannt, die Nacht ist vorüber.«

Plötzlich, ohne einen Laut von sich zu geben, wie ein Tier mit einem Satz sprang er aus dem Bett, riß sie an sich und hob sie mit den Armen empor.

»Komm!« rief er, »komm mit, komm fort von hier!«

Seine Stimme war wie ein Lied, wie ein Sturm, sie schwang sie höher, als seine Arme es taten.

»Ich nehme dich mit«, rief er, »du gehst mit aufs Schiff. Da verstecke ich dich im Kielraum, und du fährst nach Hause mit mir.«

Sie stemmte die Hände gegen seine Brust, um sich loszumachen, und fühlte ihr Auf und Ab wie bei einem Blasebalg, aber sie richtete nicht mehr aus, als daß sie ihn und sich in seiner Umarmung ein wenig schwanken machte, wie ein Baum im Wind schwankt. Er hielt sie noch fester und hob sie höher, als wollte er sie sich über die Schulter werfen.

»Dich laß ich nicht los!« sang es aus ihm hervor. »Uns soll niemand auf der Welt trennen. Jetzt – jetzt, wo du mir gehörst! Niemand soll's wagen, niemand soll's wagen!«

Virginie wurde in diesem Augenblick in einem der Spiegel ihre zwei verschwommenen Gestalten gewahr. Eine bewegtere Szene hätte sie sich nicht wünschen können. Der Junge sah übermenschlich groß aus, er hatte jetzt etwas Schreckenerregendes, wie ein wildgewordener Bär, auf den Hinterbeinen aufgerichtet und die rechte Vordertatze in die Luft erhoben – sie aber, mit dem lang herunterhängenden Haar, war die wie entseelt und widerstandslos in seinem linken Arm hängende Beute. Verzweifelt strampelnd, vermochte sie endlich einen Fuß auf die Erde zu bekommen. Der Junge spürte ihr Zittern, er ließ sie nieder, hielt sie aber immer noch fest umfaßt.

»Wovor fürchtest du dich?« fragte er sie und zwang ihr Gesicht zu dem seinen empor. »Du glaubst doch nicht, daß ich mir dich von irgend jemand wegnehmen lasse? Du kommst nach Hause zu mir. Du hast ja keine Angst vor Sturm und Schnee und hohem Seegang, wo ich doch dabei bin. Und in Dänemark hast du überhaupt nichts mehr zu fürchten. Da schlafen wir jede Nacht miteinander. So wie heute; so wie heute!«

Virginies Todesangst hatte nichts zu tun mit Sturm, Schnee und Wellengang – sie fürchtete in diesem Augenblick nicht einmal den Tod. Was sie fürchtete, war, daß er ihr Gesicht im Tageslicht sehen könnte. Im ersten Augenblick wagte sie nicht einmal zu sprechen; sie fühlte sich ihrer selbst nicht sicher und hatte Angst, sie würde irgend etwas daherreden. Als sie aber eine Weile auf beiden Füßen gestanden hatte, bekam sie ihre Geistesgegenwart wieder, und sie ersah sich einen Ausweg.

»Das kannst du nicht tun«, sagte sie. »Er hat dich doch bezahlt.«

»Was?« schrie er auf, wie außer sich.

»Der alte Mann hat dich bezahlt«, wiederholte sie. »Er hat dich bezahlt, daß du morgens fortgehst. Du hast sein Geld genommen.«

Als er den Sinn ihrer Worte begriff, wurde sein Gesicht weiß, und er ließ sie so jählings los, daß sie auf ihren Füßen schwankte.

»Ja«, sagte er bedächtig, »er hat mich bezahlt. Und ich habe sein Geld genommen. Aber damals …« – das schrie er – »hab ich ja nichts gewußt!«

Er starrte vor sich in die Luft hinein, über ihren Kopf hinweg. »Ich habe ihm mein Wort gegeben«, sagte er schwerfällig. Er ließ seinen Kopf gegen ihre Schulter fallen und vergrub sein Gesicht in ihrem Haar und ihrem Fleisch. »Oh, oh, oh«, klagte er.

Er hob sie hoch, trug sie aufs Bett zurück und setzte sich neben ihr am Bettrand nieder, mit geschlossenen Augen. Immer wieder zog er sie zu sich empor und preßte ihren Leib an den seinen, bettete sie dann wieder hin. Virginie hielt sich jetzt ruhig, solange er seine Augen geschlossen hatte. Sie blickte zurück auf ihre kurze Begegnung und besann sich auf etwas, was sie ihm sagen könnte.

»Du wirst dein eigenes Boot haben«, sagte sie schließlich.

Er schwieg lange Zeit, dann sagte er: »Ja, das Boot werde ich haben.« Und, wieder nach einer Weile: »Hast du das eben gesagt – daß ich das Boot haben werde?«

Noch einmal zog er sie empor und hielt sie lang in den Armen. »Aber du?« sagte er.

»Aber du?« wiederholte er, langsamer als zuvor. »Was geschieht mit dir, Mädchen?«

Virginie blieb stumm.

»Dann muß ich also gehen«, sagte er, »muß zurück auf mein Schiff.« Er lauschte und fuhr fort: »Da singt ein Vogel. Die Kerzen sind heruntergebrannt. Die Nacht ist vorüber. Ich muß gehen.« Aber es dauerte noch ein wenig, bis er ging.

»Leb wohl, Virginie«, sagte er. »So heißt du – Virginie. Ich will mein Boot nach dir benennen. Ich will ihm unsere zwei Namen geben – Povl und Virginie. Es soll unsere zwei Namen angeschrieben tragen, und so soll es segeln, den Storström hinauf und durch die Bucht von Köge.«

»Wirst du an mich denken?« fragte Virginie.

»Ja«, sagte der Matrose. »Immer. Mein Leben lang.« Er stand auf.

»Ich werde an dich denken mein Leben lang«, wiederholte er. »Wie soll ich denn nicht an dich denken in meinem Boot? Ich werde an dich denken, wenn ich die Segel hisse und die Anker lichte. Und auch, wenn ich vor Anker gehe. Ich werde an dich denken am Morgen, wenn ich die Vögel singen höre. An deinen Leib, an deinen Geruch. Ich werde an kein anderes Mädchen denken, nie mehr an ein Mädchen. Weil du das schönste Mädchen bist auf der ganzen Welt.«

Sie folgte ihm an die Tür und legte ihre Arme um seinen Hals. Hier, abseits vom Fenster, war das Zimmer noch dunkel. Stillestehend hörte sie plötzlich, daß sie laut weinte. Aber eine Minute habe ich noch, dachte sie, wie sie ihn in den Armen hielt und ihn küßte.

»Schau mich an«, bat sie. »Schau mich an, Paul!«

Er sah ihr ernsthaft ins Gesicht.

»Merk dir mein Gesicht«, sagte sie. »Schau es dir gut an, mein Gesicht, und merk es dir. Merk dir, daß ich siebzehn bin. Merk dir, daß ich vor dir keinen geliebt habe.«

»Ich merk mir alles«, sagte er. »Ich werde dein Gesicht nie vergessen.«

An ihn geklammert, ihr nasses Gesicht zu ihm emporgewandt, spürte sie, daß er sich aus ihren Armen freimachte.

»Jetzt mußt du gehen«, sagte sie.

15. Die Muschel

Beim selben ersten Tagesschimmer schritt Elischama Herrn Clays kiesbestreute Auffahrt hinauf und trat ins Haus, um auf seine stille Art der Schlußpunkt, oder, wenn man will, der Epilog der Geschichte zu sein.

In dem langen, schmalen Speisezimmer stand noch der gedeckte Tisch, und in den Gläsern war ein wenig Wein übriggeblieben. Die Kerzen waren ausgebrannt, nur auf einem Leuchter flackerte noch ein letztes Flämmchen.

Auch Herr Clay war noch da, mit Kissen in seinem tiefen Lehnstuhl zurechtgesetzt, die Füße auf einem Schemel. Er war hier sitzengeblieben und hatte den Morgen abgewartet, um bei Sonnenaufgang die Schale seines Triumphes bis zur Neige zu leeren. Aber die Schale des Triumphs war zu stark für ihn gewesen.

Elischama stand lange Zeit still, so unbeweglich wie der alte Mann, und schaute ihn an. Er hatte seinen Herrn bis zu dieser Stunde nie schlafen sehen, und aus seinen Klagen und Beschwerden hatte er den Schluß gezogen, daß ihm dies nie vergönnt sein werde. Gut, dachte er, da hat Herr Clay also recht gehabt, er ist auf das eine taugliche Heilmittel für sein Leiden verfallen. Eine Geschichte in die Wirklichkeit zu übersetzen, das war es also, was einem Menschen Ruhe schenkte.

Die Augen des Alten standen ein wenig offen, blaß wie Kieselsteine, aber seine dünnen Lippen waren in einem schiefen kleinen Lächeln aufeinandergepreßt. Sein Gesicht war so grau wie die knochigen Hände auf seinen Knien. Sein Schlafrock hing in tiefen Falten um ihn herum, so lose, daß kaum ein Körper darin zu sein schien, der das graue Gesicht und den Kopf mit den grauen Händen verbunden hätte. Die ganze stolze, strenge Gestalt, von Tausenden beneidet und gefürchtet, sah an diesem Morgen aus wie ein Hampelmann, wenn die Hand, die die Fäden zieht, plötzlich losläßt.

Sein Diener und Vertrauter ließ sich auf einem Stuhl nieder und horchte nach dem gewohnten Ziehen und Knistern in der Brust des Alten. Aber es war kein Laut im Zimmer. Elischama wiederholte bei sich die Worte seines Propheten:

»Und Schmerz und Seufzen wird entfliehen.« Lange Zeit saß Herrn Clays Schreiber so bei seinem Herrn und meditierte über die Geschehnisse der Nacht und über das Menschenlos im allgemeinen. Was war mit den drei Personen geschehen, fragte er sich, die, jede auf ihre Weise, ihre Rolle in Herrn Clays Geschichte gespielt hatten? Wären sie nicht auch ohne das zurechtgekommen? Es war schwer, überlegte er wie schon oft im Leben, es war sehr schwer für die Menschen, die sich dieses oder jenes als Herzenswunsch in den Kopf setzten, so daß sie ohne das nicht zurechtkommen konnten. Wenn sie nicht bekamen, worauf sie versessen waren, so war es schwer für sie, und bekamen sie's, so war es sicher noch schwerer.

Nach einer Weile fragte er sich, ob er die zusammengesunkene, regungslose Gestalt vor seinen Augen nicht anrühren sollte, um mit einer Gebärde seine Absicht kundzutun, Herrn Clay für das triumphale Ende seiner Geschichte zu wecken. Doch besann er sich anders und entschloß sich, noch ein Weilchen zu warten und dieses Ende zuerst lieber selbst zu beobachten. Er entfernte sich schweigend aus dem stillen Zimmer.

Er ging an die Schlafzimmertür, und während er draußen wartete, vernahm er Stimmen. Zwei Menschen sprachen zur gleichen Zeit. Was war diesen beiden die Nacht über widerfahren, und was widerfuhr ihnen jetzt? Wären sie ohne das nicht zurechtgekommen? Drinnen im Zimmer weinte jemand; gebrochen und tränenerstickt drang die Stimme ans Ohr des Lauschers. Abermals sagte sich Elischama die Worte des Jesaias vor:

»Denn es werden Wasser in der Wüste hin und wider fließen und Ströme im dürren Lande. Und wo es zuvor trocken gewesen ist, sollen Teiche stehen.«

Nicht lang darauf öffnete sich die Tür, zwei Gestalten standen in der Öffnung, sie umarmten sich und schienen ineinander verschlungen. Dann trennten sie sich, die eine entschwand nach hinten, die andere trat einen Schritt vor und schloß die Tür hinter sich. Der Seemann von gestern abend blieb ein paar Sekunden stehen, schaute nach allen Seiten und wandte sich zum Gehen.

Elischama trat einen Schritt vor. Als ergebener Diener seines Herrn hatte er das Gefühl, er müsse sich jetzt von dem jungen Mann Herrn Clays Sieg mit dessen eigenen Worten bestätigen lassen.

Der Matrose musterte ihn mit ernstem Blick und sagte: »Ich gehe jetzt. Ich gehe zurück auf mein Schiff. Sag du dem alten Mann, daß ich gegangen bin.«

Elischama erkannte in diesem Augenblick, daß er sich am Abend zuvor getäuscht hatte: Der Junge war nicht so jung, wie ihm damals schien. Der Unterschied war freilich nicht groß – es würde eine lange Zeit vergehen, bis er so alt wäre wie Herr Clay, der friedlich in seinem Lehnstuhl ruhte. Eine lange Zeit noch würde er unruhig sein, den Elementen preisgegeben und seinen eigenen Süchten.

Der Schreiber nahm es auf sich, für seinen Herrn die Rechnung zu regeln und den Schlußstrich zu ziehen.

»Jetzt kannst du die Geschichte erzählen«, sagte er zu dem Jungen.

»Welche Geschichte?« fragte der Matrose.

»Die ganze Geschichte«, erwiderte Elischama. »Wenn du erzählst, was dir begegnet ist, was du gesehen und getan hast von gestern abend bis jetzt, dann erzählst du die ganze Geschichte. Du bist der einzige Seemann auf der Welt, der sie wahrhaftig erzählen kann, von Anfang bis Ende, mit allem, was dazugehört, wie es sich wirklich, von Anfang bis Ende, für dich zugetragen hat.«

Der Junge blickte Elischama lange Zeit an.

»Wie es sich für mich zugetragen hat?« sagte er schließlich. »Was ich gesehen und getan habe von gestern abend bis jetzt?« Und nach einem weiteren Nachdenken: »Warum sprichst du von einer Geschichte?«

»Darum«, sagte Elischama, »weil du es selbst als eine Geschichte erzählt bekommen hast. Vom Seemann, der in einer großen Stadt von seinem Schiff an Land geht. Da spaziert er ganz allein in der Nähe des Hafens durch eine Straße, und ein Wagen hält vor ihm, und ein alter Herr steigt aus und spricht: ›Du bist ein schmucker Kerl, Seemann, möchtest du heut nacht fünf Guineen verdienen?‹«

Der Junge regte sich nicht. Er besaß aber ein eigentümliches Vermögen, ganz plötzlich und unversehens seine Bärenkräfte in sich anschwellen zu lassen und sie dem Menschen zuzukehren, mit dem er sprach, so daß es war wie eine furchtbare, drohend geschwungene Waffe und der andere wohl das Gefühl unmittelbarer Lebensgefahr empfinden konnte. So hatte er Herrn Clay bei ihrer ersten Begegnung auf der Straße in Verwirrung versetzt und später am Abend, als sie im Speisezimmer saßen, geradezu eingeschüchtert. Elischama, der keine Furcht kannte, war einen Augenblick bewegt und beunruhigt, so daß er ein wenig vor der riesenhaften Gestalt ihm gegenüber zurückwich – freilich nicht aus Furcht, sondern in einer Anwandlung jener seltsamen Zuneigung und mitleidsvollen Erbarmung, wie er sie sein Leben lang Frauen und Vögeln gegenüber empfunden hatte.

Aber das riesenhafte Geschöpf ihm gegenüber erwies sich als friedfertige Bestie. Der Junge schwieg einen Augenblick, dann sagte er in nüchtern-feststellendem Ton: »Aber was mir passiert ist, damit hat die Geschichte schon rein gar nichts zu tun.«

Er dachte nach. »Erzählen soll ich?« sagte er langsam. »Wem soll ich das erzählen? Wer in aller Welt würde es mir glauben, wenn ich es ihm erzählte?«

Er legte seine gesammelte Kraft, dieses Gewicht, in einen letzten Satz: »Und ich würde es auch nicht erzählen«, sagte er. »Nicht für hundertmal fünf Guineen.«

Elischama öffnete dem nächtlichen Gast die Haustür. Die Bäume und Blumen draußen in Herrn Clays Garten waren naß vom Tau; im Morgenlicht sahen sie neu und frisch aus, wie eben erst erschaffen. Der Himmel war rosenrot und zeigte kein Wölkchen. Einer von Herrn Clays Pfauen kreischte auf dem Rasen – mit seinen nachschleppenden Schwanzfedern zog er einen dunklen Streifen ins silberne Gras. Von fern hörte man die schwachen Geräusche der erwachenden Stadt.

Der Blick des Matrosen fiel auf das Bündel, das er am Abend auf einem Lacktischchen unter der Veranda abgestellt hatte. Er nahm es an sich und wollte es mit sich forttragen; dann aber besann er sich eines anderen, er stellte es wieder hin und knotete es auf.

»Wirst du daran denken und mir einen Gefallen tun?« fragte er Elischama.

»Ja, ich werde daran denken«, antwortete Elischama.

»Vor langer Zeit«, sagte der Junge, »war ich auf einer Insel, da lagen die Muscheln zu Tausenden am Strand. Es waren sehr schöne darunter, vielleicht auch seltene, die es vielleicht nur auf dieser Insel gibt. Jeden Tag, am Morgen, suchte ich mir ein paar heraus. Und einige davon, die am schönsten waren, habe ich mir mitgenommen. Ich wollte sie mit nach Hause nehmen, nach Dänemark. Es ist das einzige, was ich zum Mitbringen bei mir habe.«

Er breitete seine Muschelsammlung auf dem Tisch aus, prüfte sie mit nachdenklichem Blick und entschied sich schließlich für ein besonders großes, rosigschimmerndes Stück. Er reichte es Elischama.

»Ich will ihr nicht alle schenken«, sagte er. »Sie hat so viel feine Sachen, sie hat nichts davon, wenn da noch ein Haufen Muscheln herumliegt. Aber diese ist selten, glaub ich. Ich könnte mir denken, daß es die kein zweites Mal auf der Welt gibt.«

Er ließ die Finger langsam über die Muschel hintasten. »Die ist glatt und seidenweich wie ein Knie«, sagte er. »Und wenn du sie ans Ohr hältst, ist ein Geräusch darin, ein Lied. Willst du sie ihr von mir geben? Und willst du ihr sagen, sie soll sie ans Ohr halten?«

Er hielt sie sich selber ans Ohr, und sofort bekam sein Gesicht einen aufmerksamen, friedvollen Ausdruck. Elischama mußte denken, daß er sich gestern abend doch nicht getäuscht hatte – der Junge war wirklich noch blutjung.

»Ja«, sagte er. »Ich gebe sie ihr, ich vergesse es nicht.«

»Und vergiß auch nicht ihr zu sagen, sie soll sie sich ans Ohr halten«, bat der Junge.

»Ich tu's«, sagte Elischama.

»Danke. Und lebe wohl«, sagte der Matrose und gab Elischama seine große Hand.

Sein Bündel in der Hand, ging er die Verandatreppe hinunter und die Auffahrt entlang und verschwand.

Elischama stand da und schaute ihm nach. Als die Gestalt des jungen Riesen nicht mehr sichtbar war, hob er die Muschel ans Ohr. Es war ein tiefes, leises Branden in ihr, ein Geräusch wie das ferne Rauschen einer mächtigen See. Elischamas Gesicht nahm denselben Ausdruck an wie eben das Gesicht des jungen Matrosen. Er empfand es wie einen seltsamen, leisen, aus großer Tiefe kommenden Stoß, daß da das Geräusch einer neuen Stimme im Haus war, und in der Geschichte. Ich hab es schon einmal gehört, dachte er, vor langer Zeit. Vor langer, langer Zeit. Aber wo?

Er ließ die Hand sinken.

Der Ring

An einem Sommermorgen, es ist hundertfünfzig Jahre her, machten ein junger dänischer Gutsbesitzer und seine Frau einen Rundgang über ihr Land. Seit einer Woche waren sie verheiratet; es war nicht leicht für sie gewesen, denn die Familie der Frau war von vornehmerem Stande und wohlhabender als die des Mannes. Doch hatten die beiden jungen Leute, vierundzwanzig und neunzehn waren sie inzwischen, zehn Jahre lang an ihrem Vorsatz festgehalten. Da hatten die standesstolzen Eltern der jungen Frau am Ende nachgeben müssen.

Es war ein Glück ohnegleichen. Die verstohlenen Zusammenkünfte, die heimlichen, tränenreichen Liebesbriefe gehörten der Vergangenheit an. Vor Gott und den Menschen waren sie jetzt eins, durften am hellen Tag Arm in Arm gehen und zusammen in der Kutsche sitzen, und bis ans Ende ihrer Tage würden sie so nebeneinander gehen, nebeneinander sitzen. Ihr fernes Paradies war niedergestiegen zur Erde und ließ sich, überraschenderweise, anfüllen mit den Dingen des täglichen Lebens, mit Scherz und Neckereien, mit Frühstück und Abendbrot, mit Hunden und Heuernte und Schafzucht. Sigismund, der junge Ehemann, hatte sich gelobt, es dürfe nun kein Stein mehr auf dem Pfade seiner lieben Frau liegen und kein Schatten darüber fallen. Lovise, die Frau, war durchdrungen von dem Gefühl, daß sie jetzt, Tag für Tag und zum erstenmal in ihrem jungen Leben, in voller Freiheit sich bewegen und atmen konnte, da sie nie etwas vor ihrem Mann würde geheimhalten müssen.

Für Lovise – ihr Mann sagte Lise zu ihr – war die ländliche Atmosphäre ihres neuen Lebens Überraschung und Vergnügen. Die Sorge ihres Mannes, daß die Lebensform, die er ihr bieten konnte, ihr nicht genügen möchte, machte ihr Herz lachen. Es war noch nicht so lange her, daß sie mit Puppen spielte. Wenn sie jetzt ihr Haar zurechtmachte, ihren Wäscheschrank musterte und Blumen in die Vase stellte, hatte sie wieder dieses zauberhafte, nie zu vergessende Erlebnis: Man tat alles mit Ernst und sorgfältigem Bemühen und wußte doch zugleich, daß man nur spielte.

Es war ein köstlicher Julimorgen. Wölkchen wie Wattebäusche segelten hoch am Himmel, die Luft war voll süßer Düfte. Lise trug ein weißes Musselinkleid und einen breiten italienischen Strohhut. Sie folgten einem Weg durch den Park; er schlängelte sich durch die Wiesen, zwischen kleinen Gebüschen und Baumgruppen bis zur Schafweide. Sigismund wollte seiner Frau die Schafe zeigen. Aus diesem Grunde hatte sie diesmal ihren kleinen weißen Schoßhund, Bijou mit Namen, nicht mitgenommen; er würde die Lämmer ankläffen und erschrekken oder den Schäferhunden in die Quere kommen. Sigismund war sehr stolz auf seine Schafe, er hatte in Mecklenburg und England Schafzucht studiert und Cotswold-Hammel nach Dänemark mitgebracht, mit deren Hilfe er seine Zucht daheim zu veredeln gedachte. Indes sie hinausspazierten, erklärte er Lise die großen

Möglichkeiten und die Hindernisse, die in dem Plan steckten.

Sie dachte: Wie gescheit er ist, was er doch alles weiß! – und zugleich: Wie komisch er doch eigentlich ist, mit seinen Schafen! Was für ein komisches kleines Kind! Ich bin hundert Jahre älter als er.

Als sie aber bei der Schafherde anlangten, kam ihnen der alte Oberschäfer Mathias mit der traurigen Nachricht entgegen, daß eins von den englischen Lämmern eingegangen und daß zwei weitere krank seien. Lise sah, wie sehr sich ihr Mann die Nachricht zu Herzen nahm; während er Mathias weiter ausfragte, verhielt sie sich ganz still und drückte nur zärtlich seinen Arm. Hütejungen wurden nach den kranken Lämmern ausgeschickt; derweilen besprachen Herr und Schäfer den Fall in aller Ausführlichkeit. Es dauerte seine Zeit.

Lise fing an, sich umzublicken und an andere Dinge zu denken. Zweimal errötete sie bei ihren Gedanken tief und glücklich wie eine rote Rose; dann starb die Röte langsam weg, und die beiden Männer waren in ihrem Gespräch immer noch bei den Schafen. Etwas später fesselte die Unterhaltung ihre Aufmerksamkeit. Sie hatte sich einem Schafdieb zugewandt.

Dieser Schafdieb sei während der letzten Monate wie ein Wolf in die benachbarten Schafherden eingebrochen, habe wie ein Wolf seine Beute getötet und weggeschleppt, und ganz wie ein Wolf keine Spur hinterlassen. In der drittletzten Nacht hätten ihn auf einem zehn Meilen entfernten Gut der dortige Schäfer und dessen Sohn auf frischer Tat ertappt. Der Dieb habe den Alten getötet und den Jungen besinnungslos geschlagen und sei wieder entwischt. Man habe nach allen Richtungen Leute ausgeschickt, ihn einzufangen, aber niemand habe ihn gesehen.

Lise wünschte noch mehr über den entsetzlichen Vorfall zu erfahren, und der alte Mathias tat ihr den Gefallen und erzählte die Geschichte noch einmal. Im Schafstall habe es einen langen Kampf gegeben; der Lehmboden sei an vielen Stellen blutgetränkt. Bei dem Geraufe habe sich der Dieb den linken Arm gebrochen; trotzdem sei er, mit einem Lamm auf dem Rücken, noch über einen hohen Zaun geklettert. Mathias setzte hinzu, er würde diesem Mörder mit Vergnügen eigenhändig die Haut vom Leibe ziehen, und Lise nickte ihm ernsthaft Beifall. Sie mußte an Rotkäppchen und den Wolf denken, und ein angenehmer kleiner Schauder lief ihr über den Rücken.

Sigismund dachte an seine eigenen Lämmer, doch war er so glückserfüllt, daß er keinem Geschöpf auf Erden Übles zu wünschen vermochte. Er überlegte und sagte nur: »Armer Teufel!«

Lise antwortete: »Wie kann ein so schrecklicher Kerl dir leid tun? Großmama hat doch recht gehabt, als sie von dir sagte, du seist ein Revolutionär und eine Gefahr für die Gesellschaft!« Der Gedanke an die Großmama und an die tränenreiche vergangene Zeit lenkten sie sogleich wieder von der grauenhaften Geschichte ab, die sie eben gehört hatte.

Die Jungen brachten die kranken Lämmer, und die Männer begannen eine gründliche Untersuchung, hoben die Tiere in die Höhe und versuchten, sie auf die Beine zu stellen. Sie drückten da und dort an ihnen herum, bis die Geschöpfchen kläglich zu mähen begannen. Lise hielt den Anblick nicht aus, und ihr Mann bemerkte das.

»Geh du schon heim, Liebling«, sagte er. »Das dauert hier noch eine ganze Weile. Du mußt nur bitte langsam vorangehen, dann hole ich dich schon ein.«

Da wurde sie also fortgeschickt von einem ungeduldigen Ehemann, dem seine Schafe wichtiger waren als seine Frau. Wenn eine Erfahrung süßer sein konnte als die, daß er sie mit sich zu seinen Schafen hinausgeschleppt hatte, so war es nun dieses Fortgeschicktwerden. Sie ließ den breiten Sommerhut mit den blauen Bändern ins Gras fallen und sagte, er möge ihn ihr mitbringen, denn sie wollte die sommerliche Luft auf der Stirn und in den Haaren spüren. Sie ging ganz langsam, wie er ihr gesagt hatte; denn sie wollte ihm in allem gehorsam sein. Beim Gehen empfand sie es als ein großes, neues Glück, völlig allein zu sein, sogar ohne Bijou. Sie konnte sich nicht entsinnen, daß sie je im Leben so völlig allein gewesen war. Die Landschaft rundum war still, gleichsam voller Verheißung, und sie gehörte ihr. Sogar die Schwalben, die durch die Luft kreuzten, gehörten ihr, denn sie gehörten ihm, Sigismund, und der war ihr eigen.

Sie folgte dem geschwungenen Rand der kleinen Dikkung und bemerkte schon nach kurzer Zeit, daß sie den Männern beim Schafstall aus dem Gesicht war. Was könnte nun, dachte sie, köstlicher sein, als den Weg durchs hohe blühende Wiesengras weiterzugehen, langsam, ganz langsam, und sich von ihrem Mann einholen zu lassen? Vielleicht aber, überlegte sie, wäre es noch köstlicher, sich in dem kleinen Gehölz zu verstecken und einfach weg zu sein, von der Erdoberfläche verschwunden, wenn er, müde seiner Schafe und sich nach ihrer Gesellschaft sehnend, um die Wegbiegung komme und sie einholen wollte.

Ein Gedanke kam ihr; sie hielt an und malte sich alles aus.

Vor einigen Tagen war ihr Mann ausgeritten, und sie hatte ihn nicht begleiten wollen, sondern in Bijous Gesellschaft einen Spaziergang gemacht, um ihr Herrschaftsgebiet gründlich zu erforschen. Bijou, ausgelassen vor ihr herspringend, hatte sie sofort nach dem Gehölz geführt. Als sie ihm folgte und sich ohne viel Mühe durch das dichte Gesträuch zwängte, war sie plötzlich auf eine in der Mitte liegende kleine Lichtung getreten, ein schmales Fleckchen wie eine Nische, mit Vorhängen aus dickem grüngoldenen Brokat, eben groß genug, daß zwei oder drei Menschen darin Platz hatten. Sie hatte damals das Gefühl gehabt, mitten im Herzen ihrer neuen Heimat zu sein. Wenn sie die Stelle heute wiederfände, würde sie lautlos dort stehenbleiben, vor aller Welt verborgen. Sigismund würde überall nach ihr ausschauen, er würde nicht verstehen können, was aus ihr geworden war, und einen Augenblick lang, einen kurzen Augenblick – oder vielleicht, wenn sie standhaft und grausam genug war, auch fünf Augenblicke – würde er erkennen, was für eine Leere, was für ein gar nicht auszuhaltender Ort der Trauer und des Schreckens die Welt wäre, wenn sie sich nicht mehr darin befände. Sie prüfte sorgfältig, wo sich im Gehölz der richtige Einstieg zu ihrem Versteck auftat, und schlüpfte hinein.

Es sollte auch nicht das geringste Geräusch entstehen; deshalb tat sie nur Schritt um Schritt. Wenn sich ein

Zweig in den Schlaufen ihrer weiten Röcke verfing, löste sie ihn sachte aus dem Musselin, um ihn nicht zu knikken. Einmal blieb sie mit einer ihrer langen blonden Locken hängen; sie hielt an und machte sich mit hochgehobenen Armen frei. Etwas weiter innen wurde der Grund feucht; nun machten ihre leichten Schritte überhaupt kein Geräusch mehr. Mit der einen Hand hielt sie ihr Taschentüchlein an die Lippen, als wollte sie das Heimliche ihres Tuns zu erkennen geben. Sie fand den gesuchten Ort und bückte sich, um das Blattwerk zu teilen und sich einen Zugang zu ihrem Waldverlies zu schaffen. Dabei blieb ihr der Rocksaum am Fuß hängen und sie griff zu, um ihn loszumachen. Als sie sich wieder aufrichtete, blickte sie einem Mann ins Gesicht, der sich im Versteck befand.

Er stand aufrecht da, zwei Schritt von ihr entfernt. Er mußte sie beobachtet haben, als sie gerade auf ihn zuschritt.

Mit einem Blick hatte sie ihn ganz in sich aufgenommen. Sein Gesicht war verschwollen und zerkratzt, seine Hände und Knöchel von schwärzlichen Schmutzkrusten verfärbt. Er hatte Lumpenzeug an, war barfüßig, ein Stoffetzen schlang sich um die nackten Knöchel. Die Arme hingen herab; mit der rechten Hand hielt er den Griff eines Messers umklammert. Er mochte so alt sein wie sie selber.

Der Mann und die Frau starrten sich an.

Diese Begegnung im Wald verlief von Anfang bis Ende ohne ein einziges Wort; was da geschah, ließ sich nur pantomimisch wiedergeben. Für die beiden Spieler war es ein zeitloses Stück; mit der Uhr gemessen, dauerte es vier Minuten.

Sie war nie in ihrem Leben einer Gefahr ausgesetzt gewesen. Es kam ihr gar nicht in den Sinn, sich über ihre Lage Rechenschaft zu geben, oder sich etwa auszurechnen, wieviel Zeit es kosten würde, ihren Mann herbeizurufen oder den Schäfer Mathias, den sie in diesem Augenblick seine Hunde rufen hörte. Sie nahm den Mann vor sich wahr, wie sie ein Waldgespenst wahrgenommen haben würde: Die Erscheinung als solche, nicht das, was sie bewirken mag, stürzt die Welt um für den, der schaut.

Obwohl sie den Blick nicht von dem Gesicht des Mannes ließ, fühlte sie, daß ihr Waldverlies in ein Versteck verwandelt war. Auf der Erde war aus Rupfensäkken eine Art Lager hergerichtet, daneben lagen abgenagte Knochen. Nachts mußte ein Feuer gebrannt haben; der Waldboden war noch mit Asche bestreut.

Nach einer Weile merkte sie, daß er sie in sich aufnahm, wie vorher sie ihn. Er war jetzt nicht mehr das vom Jäger gestellte, zum Sprung zusammengekauerte Wild; auch er beobachtete jetzt, suchte und prüfte. Indem sie das wahrnahm, sah sie sich gewissermaßen selbst mit den Augen des wilden Tieres, das in seinem dunklen Versteck gestellt wird: die schweigend herannahende weiße Gestalt, die den Tod bringen konnte.

Er drehte den rechten Arm nach vorn, direkt vor seinen Körper. Ohne die Hand zu heben, bog er das Handgelenk nach innen und schob langsam die Spitze des Messers auf sie zu, bis sie auf ihren Hals zielte. Es war eine Gebärde des Wahnsinns, nicht wirklich zu glauben. Er lächelte nicht dabei, aber seine Nasenlöcher blähten sich, und seine Mundwinkel zitterten. Dann senkte er das Messer ebenso langsam und steckte es an seinen Gürtel in die Scheide zurück.

Sie trug kein Wertstück bei sich, außer dem Ehering, den ihr ihr Mann vor einer Woche in der Kirche an den Finger gesteckt hatte. Sie streifte ihn ab und ließ bei der Bewegung ihr Taschentuch fallen. Nun streckte sie die Hand mit dem Ring dem Mann entgegen. Sie wollte nicht um ihr Leben feilschen. Sie war furchtlos von Natur, und der Schrecken, den er ihr einflößte, hatte nichts zu tun mit dem, was er ihr antun könnte. Es war ein Befehl, den sie ihm zurief; es war ein Ersuchen, zu verschwinden, so wie er gekommen war, eine Schreckensgestalt aus ihrem Leben zu tilgen, so daß sie nie sollte vorhanden gewesen sein. In dieser stummen Bewegung hatte sie den gebieterischen Ernst einer Priesterin, die mit einem magischen Beschwörungszeichen ein Ungeheuer bannt.

Der Mann streckte langsam seine Hand der ihren entgegen, die Finger berührten sich, und ihre Hand zitterte nicht dabei. Doch er nahm den Ring nicht. Als sie ihn losließ, fiel er zur Erde, wie vorhin das Taschentuch.

Einen Augenblick folgten sie ihm beide mit den Blikken. Er rollte ein Stück dem Mann entgegen und blieb vor seinem nackten Fuß liegen. Mit einer kaum wahrnehmbaren Bewegung stieß er den Ring beiseite und blickte ihr wieder ins Gesicht. So verharrten sie, die Frau wußte nicht, wie lang, aber sie fühlte, daß während dieser Zeit etwas geschah, daß sich etwas veränderte.

Der Mann bückte sich und hob das Taschentuch auf. Ohne den Blick von ihr zu lassen, zog er das Messer wieder hervor und hüllte das Stückchen Batist um die Klinge. Es fiel ihm schwer, dies zu tun, weil ihm der linke Arm gebrochen war. Sein Gesicht unter der Schmutzkruste und Sonnenbräune nahm langsam einen weißen Schimmer an, bis es förmlich zu leuchten schien. Mit beiden Händen arbeitend, zwängte er das Messer in die Scheide zurück. Entweder war die Hülle zu groß und hatte nie zu der Klinge gepaßt, oder das Messer war stark abgewetzt – jedenfalls, es ging hinein. Noch ein paar Augenblicke lang ließ er seinen Blick auf ihrem Gesicht ruhen, dann hob er den Kopf höher, immer noch das seltsame Leuchten im Gesicht, und schloß die Augen.

Die Bewegung war endgültig und unbedingt. Er tat damit, worum sie ihn gebeten hatte: er verschwand und war fort. Sie war frei.

Sie tat einen Schritt rückwärts, das unbewegte, blinde Gesicht immer vor sich; bückte sich dann, wie vorhin, als sie das Versteck hatte betreten wollen, und glitt so lautlos davon, wie sie gekommen war. Im Freien angekommen, stand sie einen Augenblick still und schaute nach dem Wiesenweg aus, fand ihn und begann ihren Nachhauseweg.

Ihr Mann war noch nicht einmal bis zum Rand des Gehölzes gekommen. Jetzt erblickte er sie und rief ihr vergnügt zu; er beeilte sich und holte sie ein.

Der Weg war hier so schmal, daß er halb hinter ihr ging und sie nicht berührte. Er fing an, ihr auseinanderzusetzen, wie es mit den Schafen stand. Sie ging einen Schritt vor ihm und dachte: Alles ist vorbei.

Nach einer Weile merkte er, wie stumm sie war, trat neben sie, um ihr ins Gesicht zu blicken, und fragte: »Was ist los?«

Sie suchte nach einer Antwort und sagte schließlich:

»Ich habe meinen Ring verloren.«

»Welchen Ring?« fragte er.

Sie sagte: »Meinen Trauring.«

Als sie ihre Stimme das sprechen hörte, begriff sie erst den Sinn. Ihren Trauring. ›Mit diesem Ring‹ – fallengelassen von dem einen und beiseitegestoßen von dem anderen – ›mit diesem Ring sollst du hiermit angetraut sein …‹ Mit diesem verlorenen Ring war sie nunmehr angetraut. Wem? Der Armut, der Verfolgung, dem Alleinsein ohnegleichen. Dem Leid und der Sündhaftigkeit auf Erden. ›Denn was Gott zusammengefügt hat, das soll der Mensch nicht scheiden.‹

»Wir finden schon einen neuen Ring«, sagte der Mann. »Du und ich, wir sind noch dieselben wie an unserm Hochzeitstag; es gibt da keinen Unterschied. Wir sind heute Mann und Frau, so gut wie gestern, möcht ich doch meinen.«

Ihr Gesicht war so still, daß er nicht wußte, ob sie seine Worte vernommen hatte. Es rührte ihn, daß sie sich den Verlust des Rings so zu Herzen nahm. Er ergriff ihre Hand und küßte sie. Sie war kalt; nicht ganz dieselbe Hand, wie er sie zuletzt geküßt hatte. Er blieb stehen, damit sie auch stehenbleiben sollte.

»Kannst du dich erinnern, wo du den Ring zuletzt noch hattest?« fragte er.

»Nein«, sagte sie.

»Hast du keine Vorstellung, wo du ihn verloren haben könntest?«

»Nein«, sagte sie, »ich habe nicht die leiseste Ahnung.«

Inhalt

btb

Irène Némirovsky bei btb:

Suite française

Roman. 512 Seiten

ISBN 978-3-442-73644-7

Sommer 1940: Die deutsche Armee steht vor Paris. Voller Panik packen die Menschen ihre letzten Habseligkeiten zusammen und fliehen. Angesichts der existentiellen Bedrohung zeigen sie ihren wahren Charakter …
Der wiederentdeckte Roman »Suite française« wurde 2004 zur literarischen Sensation. Über 60 Jahre lag das Vermächtnis der französischen Starautorin der 30er Jahre unerkannt in einem Koffer - bis der Zufall dieses eindrucksvolle Sittengemälde aus der Zeit des Zweiten Weltkriegs ans Licht brachte.

Der Fall Kurilow

Roman. 192 Seiten

ISBN 978-3-442-73614-0

Im zaristischen Petersburg der Jahrhundertwende soll der Revolutionär und Anarchist Léon M. den Erziehungsminister des Zaren ermorden - den zynischen, schwerkranken, dekadenten Kurilow. Als Hausarzt verschafft sich Léon Zugang zu seinem Opfer. Doch je näher Léon Kurilow kommt, umso mehr gewinnt der Minister menschliche Züge, und Léon zweifelt am Sinn seiner Mission. Ein ebenso spannendes wie sensibel und atmosphärisch dicht gezeichnetes Psychogramm von Opfer und Täter.

btb

Richard Yates

Zeiten des Aufruhrs

Roman. 368 Seiten

ISBN 978-3-442-74349-0

Hinter der pastellfarbenen Fassade der amerikanischen Vorstadthäuser an der Revolutionary Road lebt das junge Ehepaar Wheeler genau das Leben, das es niemals gewollt hat: zwei Kinder, die einfältigen Nachbarn, Franks sinnentleerte Tätigkeit in einem Großraumbüro. Und ohne es zu merken, rutschen April und Frank immer tiefer und tiefer in die Spießbürgerlichkeit ab.

»Einer der großen modernen amerikanischen Romane.«
Literaturen

www.btb-verlag.de